目　次

プロジェクトぴあの

〔上〕

プロローグ

ようこそ旧人類《うすのろ》ども。

これは結城《ゆうき》ぴあのの物語だ。ピアノ・ドライブの発明者。史上最高の突然変異《へんい》的天才。宇宙への道を拓《ひら》いた者。人類の恩人。世界の変革者。科学の歌姫。最後のアイドル。いくらキャッチコピーを並べても大げさすぎるということはない。それほど偉大な業績を残していったのだ、ぴあのという女性《ひと》は。

彼女は光の速度で時代を駆《か》け抜けた。その笑顔と声で多くの人々を魅了《みりょう》した。常識の殻をやすやすと破り、不可能を可能にし、停滞《ていたい》していた世界を加速させた。カタツムリのように大地にへばりついていた人類の尻を叩《たた》き、目覚めさせておいて、自分はひらりと蝶《ちょう》のように飛び去った。

最高にマッドで、最高に魅力的な女性。その驚くべき人生は、まさに伝説。

最初に宣言しておく。ボクは真実のみを語る気はさらさらない。確かにボクは結城ぴあのに最も近いところにいた人間だが、彼女の周囲で起きていたことのすべてを把握《はあく》していたわけではないからだ。たとえば、あの学園祭の日、周防《すおう》義昭《よしあき》教授が何を考えていたかなんて、ボクは知らない。ぴあのと青梅秋穂《おうめあきほ》の間にどんな会話があったのかも。ボクとぴあのの会話にしたって、録音していたわけではないから、あやふやな記憶に頼って再構成するしかない。事実関係が間違っているところもたくさんあるだろう。

しかし、正確さにこだわり、不明な部分を省略したら、この物語は穴だらけになってしまう。だからボクは事実に忠実であることを放棄《ほうき》し、随所《ずいしょ》に脚色や推測や妄想《もうそう》を自由に織り交ぜることにした。きっとボクの知らないところでは、こんなことも起きていたんだろうな、と。

そう、ボクは歴史書やドキュメンタリーを書こうとしているのではない。神話を語りたいのだ。物語の形で彼女の業績を残したいのだ。結城ぴあのは歴史ではなく神話として語り継がれるべき人物だからだ。

だからあなたも、これを事実の記録ではなく、物語として読んでいただきたい。くれぐれも「それは事実なのか」「本当にあったのか」などという無粋《ぶすい》な疑問は発しないようにお願いする。それは宮本武蔵《みやもとむさし》や赤穂《あこう》浪士や新選組《しんせんぐみ》の物語に対して、「そんなエピソードは史料に書かれていない」とケチをつけるようなものだ。

大切なことなので繰り返す。これは結城ぴあのの物語だ。ボク自身のこともたくさん語っ

ているが、決してボクの物語ではない。ボクと彼女の物語ですらない。つむじ風の中心にいたのはいつも彼女だ。ボクはずっと物語の中の脇役であり、傍観者《ぼうかんしゃ》だった。ボクらは一〇年間、親友であり続けたが、ネットで飛び交う噂《うわさ》や憶測《おくそく》に反して、友人より深い関係にはならなかった。いや、なれなかった。決して。

ボクは彼女が時代を駆け抜け、消えてゆくまでを見ていた。だが、彼女の眼はボクを見ていなかった。ボクと向かい合っている時も、その視線はボクをすり抜け、ずっと先に——宇宙に向けられていた。

さあ、前置きはここまで。幕を開けよう。まずはボクが初めて彼女と出会った、二〇二五年七月のあの日から。

1 「お姫様」と呼ばれる娘

その日曜日、西浅草の古い1DKのマンション（家賃七万円）で、ボクは出陣を前に装備を調えていた。

明け方近くまでネット・サーフィンをやっていたので、目覚めたのは朝の一一時過ぎだった。トイレを済ませてから、まずシャワーを浴びる。眠気を吹き飛ばすと同時に、全身をスポンジでごしごしと磨《みが》き上げ、ムダ毛をていねいにシェービングする。お湯で温めたタオルをしばらく顔に当て、毛穴を開いてから、洗顔フォームで入念に皮脂《ひし》を洗い落とす。バスルームから出たら、バスローブに袖《そで》を通し、洗面台の前で鏡を見ながら、ローションと乳液をたっぷり使用、肌に潤《うるお》いを与える。

ここでいったん朝食兼昼食タイム。目玉焼きとベーコン、それにごまドレッシングをかけたレタスのサラダ。美容に野菜は欠かせない。一〇代の若者には少々もの足りない量だけど、体形を維持するために自制している。コーヒーはインスタントで、人工甘味料《かんみりょう》を使用。砂糖

を控えるのも、カロリーを気にしてのことだ。

　テーブルの端《はし》には、針金ハンガーを曲げて作ったスタンドに、ｉＰａｄ７が立てかけてある。コンパニオンを起動して「おはよう、ユリリン」と呼びかけると、モニターにメイド服姿の少女が現われた。オレンジのアホ毛の立った頭をぴょこんと下げて、「おはようございます、マスター」と舌足らずな声であいさつする。

「今朝はずいぶん遅いですね」

「今日の天気は？」

「東京は一日中快晴。最高気温は二八度。行楽日和《びより》ですが、陽射《ひざ》しが強いので紫外線対策が必要かもしれません」

「ニュースが見たい」

「かしこまりました」

　モニターからユリリンが消え、銀河系外星雲の壁紙をバックに、今朝のニュースの見出しが何段も並んで、右から左にゆっくりとスクロールしはじめた。ボクはベーコンを頬張《ほおば》りながら、それをちらちらと横目で見る。たまに興味を惹《ひ》く見出しがあったら、口に出して読み上げると、すぐに記事本文が表示される。

　ファルコン・スペースクラフト社が月観光ツアーの中止を発表。一人一二〇億円の料金で民間人に月への宇宙旅行を体験させるというプランだったが、宇宙船の構造が安全基準をクリヤーできず、実現困難と判断されたという。日本国内の電気自動車とハイブリッドカーの

普及率が、環境省が一〇年前に提示した目標を下回る見通し。老朽化したＩＳＳ（国際宇宙ステーション）に代わる新しい宇宙ステーションの建設計画が、ロシア連邦宇宙局の資金難で難航している。アメリカではアルツハイマー症を予防する画期的な遺伝子治療が、「神の領域を冒《おか》すもの」として反対運動が起き、研究が停滞《ていたい》していた。ＦＡＯ（国連食糧農業機関）が北大西洋のクロマグロの絶滅を宣言……。

　いつものことながら、景気の悪いニュースばかりだ。「中止」とか「難航」とか「低迷」とか「悪化」とかいう単語が、やたら目につく。よく「最近の若者には気概《きがい》がない」「大きな夢がない」と嘆く老人がいるけど、こんな時代に夢を持つのは無理ってもんだ。今の老人たちが若かった時代、二〇世紀のなかば頃には、世界もまだ若くて、可能性にあふれていたんだろう。だが今はどの道も先細り、行き止まりで、夢を広げられる大きなスペースなんかどこにも見えない。人類文明そのものがピークを過ぎ、老齢化しはじめてるんじゃないかという気がする。

　食事が終わると、歯磨きの後、いよいよ装備の第一段階に取りかかる。バスローブを脱ぎ、ローライズショーツとブラ、キャミソールを身につける。ぐっと気分が引き締まる。

　椅子《いす》に座り直して、ｉＰａｄを前に置き、「ミラーモード」と言うと、画面が鏡になる。カメラが撮《と》っているボクの顔を左右反転して映しているのだけど、自由に拡大・縮小ができるから、本物の鏡より便利だ。

　鏡を見ながら、ファンデーションを顔一面にむらなく塗《ぬ》る。特に頬にある古い傷跡は入念

に消す。鼻の左右にはノーズシャドーを薄く塗り、鼻を高く見せる。眼の下にはパール系のハイライト。立体感が出る。アイブロウで眉毛《まゆげ》を細くくっきりと描く。イラストを描くみたいで、わくわくする作業だ。

勝負どころは眼だ。ボクの経験だと、メイクは八割以上、眼で決まる。つけまつ毛をつけ、ビューラーで形を整え、瞼《まぶた》との境目をアイライナーで黒く塗ってぼかす。マスカラで下まつ毛を強調。瞼にはアイシャドー。何色も使い分け、グラデーションをつける。ケバく見えないよう、「もう少しだけ濃くした方がいいかも」と感じたところで止めるのがコツ。

出来映《できば》えを鏡で確認する。画面から少し顔をそむけて「スチール」と言うと、カシャッという音がして、画面が静止する。横を向いている自分の顔が観察できる。これも本物の鏡にはない利点だ。

いろいろな角度から自分の顔をチェックする。メイクする前はぼんやりとして個性のなかった眼は、黒く縁取《ふちど》られたことで存在を強調され、顔の中で強く自己主張していた。眼球には手を加えていないのに、大きさも輝きも増したように見えるから不思議。うん、なかなかかわいいじゃん。自分だと知らなかったら惚《ほ》れちゃいそうだ。

仕上げに、頬に薄いピンクのチークを入れる。ルージュもナチュラルなピンク。女はついつい化粧《けしょう》を厚くしがちだけど、男は一般に化粧が濃い女を嫌う。「遊び慣れてる」という印象を与えてしまい、清純さが薄れてしまうからだ。濃すぎることなく、自然に感じさせるメイクが、最も魅力的なのだ。

指にはピンクのマニキュア。ネイルアートにはあまり凝《こ》らない。実は人間は他人の爪《つめ》なんてよく見ないものだ。ネイルアートに時間をかけても、その時間に見合う効果が期待できない。それどころか、顔のメイクと同じで、派手すぎると逆効果だ。

メイクの最後に、カッパーブラウンのウイッグをかぶり、位置を合わせる。ロングの髪をツインテールにして、毛先をヘアアイロンで巻いてウェーブを作り、小さなリボン型の髪留めをいくつも使って形を保っている。ボクの自信作だ。

「どう、ユリリン？」声も女の子の声に変えた。「かわいく見える？」

「はい、とてもかわいいです、マスター」

ユリリンが陽気な口調で答える。もちろんコンパニオンがいくら高度な人工知能だからって、美意識まで持っているわけがない。こういう質問にはこういうテンプレートを返すことになっているだけなのだが、それでも「かわいい」と言われると悪い気はしない。

さて、衣装はどうするか。ボクはクローゼットを開け、ハンガーに吊《つ》るされて並んでいる数着の衣装を見て考えた。

「よし、今日のテーマは『メルヘン』」

口に出してそう宣言すると、スカイブルーのジャンパースカートを選んだ。ショーツの上から覗《のぞ》き見対策のドロワーズを穿《は》き、ソフトパニエとハードパニエを重ねる。さらにその上から、パフスリーブのブラウスとジャンスカを着ると、パニエに支えられて、スカートの裾《すそ》がふわりと広がった。ちょっと『不思議の国のアリス』のような雰囲気《ふんいき》。脚《あし》には白いオーバ

ーニーのソックス。スカートの裾との間に、ぎりぎり大腿部《だいたいぶ》の素肌《すはだ》（いわゆる「絶対領域」）が見え隠れしている。腰を左右に振ってみると、ちらちらとパニエが覗く。うん、これもかわいい。

袖は短く、細い腕はほとんど露出《ろしゅつ》している。アクセントをつけるため、手首には白いレースのお袖留めを巻く。最後に姿見（これは本物）で全身を確認。第一段階からここまでで、所要時間四五分。毎度のことながら、楽しいけれど手間がかかるプロセスだ。慣れればもっと短縮できるのかな。

最後に、白いエナメルのバッグの中に、財布《さいふ》とコンパクトとｉＰａｄと手製の拡張現実《ＡＲ》ゴーグルを放りこむ。玄関でサンダルを履《は》き、小さな日《ひ》傘《がさ》を持つ。これで装備は完璧《かんぺき》。いざ出陣。

ドアを開け、東側に面したマンションの二階の通路に出る。南側には二棟の新しいマンションがそそり立ち、この古いマンションに影を落としている。その左には東京スカイツリーが見える。雲ひとつない青空だ。

このあたりにも最近、ちょくちょくタグバタフライが飛ぶようになったのを思い出した。ｉＰａｄを取り出し、空にかざして確認すると――いたいた。スカイツリーの方向、青空を背景に、エメラルド色の蝶《ちょう》がひらひらと飛んでいるのが見えた。

「見慣れない色だな」ボクは不安を感じてつぶやいた。「タグ地雷《じらい》じゃないだろうなあ……」

広告用のエアタグに見せかけて、開くとショッキングなグロ画像やエロ画像が展開するエアタグを空中に貼《は》るバカが、たまにいる。ボクもいっぺんひっかかって、心臓が止まりそうになった。エロはまだいいけど、グロは勘弁《かんべん》してほしい。ボクはけっこう気が弱いのだ。

どきどきしながら、左手でｉＰａｄを顔の前にかざす。右手の人差し指を立てて腕をぴんと伸ばし、はるか遠くを飛んでいる（ように見える）蝶をまっすぐ指差した。「ターゲット・スコープ」とつぶやくと、指が差している方向の空中にカーソルが出現する。指の動きに同期して、カーソルも上下左右にぶるぶると動く。

蝶とカーソルが重なった瞬間、「バン！」と言うと、画面の中で、右手の指先からビームが発射された。蝶に命中。蝶はくるくると回転しながらこっちに飛んできて、画面いっぱいに広がると、画像に変化した。

幸い、タグ地雷じゃなかった。秋葉原のメイド喫茶のドリンクのタダ券だ。これは貰《もら》っておこう。

「何してるの？」

タダ券の有効期限を確認していると、横から声をかけられた。階段を上がってきた七〇歳ぐらいの気難しそうな顔の爺《じい》さんが、ボクに疑わしげな視線を向けている。隣の部屋の住人だ。こんなおんぼろマンションには不似合いなボクの派手な格好《かっこう》を、上から下までじろじろと観察している。

「あんた誰？」

ボクは内心、狼狽《ろうばい》した。もしかして盗撮《とうさつ》でもしてると思われたのだろうか？　これぐらいの年齢の人だと、ＡＲとかエアタグとか知らないかもしれない。説明するのは面倒そうだ。ましてボクの趣味が理解してもらえるとは、とうてい思えない。

「あの……私、この部屋の者の家族です」

ボクは怪しまれないようにとびきりの笑《え》みを浮かべ、背後の扉を差し示した。爺さんは表札に目をやって、顔をしかめる。

「下里《しもさと》……何て読むんだ、これ？」

「昴《すばる》です」

「一人暮らしじゃなかったっけ？」

「妹なんです。今朝はお兄ちゃんに会いに来て……これから帰るところです」

そう言ってごまかしながら、指でｉＰａｄを操作し、グーグルマップを呼び出す。その画面を爺さんに見せて、

「方向オンチなんで、駅への道順を確認してたんです」

それでも爺さんは疑いを捨てきれないようだった。「彼女か？　泊まったのか？」と問い詰めてくる。何を聞いてたんだ。だいたい、隣室の人間が誰と何をしようと、あんたと何の関係がある。

「違います。妹ですって」

「はあん？　まあいいけどよ」

爺さんはなおも不機嫌な様子で、ボクの服装に侮蔑《ぶべつ》の視線を投げかけた。

「これからどこ行くの？」

「アキバですけど」

「アキバか！」老人は吐《は》き捨てるように言った。「あそこはロリコンの変態ばっかりだぞ。そんなチャラチャラした格好してっと襲われるぞ」

大きなお世話だ、バカ。

でも、ボクはあくまで顔はにこやかに、「はーい、気をつけまーす」と言って、爺さんの横をすり抜けた。階段を軽いステップで駆《か》け降りてゆく。

むかつく。

この世界にはまだ、ああいう人間が多い。あの爺さんはもう引退してるだろうけど、それよりも少し下の年齢層の老人や中年たちが社会の中枢部《ちゅうすうぶ》にのさばっていて、政治や経済を牛《ぎゅう》耳《じ》っている。二〇世紀の生き残り。古い価値観に縛《しば》られた連中。

もちろん、年配の人間にも話の分かる人はいる。ボクらと共通の言語で喋《しゃべ》り、ボクらの考えを理解してくれる人たち。でも、大多数はそうじゃない。まるで別の生物種であるかのように、彼らとはまったく会話が通じない。だからつき合いたくもない。

昭和世代、二〇世紀世代が引退して、ボクたち二一世紀世代が社会の中枢に入りこんだら、少しは状況も変わってくるんだろうか。でも、それには何十年かかることか。

夏の陽射しの下、日傘を差して、駅への道を歩く。このあたりはまだ昭和の浅草の街並みが随所《ずいしょ》に残っている。狭い道の両側には、二階建てぐらいの古い建物が並んでいる。

駅の近くで妙な光景を目撃した。若い男女が立ち止まり、道の向かい側の中華料理店を、一台のスマホを通して眺《なが》め、小声で笑い合っているのだ。ボクが近づいてゆくと、スマホをしまって駅の方に歩み去っていった。

何だろう？　ボクはバッグからｉＰａｄを取り出し、中華料理店を見てみた。

「わ……」

思わず声が出た。肉眼では何も見えなかったが、中華料理店の前の仮想空間は、店がほとんど見えないほどびっしりとエアタグで埋め尽くされていたのだ。

エアタグ・テロだ。

噂《うわさ》には聞いていたが、目にするのは初めてだった。タップしてタグを展開するまでもなく、いくつかの短い文章が目に飛びこんできた。この店の料理には虫とか糞尿《ふんにょう》とかが入っている、という類《たぐい》のおぞましい中傷《ちゅうしょう》だった。店主が殺人やレイプの前科があるとも書いてあった。〈劣等《れっとう》民族〉〈悪の温床《おんしょう》〉〈日本から出て行け〉などというフレーズも躍《おど》っていた。すさまじい悪意に、背筋がぞっとした。

思い出した。前にこの店に入ったことがある。店主は中国系の人だった。それでターゲットにされたのか。

どうしたものか。店主や従業員はまだ気づいていないのかもしれない。スマホかタブレッ

トで店の外観を見てみない限り、こんなひどいことになっているなんて想像もつくまい。だが客の方は、店に入る前にエアタグで情報を得ようとすることがよくある。店主に対して悪意を抱《いだ》いていなくても、こんなものを見せられたら食欲が失《う》せるだろう。店の人は「なぜ今日は客の入りが悪いんだろう」と不思議がっているかもしれない。

　教えてあげた方がいいだろうか。だが、店主に直接話すのは気《き》後《おく》れする。さっきのマンションの爺さんみたいな気難しい人かもしれないし、ボクが犯人だと誤解されるかもしれない。無用のトラブルは避けたい主義だ。

「ユリリン」ボクはｉＰａｄのカメラを店に向けたまま、コンパニオンに呼びかけた。

「はい」

「このお店のブログか公式ツイッターがあるか、調べて」

「少々お待ちください」

　数秒後、画面上にこの地域の地図が現われた。画面中心には青いピンが刺さっており、〈天鳴軒《てんめいけん》〉という店名が表示されている。

「このお店ですね？」

「そう」

「検索してみます」

　さらに待つこと十数秒。

「お店の主人と思われる人のツイッターを見つけました」

「でかした」

「どういたしまして」

コンパニオン・アプリはもう十数種も世に出ているが、中でもユリリンは頭がいい。ユーザーの曖昧《あいまい》な命令でも理解し、かなりの速さと正確さで実行する。クラウドで何万人ものユーザーと会話し、多くの質問に答え、様々な要求を処理し続けることで、学習を重ね、進化しているのだ。たまにドジな勘違いもやらかすが、そこがまた愛嬌《あいきょう》だ。「このまま進化し続けたらコンパニオンは自我を持つんじゃないか」と言う人までいる。さすがにそれはないだろうが、確かに今でも、ユリリンに自我があるかのような錯覚《さっかく》を覚えることは、たまにある。

ツイッターを確認。プロフィールを見ると、確かにこの店の主人だ。

「お店の前に悪質なエアタグが貼られています。スマホで確認の上、削除依頼されることをおすすめします」

ボクが口にしたその言葉は、文章に変換されてモニター上に表示される。間違いがないことを確認して投稿《とうこう》。

ボクはその場を後にした。後は店主の対応にまかせるしかない。何も手を打たなければ、エアタグは半永久的にそこに残り続ける。他人が勝手に消すことはできない。運営している会社に通報して削除依頼をしなくてはならないのだが、削除されるまで最低でも数時間、時には数日かかることもあるらしい。今や日本各地でこうしたエアタグによるいたずらやテロが横行《おうこう》していて、その対応でサポートセンターは大わらわだからだ。

中傷タグを貼った人間を特定し、名誉毀損《きそん》や業務妨害《ぼうがい》で起訴《きそ》することは、原理的には可能だ。だが、ユーザー情報の開示を求める手続きが面倒だし、裁判となると弁護士費用もかかる。大企業や公的機関、金をたんまり持っている著名人なら、そうした毅然《きぜん》とした対応を取ることもできるが、貧乏人は泣き寝入りする場合がほとんどだ。

必然的に、エアタグ・テロはそうした反撃できない社会的弱者を狙《ねら》い撃《う》ちする。多くの場合、ターゲットになるのは、在日外国人、障害者、ＨＩＶ感染者、学校でいじめられている子供などだそうだ。ボクにとっても他人事《ひとごと》じゃない。日本人だし健康体だが、世間から白い目で見られているマイノリティだ。さっきはごまかせたが、いつ秘密がばれ、マンションの部屋の前にあの手の差別エアタグが貼られるか、分かったもんじゃない。

マンションを出る時の一件に続き、ボクはまたも不快な気分になった。新しい価値観を理解できない老人も問題だが、ＡＲのような最新のテクノロジー――応用しだいでいくらでも世界が楽しくなる魔法の道具を、憎悪《ぞうお》を煽《あお》ることに利用する連中がいることが我慢《がまん》ならない。

どうしてテクノロジーをもっと楽しいことに使わないのか――と考えて、気がついた。連中にとっては、憎悪を撒《ま》き散らすことこそが娯楽なんだろう。エアタグ・テロの加害者の多くは、特定の政治団体とは関係がなく、平凡なサラリーマンや学生や主婦やニートなど、それこそ金も権力もない人間、社会のピラミッドの下層《かそう》にいる人間だと言われている。下層の人間が、同じ層に属する別の人間を踏みつけて楽しんでいるのだ。

ため息をついた。やっぱり、この現実世界はもう終わりなのかもしれない。未来なんかな

いのかもしれない。どの方向も行き止まりで、希望があるのは仮想世界の中だけだ。だからボクらはそれに埋没する。耽溺《たんでき》する。逃避《とうひ》する。このまま現実は廃《すた》れていって、やがて仮想現実に取って代わられるんだろうという予感がするが、べつにそれでもかまわない。そう思っていた。

その日、その時までは——結城《ゆうき》ぴあのと出会う、その日の午後までは。

東京メトロ銀座《ぎんざ》線末広町《すえひろちょう》駅で下車。地上に出ると、そこは秋葉原の中央《ちゅうおう》通り、外神田《そとかんだ》五丁目の交差点だ。今日は日曜日。ここから五七〇メートル南の万世橋《まんせいばし》交差点までは歩行者天国で、車道に人があふれている。

交差点に張られたテープの横には、こんな看板が立っていた。

〈アキハバラＡＲ特区
歩行者天国内での拡張現実ゴーグルの使用は自由です。
注意！　特区外に出る際には必ずゴーグルをはずしてください！〉

ほんの一〇年間ほど世界を席巻《せっけん》したGoogle Glassに代わって、ＡＲゴーグルが台頭《たいとう》してきた時代だった。Google Glassは実景の上に映像を重ねている関係で、マッチムーブ——映像を背景とマッチングさせて動かす機能が劣《おと》っており、完全な現実感を得るのが難しかった。

ＣＧのキャラクターを視界内に投影《とうえい》することはできても、頭を振ると位置がずれる。地面を歩かせようとすると、道にめりこんだり、足が宙に浮いているように見え、違和感が生じる。手前に視界を遮《さえぎ》るものがあっても、キャラクターがその背後に隠れるということはない。

それに対し、ＡＲゴーグルのもたらす拡張現実感覚は完璧だった。カメラでリアルタイムに実景を取りこみ、キャラクターをマッチムーブで合成して、ヘッドマウントディスプレイ《ＨＭＤ》に投影しているので、頭を上下左右に激しく振り回しても、キャラクターは地面の上の一点にしっかり立っているように見える。ゴーグルの前に手をかざすと、本物の人間と同じように、キャラクターの映像は手に覆《おお》い隠される。

もっとも、当時のＡＲゴーグルはまだ大きくて不格好《ぶかっこう》で、視野も狭かった。重量もけっこうあって、長く着用していると首が疲れてきた。発売されたばかりで値段も高かった。一般にも広く普及するようになり、「アーゴ」という略称が定着するのは、まだ何年も先のことだ。それでも、新しいもの好きのマニアたちが、いち早く飛びついていた。

映像が視野を遮ってしまう当時のＡＲゴーグルは、公道で使用すると事故の危険があるため、歩きながらや運転しながらの使用は禁じられていた。それを逆手《さかて》にとって、特定区域内でのゴーグルの使用を許可する「ＡＲ特区」が、日本各地に生まれていた。真っ先に導入したのは埼玉県の久喜《くき》市で、この秋葉原や、江ノ島、長野県大町《おおまち》市、茨城県大洗町《おおあらいまち》などがそれに続いた。観光スポットに行くと、現実の風景を背景に、３Ｄのアニメやゲームのキャラが散歩していたり、仲間同士で立ち話していたり、神社の境内《けいだい》を掃除《そうじ》していたり、お店の呼び

こみをしている光景が見られるのだ。アプリを入れればスマホなどでも見られるが、ＡＲゴーグルのＨＭＤがもたらす立体感、現実感は、従来のモニターのそれとは比べものにならない。

特区はどこも観光客に人気があるが、このアキハバラ特区ほど賑《にぎ》やかな特区は、他にない。ざっと見渡すと、通行人の二〇人に一人ぐらいはＡＲゴーグルを着けている。ゴーグルを持っていなくても、スマホを顔の前に掲《かか》げ、周囲をきょろきょろ見回している者も多い。

ボクも歩きながら、バッグから自分のゴーグルを取り出した。市販品は高くて手が出なかったので、ネットの情報を元に自作した。中古のＨＭＤとキネクトをビニールテープで巻いてくっつけたのだ。見栄《みば》えはかなりみっともない代物《しろもの》で、解像度も市販品に劣るけど、十分に使える。

ＵＳＢケーブルをバッグの中のｉＰａｄに接続、専用アプリを起動する。ゴーグルの中のディスプレイが明るくなったのを確認して、頭に装着、位置を調整する。インカムのイヤホンを耳にねじこみ、マイクを口の前に持ってくる。

デフォルトではＡＲ映像はＯＦＦになっているから、まだ見えるのは現実の風景だけだ。ただひとつ、視野の右下隅《すみ》に小さな〈ＯＮ〉のアイコンだけが浮かび、明滅している。ボクはそれに向けて手を差し伸べ、指で触れた。

世界が変貌《へんぼう》した。

目の前に建っていたビルの壁面には、最新のゲームの看板があった。海辺でビキニの美少

女がビーチボールを持って微笑《ほほえ》んでいる。その絵に急に奥行きが生まれたかと思うと、少女がぱちぱちとまばたきをし、ぽんとボールを投げた。ボールは看板の縁を越え、現実の空間に転がり出てきた。直径三メートルぐらいあるそれは、通行人たちの間でバウンドする。ゴーグルを着けていた男が慌《あわ》てて避《よ》けた。ボールを追って、水着姿の巨大な少女が、看板からぬうっと這《は》い出してくる。振り下ろされた少女の素足《すあし》が、数人の男女を踏み潰《つぶ》す（もちろん立体映像だから、ただすり抜けるだけだが）。身長一五メートルぐらいある少女は、ビーチボールを拾い上げ、周囲の見物人たちににこやかに手を振ると、身を屈《かが》めて看板の中に戻っていった。同じ動作をエンドレスで繰り返すだけだが、初めて見た時は衝撃だった。

　ボクは中央通りを南へ、ＪＲ秋葉原駅の方角へと、ぶらぶらと歩いていった。どのＡＲ看板も工夫を凝らしていて面白い。別のゲームの看板の前では、二体のロボットが飛び回り、バトルを繰り広げていた。剣で斬りつけたりキックを放ったりする合間に、多連装ミサイルやパルスビームを撃ち合う。ミサイルが命中したビルの壁面では爆発が起きるが、もちろんビルは傷つかない。イヤホンから聞こえる立体音響《ホロフォニック》サウンドが、さらに臨場感を盛り上げる。

　その向こうの看板の前では、カラフルに光り輝くステージが空中に浮かび、四人の等身大の女の子が歌い踊《おど》っている。ステージの下には数人の男が群がっていて、女の子のスカートの中を覗きこみ、にやついていた。その向こうでは、剣を持った戦士がドラゴンと戦っている。

　ＡＲキャラクターは路上にもあちこちにいた。メイドリフレの店の前では、猫耳のメイド

が呼びこみをしていた。〈アニメイト〉の前では、新作アニメの主人公である二人の少年が、漫才のような掛け合いを演じながら、番組の宣伝をしていた。〈とらのあな〉の前では、女性ボーカロイドがロックを熱唱していた。〈ソフマップ〉の前では、アンドロイドのキャラクターが新製品のロボット掃除機を紹介していた……。

歩きながらそれらを眺めているうち、ボクはさっきの嫌な体験を忘れ、癒《いや》されていった。

ここはボクらのユートピアだ。年寄りには理解できない新しい概念《がいねん》、二一世紀世代の共通言語で統一されている。少なくともアニメやゲームの世界には、現実のような醜《みにく》いマイノリティ差別は存在しない。どんな人間も――いや、人間以外の妖怪《ようかい》やロボットや異星人でさえ、平等に存在が許容される世界なのだ。もちろん、ボクのような人間も。

かつてそれはモニターの向こうにしか存在しなかった。だがＡＲの登場で、現実世界に侵《しん》食《しょく》してきている。特区にとどまらず、このままこの自由な空間が世界に広がればいいと思う。そうすれば人の考え方も変わるだろうに。

寄っていきたい店はいくつもあったが、まずは用事を済ませておきたい。ボクは目的地に向かって足を早めた。

秋葉原駅電気街口の西側、総武《そうぶ》線の高架《こうか》下――そこには二〇世紀末の秋葉原、今のように萌《も》えの街になる以前のレトロな風景が、今もしっかり生き残っている。ビルの狭い通路の両側に、屋内なのに「露店《ろてん》」と呼びたくなる小さな店が、ずらりと並んでいるのだ。ボクはゴ

ーグルをはずし、通路をぶらぶらと歩いていった。

店はそれぞれに特色がある。様々な大きさや用途のモーターを揃《そろ》えた店。真空管《しんくうかん》を売っている店。ＬＥＤの専門店。ハンダごてやドライバーやニッパーなど、工具の専門店。各種ケーブルの専門店。ＣＣＤカメラや盗聴《とうちょう》発見器や警報装置など、防犯機器の専門店。計測機器の専門店。電子工作関係の書籍の専門店。ポンプの専門店。アンテナの専門店。モニターの専門店。ボリュームとコンデンサの専門店。コイルの専門店。コネクタとスイッチの専門店……まさに「電気街」が凝縮《ぎょうしゅく》されている。

ボクはこのビルの中をぶらつくのが好きだ。何も買わなくても、見て回るだけで楽しい。ＬＥＤの店の前で、赤や青や黄色のＬＥＤたちが、小さな箱に分けて入れられてばら売りされている光景は、夏祭りの縁日《えんにち》で売っている飴玉《あめだま》を連想させる。二本の足が生えた小さな青いコンデンサたち、カラフルな帯に取り巻かれた抵抗たちも、アクセサリーのようでかわいらしい。旧式のオシロスコープに映るリサジュー図形は、素朴《そぼく》だがファンタスティックだ。重たそうな大電力用のコイルを見ていると、これは何に使われるんだろうかとわくわくしてくる。

それにしても、いつも不思議に思う。こうした小さな店は、安い抵抗やコンデンサやＬＥＤを売るだけで、どうやって生計を立てているのだろうか。真空管なんてものも、もう需要がほとんどないだろうに。まあ、こういう店がなくなっては困るマニアも大勢いるんだろうけど……。

今日のボクの目的は中古パーツ探しだ。今のARゴーグルの性能に満足できなくて、できれば七、八年前の高解像度のHMDが安く出回っていないか……と思って探しに来たのだが、さすがにそんな都合のいい話はなかなかないようだ。

中古パーツ店の主人とは顔なじみだ。たぶん六〇歳かそこらだろうけど、さすが若い頃から秋葉原でずっと商売を続けてきただけあって、オタクにも偏見《へんけん》がない。ボクの正体はまだ教えていなくて、ただの「ボクっ子」だと思っている。まあ、教えても支障《ししょう》はないんじゃないかという気もするけど。

「いやあ、すばるちゃんが来ると、ここがぱあっと華やかになるからいいねえ」

陽気な口調で言う店主。ボクは「褒《ほ》めたって今日は買いませんよ」と笑う。この店主はいい人なんだけど、隙《すき》あらば何かを売りつけてくるので、ガードは固くしないといけない。この前も骨董品《こっとうひん》のPCエンジンを買わされそうになった。

「いやいや、君みたいな娘《こ》が来てくれるだけでいいんだよ。やっぱ、こういう趣味って、〝暗い〟っていうイメージあるじゃない？　実際はそうでもないんだけど、表面的にさ。客のほとんどは男だし。女の子がいるだけでイメージが変わるんだよ」

「ボクって、店の売り上げに貢献《こうけん》してます？」

「ああ。できれば店で働いてほしいぐらい。いや、いっそ店継いでくれてもいいよ」

「いや、それはちょっと……」

ボクは笑ってごまかした。正直に「あまり将来性がなさそうですよね」と言うのは、さす

がに失礼だろう。

「まあ、いいか。とにかくこれからもうちの店、贔屓《ひいき》にしてよ。ＨＭＤ、掘り出しものが入ったら、メールで連絡するから」

「ありがとうございます。いつもお世話になっちゃって」

「うん。でもほんと、女性客は貴重だから、大事にしないとね。君とお姫様は双璧《そうへき》だしね」

「お姫様？」

「ああ、知らなかったっけ？　この界隈《かいわい》の常連。一年ぐらい前からちょくちょく姿を見せて、いろんな電子部品をいつも大量に買ってく女の子。名前が分からないから、みんな〝お姫様〟って呼んでるの」

「ボクは〝お姫様〟じゃないんですか？」

「すばるちゃんは名前分かってるじゃん。それに雰囲気が〝お姫様〟じゃないし」

ボクは眼で笑いながら、口を尖《とが》らせた。「どういう意味ですか」

「いや、気を悪くしないで。その娘《こ》は君とイメージが正反対なの。浮き世離れしてるっていうか……この世の者じゃないなって感じがするの」

「へえ……」

ボクは俄然《がぜん》、興味をそそられた。頭の中にイメージが広がる。アニメによく出てくる大金持ちのお嬢様キャラのように、日常生活でも派手なドレスを着ていて、「おほほほほ」と高《たか》飛車《びしゃ》に笑ったりするんだろうか。あるいは寡黙《かもく》で優雅、全身から神秘的なオーラを漂《ただよ》わせて

いたりするんだろうか……？

「おっ、すごいな。まさに噂をすれば影」

「えっ？」

「ほら、あの娘《こ》だよ」

店主は顎《あご》をしゃくった。通路のずっと向こうから、一人の女性がのんびりと歩いてくる。スマホを手にしていて、その画面と左右に並ぶ店をきょろきょろ見比べ、何か探しているようだ。

イメージとぜんぜん違った。よれよれのジーンズに灰色のTシャツという、まったく色気のない格好。後ろ髪は長く、前髪は眼のあたりまで垂れていて、顔が見えにくい。かろうじて体形で女性だと分かるが、年齢はさっぱり分からない。お世辞《せじ》にも神秘性なんて感じられない。

それがボクが初めて目にした結城ぴあのだった。

「あれが……お姫様？」

「そうだよ——まあ、話を聞いてみれば分かるから」

ボクは新たな疑問にとらわれた。なぜあんな野暮《やぼ》ったい女性が「お姫様」と呼ばれるのか、俄然、知りたくなった。

ぴあのは（もちろんボクはその時、まだ名前を知らなかったのだが）電子部品の店の前で立ち止まっていた。一センチ角ぐらいの黒いデバイスをつまみ上げ、しげしげと眺めている。

ボクは彼女にぶらぶらと近づいていったが、まだ話しかける気はなかった。どんな女性なのか観察したかっただけだ。

二メートルほど離れて隣の店の前に立ち、コンデンサを物色《ぶっしょく》しているふりをしながら、横目で観察する。寝起きでいきなりここに来たんだろうか、髪はぼさぼさで、明らかに櫛《くし》を入れていない。横顔は頬しか見えないが、メイクもしていないようだ。ボクは軽い苛立《いらだ》ちを覚えた。女ならもっと身だしなみに気を使え。

「あの……すみません」

彼女は雑誌を読んでいた店の主人に、静かな口調で呼びかけた。外見と不釣合《ふつりあ》いな、鈴が転がるような美声《びせい》で、ちょっと心がくすぐられる。

「Ｒ２Ｊ２０７０２ＮＰはありませんか？」

女性の口から電子部品の型番がすらすら出てくるのは、不思議な感じがした。

主人は雑誌から顔を上げ、怪訝《けげん》な顔をした。「あん？　ルネサスの電源リニアだよね？」

「はい」彼女は小さくうなずいた。「ずいぶん前に生産中止になってるらしくて。でも、周波数が一メガで、出力電流が最大三五アンペア欲しいんです。スペックが合うの、これしかなくて。ありますか？」

「Ｒ２Ｊ……？」

「２０７０２ＮＰです」

「ちょっと待って。デッドストックが確かあったはずだ」

主人は座ったまま身体《からだ》をひねり、背後の棚をごそごそと探った。ボクはますます興味をそそられた。たぶん彼女が欲しがってるのは、電源回路のDC‐DCコンバータだろうと思う。でも普通、素人《しろうと》が電子工作で使うコンバータでは、出力電流は数百ミリアンペア、どんなに高くても五アンペアぐらいまでだ。三五アンペアって何に使うんだろう？

「はい、これね」

店主は棚から小さなICを取り出した。ぴあのは「うわあ、ありがとうございます！」と、クリスマス・プレゼントを貰った子供のように喜んだ。

それを購入すると、ぴあのはボクのいるコンデンサの店の方に移動してきた。ボクは少し横にずれて観察を続けた。彼女は高圧セラミック・コンデンサ（一〇〇〇ピコファラド、AC二五〇ボルト）の二〇個入りの袋を五袋買った。一袋二〇〇円ぐらいしかしない安いものだ。でも、いっぺんに一〇〇個はちょっと多すぎるように思う。

次にダイオードの店に行き、汎用整流用《はんようせいりゅう》ダイオードの二五〇本入りの袋を買った。これも一袋八〇〇円しかしない。

「こんなに何に使うの？」

さすがに不審に思ったのだろう。店の主人が訊《たず》ねると、ぴあのはけろりと答えた。

「コッククロフト・ウォルトン回路を作るんです。五〇段のを二つ」

おい。

ボクは心の中でツッコんだ。そりゃあコンデンサが五〇個とダイオードが一〇〇本あれば、

五〇段のコッククロフト・ウォルトン回路は作れるさ。ハンダ付けにものすごく手間はかかるだろうけどね。でも、確か八段で三万五〇〇〇ボルトぐらいの高圧を作り出せたはずだ。五〇段って……何十万ボルトになるんだ？　しかも二つ？

店の主人も困惑《こんわく》していた。「スタンガンでも作るの？」

「いいえ。このサイズだとスタンガンにしても持ち歩くのに不便でしょう？　——ああ、単発のレールガンぐらいなら作れるかな？」

「ええ？」

「いえいえ、レールガンなんか作るんじゃありません。純粋に実験用です」

「ならいいんだけど……くれぐれも火事なんか起こさないでよ」

主人はしぶしぶ商品をぴあのに手渡した。

彼女が次に訪れたのはコイルの店だった。以前に買ったコイルについて、若い店員と話している。チョークコイルのコアギャップからの漏《も》れ磁束《じそく》があるせいで、出力波形《はけい》にリプルが出ているようなのだが、どういう対策を立てればいいだろうか……というような相談をしている。だが店員は若くて経験が浅いせいか、しどろもどろになっていた。

盗み聞きを続けるうちに、どうやら分かってきた。彼女はただの素人の電子工作マニアじゃない。かなりの専門知識を持っている。ただ、理論には秀《ひい》でていても、実践面での経験が少ないように思える。経験者なら知ってて当然の初歩的な知識が、けっこうぽこぽこ抜けているようだ。

「コアギャップがある以上、漏れ磁束はどうしようもないですねえ」店員は首をひねっている。「アモルファス合金《ごうきん》を使ったギャップレスのコイルにするしか」

「でも、ギャップがないと不安なんです。前に間違ってトランスを磁気飽和《ほうわ》させたことがあって」

「あらまあ」

「トランスは無事だったんですけど、近くの回路が焼けちゃって、みんな台無しになっちゃったんですよね。それ以来、コアギャップがあるのを使うようになったんです」

「うーん、アモルファスなら飽和磁束密度が大きいから、簡単には磁気飽和しないと思うんですけどねえ」

「でも、けっこうスペックぎりぎりで使うことが多いんで」

「あと、影響受けそうな回路をコイルから離してみるとか」

「そうするとレイアウトを全部変えなきゃいけなくなるんですよね。うーん……」

　彼女はスマホの画面を見ながら考えこんでいた。ちらっと覗くと、回路図が映っている。細い指を画面の上で滑《すべ》らせ、画面を右に左にスクロールする。回路をどう変えたらいいか考えているようだ。

　と、彼女は急に振り返った。ボクと視線が合う。ボクはどきっとした。それまで髪に隠れて見えなかった彼女の眼を、初めて見たからだ。

　不思議な眼だった——ボクを見て驚いているのでもない。不審に思っているのでもない。

初対面のはずなのに、自分の背後にボクがいるのが当たり前であるかのような、そんな眼だった。

たぶん歳《とし》は一六か一七、ボクより少し下ぐらいだろう。メイクをすればもっと美人になれるはずの顔だ。もったいない。

「どう思われます？」

「は？」

「今まで、私の話を聞いておられたでしょ？　何かいいリプル対策はありますか？」

彼女の口調は盗み聞きを問い詰めるようなものではなかった。ただ純粋に、自分の抱《かか》えている疑問を、見ず知らずのボクにぶつけているだけなのだ。まるで以前からの親しい知り合いであるかのように。

ボクはすっかり混乱していた。とっさにどう答えていいか分からない。「あ……あの、どんな回路なのか分からないと、答えようがないかな……」

「あっ、そうですよね。じゃあ、ご覧になってください」

彼女はためらうことなく、ボクにスマホを差し出した。ボクはしかたなく受け取った。画面に映っているのは回路図のごく一部にすぎなかった。ボクはスクロールして、全体を把握《はあく》しようとした。

ボクも電子工学科の学生だ。回路図の見方は分かる。各部分を見る限り、特におかしなところはなかった。電源、変圧、増幅《ぞうふく》、変調、どれも基本に忠実に構成されていると言える。

しかし、全体として見ると……。

理解できなかった。何でこんなことになっているのか。配線が見たこともないつながり方をしているのだ。頭の中で全体の構造を思い描こうとしても、こんがらがってしまう。かといって、でたらめというわけでもない。明らかに何らかの意図によって構成されているのだが、その意図が分からない。

　こんな回路図を描ける奴は、頭がおかしいのか、天才か、あるいはその両方か。

「これ、入力はどこ？　入力部がないように見えるんだけど……それに、これだとノイズを増幅してることにならない？」

「あ、すごいですね」彼女はボクの理解の速さに感心したようだった。「その通りです。この回路は熱擾乱雑音《ねつじょうらんざつおん》を増幅するんです」

　ボクはまたもびっくりした。ノイズは低減するものと決まっている。ノイズを増幅する回路なんて聞いたことがない。

「それ、何の意味があるの？」

「実験です」

「さっきのと関係あるの？」

「さっきの？」

　ボクはもう、ストーキングしていたことを隠す気はなくなっていた。「さっき、あっちのお店で、五〇段のコッククロフト・ウォルトン回路を作るって言ってたでしょ？　これには

使われてないみたいだけど」

「ああ、あれはまた別の実験です」

「いろいろやってるんだ」

「いろいろやってます」

　ボクの好奇心のメーターは振り切れようとしていた。疑問だらけだった。この娘《こ》は何者なのか。いったいこんな非常識な回路を作って何をやろうとしているのか。それが分かるまで帰れない。

　その時、ボクは周囲からの視線に気づいた。店員だけじゃなく、周囲の男性客たちもこっちを興味深そうにうかがっている。数人でひそひそ話している者もいた。まずい、注目を集めてしまっている。こんなところで女の子二人が話しているのは、ものすごく珍しい光景なのだ。

　場所を変えよう。

「とりあえずさ、ここで立ち話ってのもアレだから、どっかで落ち着いて話さない？　詳しく聞きたいんだけど」

「えっ？」彼女はびっくりしてボクを見返した。「あの……私の話を聞きたいんですか？」

「うん。迷惑？」

「そんなことはありません。喜んで！」

　ぴあのは顔を輝かせた。後で知ったのだが、彼女はそれまで、自分が言っていることを正

しく理解し、なおかつ耳を傾けてくれる者に、出会ったことがなかったのだ。

　ボクたちはすぐ隣のアトレの中にあるスターバックスに入った。ボクはアイスティーを、彼女はオレンジジュースを注文する。それから席に座って話の続きをした。

「ボク、貴尾根《きおね》すばる」アイスティーにフレッシュを入れながら自己紹介した。「貴い山の尾根で〝貴尾根〟。〝すばる〟はひらがな三文字」

「わあ……」

「どうしたの？」

「いえ、素敵なお名前だなって思って。私、散開星団の中ではプレアデス星団がいちばん好きなんです」

　いかにも、すばるはプレアデス星団の和名だ。

「ハンドルですか？」

「え？」

「だって、プレアデス星団でいちばん明るい星でしょ、アルキオーネ」

　ボクは感心した。〝すばる〟はともかく、〝きおね〟の方の由来を一瞬で見抜くとは。

「まあ、確かに本名じゃないけど……」

「いいですよ、素敵なお名前ですから、すばるさんとお呼びします――ああ、私は結城ぴあのです。結ぶ城と書いて〝結城〟。〝ぴあの〟はひらがなです」

どこかで聞いたような気がする名前だな、とボクは思った。だが、その時は思い出せなかった。

「それも変わった名前だね」

「私のは本名ですけど。母がつけてくれた名前です」

「確認するの忘れてたけど、高校生？」もしかしたら童顔に見えるだけで歳上なのかもしれない。その場合、ため口で話すのはまずいかと思ったのだ。

「いえ、違います」

あ、やっぱり大学生か。

「高校には行ってません」

「えっ？　不登校？」

「いえ、最初から行ってないんです」

「どうして？」

家が貧乏だから、というわけではあるまい。しょっちゅう秋葉原に来て、電子部品を買いまくっているらしいから。

「学校は役に立たないからです」

「うわ、ストレートに言うなあ」

「でも、本当です。学校では私の知りたいことを何も教えてくれないんです。だから行くだけ無駄《むだ》だと思って。知りたいことはみんな、本やネットで学びました」

彼女の口調には、学校を嫌っている様子はまったくなかった。本当に、自分には必要がないから進学という選択をしなかった、というだけらしい。

何となく〝お姫様〟と呼ばれる理由が分かってきた。彼女はあらゆる点で普通の女の子と違っている。庶民とは違う道を歩み、まったく違う考え方をする。常識に反している。現実離れしている。まるでファンタジー世界のお姫様のように。

こんなキャラクターが現実に存在するとは。

「じゃあ、働いてるの？」

「はい。今日も四時から仕事があるんです」

日曜日の四時からある仕事って何だろう。コンビニのバイトか何かだろうか。疑問には思ったが、質問はしなかった。初対面であまりプライベートに踏みこむのは良くないと思ったのだ。

「じゃあ、学校に行かずに独学で回路作ってるわけ？」

「はい」

「電子工作が好きなの？」

「と言うより、科学が好きなんです。特に物理学が。量子論《りょうしろん》とか宇宙論とか」

「物理学が好きなら、それこそ大学に進学した方がいいんじゃない？　高卒でなくても大学受験はできるよ」

「さあ、どうでしょう？」ぴあのは小首を傾《かし》げた。「大学でも私の知りたいことは教えてく

れない気がします」

「知りたいことって？」

「科学でまだ解明されていないことです。それは大学の講義でも教えないと思うんです」

「まあ、そうだろうな」

「本で読んでもネットで検索しても分からないことは、自分で確かめるしかありません。今作ってる回路もそのひとつです」

「熱擾乱雑音を増幅して何するの？」

「時間の矢を反転できないか、調べてます」

「はあ？」

ボクは思わず変な声を上げてしまった。「時間の矢」というのは物理の世界の用語で、時間の非対称性を指している。ボクたちは空間上では前進も後退もできるのに、時間の上では過去から未来にしか進めない。それを「時間の矢」と呼んでいるのだ。

時間の矢を反転させるということは、時間を過去に戻すということだ。

「何それ？　タイムマシンでも作る気？」

ボクは冗談で言ったのだが、彼女は大真面目《おおまじめ》な顔で「それもある意味、目的のひとつではありますけど」と答えた。

後になって知った。彼女は——結城ぴあのは冗談など言わない。常に大真面目なのだということを。

2 プロフェッサーの敗北

「ほとんどの物理法則は時間に対して対称です」彼女は渓流のような涼やかな美声《びせい》で説明した。「ニュートンの運動方程式、相対性理論、量子《りょうし》力学、マクスウェルの電磁方程式、キルヒホッフの法則……どんな法則も、時間の方向を逆にしても成立します。唯一の例外が熱力学の第二法則で、これだけは時間に対して非対称です。つまり熱力学の第二法則が時間の方向を決定していることになります――分かりますか？」

「うん」

ボクはうなずいた。理工系の人間なら、熱力学の第二法則は基礎知識とでも言うべきものだ。エントロピーは常に増大に向かう。紙を燃やすと灰と煙になるが、灰と煙は紙には戻らない。

「熱力学の第二法則は情報にも当てはまります。情報というのはエントロピーで、あらゆる情報が重ね合わさるとノイズになります。つまり純粋なノイズというのは、エントロピーが最大の状態、いわゆる熱的死《ヒート・デス》です。ということは、熱擾乱雑音《ねつじょうらんざつおん》の中からエントロピーの低い信号を取り出すことができたら、時間の矢が反転したことを意味します」

　ボクはアイスミルクティーをストローですすりながら考えた。何となく彼女の考えてることは分かった。でもそれは自然の摂理《せつり》に反してる。エントロピーを減少させるというのは、このミルクティーをフレッシュとストレートティーに分離するようなものだ。

「言いたいことは分かります。熱力学の第二法則は破れないと言いたいんでしょう？」

「うん」

「でも、どうして破れないんでしょう？」

「どうしてって……それが法則だから」

「でも、どうして熱力学の第二法則だけが例外なんでしょう？　他の物理法則はみんな時間に対して対称なのに。なぜエントロピーは減少しないんでしょう？」

「それはエントロピーの大きい状態の方が確率が高いからじゃないの？」

　お湯に水を混ぜたらぬるま湯になる。水の温度は水分子《ぶんし》の運動の激しさで決まるが、ぬるま湯の中には、速度の大きい分子も小さい分子も含まれている。たまたま速度の大きい分子が一方に集まったら、ぬるま湯はお湯と水に分離することになる。つまりエントロピーが減少する。でも、そんなことが起きる確率はものすごく小さい。だから起こらない。

「でも、それって同語反復《トートロジー》じゃないんでしょうか？　確率の大きい状態を『未来』と定義して、そっちの方が確率が大きいから『未来』だと言ってるだけのような気がします」

　ボクはわくわくしてきた。女の子と喫茶店でエントロピーについて議論するなんて、めったにない経験だ。たとえルックスがイマイチであっても。

おまけに彼女はなかなか手強《てごわ》い。「でもげんに、ぬるま湯がお湯と水に分離することなんてないじゃない」

「それは私たち自身が熱力学的な時間の矢に支配されているからです。たとえば時間を逆に生きている生物がいたとしたら、彼らから見れば、私たちにとっての過去が未来で、未来が過去です。私たちにはお湯と水が混ざってぬるま湯になるように見えても、彼らからすると、ぬるま湯がお湯と水に分離するように見えることになります」

「そんな生物なんて存在しないから机上《きじょう》の空論だ……というのは反論にならない？」

「納得できません。ファインマンの再解釈原理からすると、時間を逆に生きている存在もありえることになります」

彼女はさらに長広舌《ちょうこうぜつ》を展開した。ノーベル賞を受賞した物理学者リチャード・Ｐ・ファインマンは、陽電子《ようでんし》（電子の反粒子《はんりゅうし》）は時間を逆行している電子だという説を唱《とな》えた。電子と陽電子がぶつかって消滅する現象は、未来に向かっていた電子がＵターンして過去に戻る現象として解釈できるというのだ。これが再解釈原理だ。この原理からすると、もし陽電子や反陽子のような反粒子だけから構成された生物がいたとしたら、時間を逆に生きていることになる。ボクらには彼らが若返ってゆくように見えるし、彼らからはボクらが若返ってゆくように見える。

「つまり、たまたまこの世界には反粒子が少ないから、時間の矢が一方向に固定されてるんじゃないかと思うんです」

「じゃあ、反粒子をたくさん集めたら時間の反転が観測できる？　それこそ机上の空論だと思うけどなあ」

　現代の技術を使えば反粒子を創ることはできるけど、その量はものすごく少ない。ダン・ブラウンの『天使と悪魔』にあるように、CERN《セルン》（欧州原子核研究機構）の加速器で四分の一グラムの反物質を創ろうとしたら、一五八億年かかると言われている。

「反粒子そのものは問題じゃありません。私が注目してるのは電磁《でんじ》波《は》、つまり光子です。光子には粒子と反粒子の区別はありません。マクスウェルの電磁方程式も時間に対して対称ですから、光子には時間の矢というものはないはずなんです。つまり光子なら時間を反転させられる可能性があります」

　彼女はさらに専門的なことをぺらぺら喋《しゃべ》ったが、電磁気学ならまだしも、量子論やブレーン理論にまで話を広げられると、ボクにはもうついていけなかった。とりあえず、ぴあのがとんでもない天才で、勉強家であることだけは分かった。独学でこれだけの知識を身につけたとは。

　ボクに理解できた範囲では、ぴあのは回路全体を厳重にシールドして、外界《がいかい》からの影響を遮断《しゃだん》する実験をやっているらしい。電波雑音が入ってこないから、発生するのは熱擾乱雑音だけ。この状態では外界の時間の矢の影響も受けないから、エントロピーが減少することもあるのでは――と考えたのだ。しかし、シールドの中に収めるには回路をなるべく小さく作らねばならず、トランスからの漏《も》れ磁束《じそく》の影響が問題になるわけだ。

「そんな簡単な実験で、時間の矢を反転させられるの？」

ボクが基本的な疑問を口にすると、ぴあのはさらりと「分かりません」と答えた。

「でも、ネットで検索しても、そんな実験をしたっていう人が見当たらないんですよね」

そりゃそうだろう。

「いたとしても、やってみてうまくいかなかったから発表しなかったんじゃ？」

「かもしれません。でも、私としてはとりあえず試してみたいんですよね。試しもしないで『そんな可能性はない』とは決めつけたくないんです。うまくいかなくてもいいんです。『この方法ではうまくいかない』という知識が増えるだけでも収穫ですから」

「でも、時間の矢を反転させることが可能だとして、それでどうするの？　過去に信号を送って、歴史を変える？」

「それはずっと先のことになるでしょうね。当面は、もっと現実的な目標を目指してます」

「何？」

「第二種永久機関です」

「……おい」

それはちっとも現実的には聞こえない。

永久機関には、第一種永久機関と第二種永久機関の二種類がある。前者は熱力学の第一法則に反して無からエネルギーを生み出すもの。後者は熱力学の第二法則に反してエントロピーを減少させるもの。当然、どちらも現代科学では不可能とされている。実際、過去何世紀

もの間、多くの発明家が、永遠に回転を続ける車輪だの入力を上回る出力を取り出せるモーターだのに挑戦してきたが、みんな無残な敗北に終わっている。それでも挑戦者は後を絶たない。

　ちなみに日本の特許庁では、自然法則に反するものは特許として認められないので、永久機関の特許を出願しても受理されない。それでも毎年、一〇件前後の出願があると聞いたことがある。

「第二種永久機関ができれば、エネルギー問題も環境問題も解決すると思いませんか？」

「それが君の目標なの？　環境問題を解決するのが？」

「いいえ。それもステップのひとつです。私が本当に目指してるのはもっと先――」

　その時、彼女のスマホが軽快なメロディを奏《かな》でた。聞き覚えのある曲だが、すぐには曲名が浮かばなかった。しかし、彼女が「ちょっと失礼」と言ってスマホを取り出すまでの間に思い出した。

〈サイハテ〉――十数年前（後で調べたら二〇〇八年の一月だった）に動画投稿《とうこう》サイトで発表された、最も初期のボカロ曲のひとつだ。当時、二〇〇万再生を記録したヒットになり、その後も何度もカバー曲が作られて、根強い人気を維持している。しかし、ぴあののような若い女の子が着メロにしているというのは、ちょっと意外な気がした。彼女の生まれた頃の曲だろうに。ボクだってリアルタイムでは聴いたことがない。

　そもそも〈サイハテ〉を着メロに選ぶというセンスが、ボクにはよく分からなかった。確

かにメロディは明るくて親しみやすいが、縁起のいい歌ではないからだ。

　恋人の葬儀の歌なのだ。

「ああ、もう行かないと」スマホの画面を見て、ぴあのは言った。「思ったより長く話してしまったみたいです。今日はいろいろとありがとうございました。楽しかったです」

　そう言って頭を下げ、立ち上がろうとする。ボクは「あ、ちょっと待って」と呼び止めた。

「本題がまだ終わってない」

「本題？」

「漏れ磁束のせいで、出力波形《はけい》に異常が出てるんでしょ？」

「はい」

「たぶんそれ、リモート・センシングの配線が悪いよ」

　ボクはｉＰａｄを取り出し、描画ソフトを呼び出して、簡単な配線図を描いて説明した。

「メインの配線を撚線《よりせん》にするの。それにセンシング線も撚り合わせる。こんな風に。そうしたらループの中に磁束が入ってこれなくなるから……」

「ああ！」ぴあのは眼を見開き、口をぽかんと開けて、大げさに感心した。「単純すぎて盲《もう》点《てん》でした。漏れ磁束を減らすか、シールドすることばかり考えてました。すばるさん、頭いいですね」

「いや、これって回路設計の本に載ってる程度のことだけど……」

　どっちかというと、この程度のアドバイスもできなかったあの新米店員の方が問題なんだ

が。

「そうなんですか」ぴあのは肩を落とした。「やっぱり独学だとだめですね。基本的なことを習ってないから、そういう初歩の知識に穴があるみたいです……」

彼女のしょんぼりした表情がかわいそうだったので、ボクは慌《あわ》ててフォローした。

「いや、初心者は誰でもそんなもんだって。ボクだってけっこういろんなポカやってるし。むしろ独学であんな回路図が描ける君の方がすごいよ」

「はあ」

「だからさ、何か分からないことがあったら言ってよ。ボクに分かる範囲なら教えてあげるから」

陽《ひ》が射しこんだように、ぴあのの表情が一転して明るくなった。

「これからも相談に乗っていただけるんですか？」

「うん」

純粋な親切心というわけじゃなかったことは、正直に言っておく。ボクとしても、女の子と物理とか電子回路とかの話ができるのは、すごく楽しい体験だったのだ。できればまた話したい。

「あ、名刺《めいし》渡しとく」

ボクは名刺を彼女に渡した。イベントなんかでのコスプレイヤー同士の自己紹介用に作ったもので、スカイブルーのメタリックな紙に、〈貴尾根《きおね》すばる〉というハンドル名と、魔法

少女のコスプレをしたボクの全身写真、それにQRコードが印刷されている。

「このコードにボクのブログのURLが入ってるから、何か相談したいことがある時はここに連絡して」

「はい。じゃあ、私の名刺もお渡ししておきますね」

彼女は名刺を差し出した。ピンク色で花模様のあるファンシーなやつだ。左半分には顔写真も載っていた。

「……え？」

ボクは硬直《こうちょく》した。その写真に写っているのは、眼のぱっちりした美少女で、髪もきれいにセットしていた。小首を傾《かし》げ、二本の指を立てたボーイスカウト式の敬礼をして、カメラに向かって微笑《ほほえ》んでいる。

一瞬、彼女が間違えて他人の名刺を渡したのかと思った。だが、ぴあのと見比べると、顔の輪郭が同じだと気づいた。自分でもメイクをするから分かる。今、目の前にいるこの女の子に、つけまつ毛をつけ、マスカラとアイシャドーを施《ほどこ》して眼を強調し、髪をちゃんと梳《と》かしたら、確かにこの顔になる……。

名刺の右側には〈Piano Yuki〉とある。その上には〈ジャンキッシュ〉というロゴ……。

「ええーっ!?　ジャンキッシュ!?」

それは一年ぐらい前にデビューした、一五人ほどの女の子（人数はしばしば変わる）によるアイドル・グループだった。

「はい」ぴあのはにっこり笑った。「私、アイドルやってます」

後から思えば、ＡＫＢ48あたりがリアル・アイドルの最後の輝きだったのではないだろうか。

ボクが生まれる前、二〇世紀末頃までは、まだソロのアイドルが多くいたらしい。小さかった頃、祖父が懐《なつ》かしそうに、いろんな女の子の名前を口にしたのを覚えている。マツモトイヨ、サカキバライクエ、ホリチエミ……祖父が二〇代だった頃にテレビを席巻《せっけん》していた女の子たち。

でも、ボクがもの心ついた時には、すでにソロのアイドルなんてものはほぼ絶滅状態だった。アイドルはグループで活動することが当たり前になっていた。だから祖父の語るソロのアイドルというものが、とても不思議に感じられたものだ。昔は一人でもアイドルでいられたんだと。

グループであることには大きな利点がある。ファンは何人、あるいは何十人もの女の子の中から、お気に入りの一人を選んで応援できる。たくさん揃《そろ》えれば、その中に一人ぐらいは好みに合う娘《こ》がいるだろう、という発想だ（当然、男性アイドル・グループにも同じことが言える）。

無論、個々の女の子の人気は永遠には続かない。いつまでも若さを保ち続けるアニメキャラやボーカロイドと違い、リアルの女の子たちの年齢は、毎年、着実に上がってゆく。いず

れは引退し、結婚する。スキャンダルを起こして消えてゆく者もいる。あるいは清純派から脱却してヌード写真を発表したり、ドラマで汚れ役をやったり——しかし、アイドル・グループ全体としては、常に若い新人を補充し続けることによって、「集団としての不老不死性」を維持している……。

だがそれは、昔は大勢いたソロのアイドルというものが、すでに成り立たなくなったことを意味していた。

当時、古い世代のほとんどの日本人たちが気づかないうちに、リアル・アイドルの衰退がじわじわと進行していた。二一世紀に入ってからの急激な日本社会の変化——インターネットの爆発的な普及、子供を対象としない深夜アニメの増加、コンピュータ・ゲームのハードやソフトの進化、ボーカロイドの台頭《たいとう》、アキバに代表される〝萌《も》え〟文化の興隆《こうりゅう》などなど——は、若者の間に新しい概念《がいねん》を定着させていったのだ。

アイドルはリアルでなくてもかまわない。

その姿はモニター上のCG映像で、歌声は電子的に合成されたものであってもいい。

歴史を振り返ってみれば、二〇一〇年代初頭、初音《はつね》ミクのライヴが何度も開催され、大成功を収めた事実は、リアル・アイドルへの遠回しな死刑宣告だった。もはやバーチャル・アイドルは、リアル・アイドルに匹敵《ひってき》する数のファンを獲得している。モニター上の存在にとどまらず、ライヴを開くことさえできる——だったら、老いてゆく肉体を持つアイドルが、真に不老不死で永遠に処女のバーチャル・アイドルに勝てる要素は、いったい何だ？

当時、アニメファンの間で、「○○は俺の嫁」という言い回しが流行《はや》った。無論、アニメキャラと結婚できるわけがないことは、誰でも知っている。不可能であることを自覚したうえでのジョークだ。しかし、実はリアル・アイドルだってそうなのだ。一人のリアル・アイドルを嫁にできる男性は一人だけ（再婚を繰り返せば別だが）。あるファンが熱烈に彼女を愛していても、結婚できる可能性は限りなくゼロに近い。いや、ゼロと断言していい。それどころか、アイドルの結婚はファンにとって「裏切り」と映る……。

　どっちみち結ばれることがないのなら、決して裏切ることがなく、いつまでも応援を続けられるバーチャル・アイドルの方がいいのではないか——そう考えるファンがじわじわと増えてきたことで、バーチャル・アイドルにリアル・アイドルが駆逐《くちく》されつつあった。

　当時、ＡＫＢなどのアイドル・グループがよく握手会を開いていたのも、そうした潜在的な危機に気づいていたからかもしれない。もはやリアル・アイドルがバーチャル・アイドルに勝てる要素は、「触れられる」というただ一点にすぎなかった。ファンにしてみれば、自分の好きなアイドルが実体を有しているという事実は、バーチャル・アイドルに決定的に勝《まさ》るものだと映った。

　だが、考えてみれば、「リアル・アイドル」という言葉自体が矛盾《むじゅん》なのだ。アイドルの本来の意味は「偶像」だ。偶像にリアルもバーチャルもない。その存在自体が虚構なのだ。

　その虚構が剝《は》がれ落ちたら、リアル・アイドルに勝ち目はない。なぜなら、虚構の下に何もなく、それゆえにイメージが傷つくこともないバーチャル・アイドルと違い、リアル・ア

イドルは欠点だらけの肉体と魂を――人間である限り逃《のが》れようのない制約を抱《かか》えているからだ。

二〇二〇年代に入ると、ARの普及がバーチャル・アイドルの優位性をさらに強固にした。ARゴーグルを装着すれば、ユーザーは3Dのキャラクターに「触れる」ことができる。感触こそないものの、手を伸ばして女の子の髪をかき上げられる。頭を撫《な》でると、女の子は喜ぶ。スカートをめくったり胸に触ったりすると、本物の人間のように恥ずかしがったり怒ったりする。さらに進化した人工知能により、キャラクターとの対話も可能になった――リアル・アイドルに対しては決してできないことが、バーチャル・アイドルに対してはできるのだ。

皮肉なことだが、ARという幻想の技術こそが、「リアルの優位性」という幻想を打ち壊したのだ。二〇二〇年代の中頃には、リアル・アイドルの凋落《ちょうらく》がはっきりと目に見えるようになってきていた。今やCDの売り上げランキングのトップは、アニメやゲームの主題歌やキャラクター・ソング、それにボーカロイド曲に独占されていて、リアル・アイドルの歌はその間でどうにか生き続けているという有様だった。

結城《ゆうき》ぴあのがデビューしたのは、まさにそんな時代――リアル・アイドル滅亡の前夜だった。

ボクと出会った一週間後、ぴあのはマネージャーやプロダクション社長とともに、サンシ

ャインTVを訪れた。

「うちのぴあのが不祥事《ふしょうじ》を起こしたと聞いたんですが？」

会議室の椅子《いす》に腰を下ろすなり、スターマイン・プロダクション社長の真下洋孝《ましもひろたか》は切り出した。二〇年前はそこそこ名の売れたロックシンガーだったが、自分の才能に見切りをつけ、会社を興《おこ》してアイドルのプロデュースに乗り出した。若い頃はかなりのワルだったという評判で、本人もそれを否定していない。社長業が成功を収め、五〇に近づいた今も、見かけの不良っぽさは抜けていなかった。常にノーネクタイのラフな格好《かっこう》で、耳にピアスをしている。

「不祥事、というか、昨日の『ポンと出るテレビ！』の収録で、台本にない暴走をやってくれましてね」

サンシャインTVのプロデューサー、二条朋和《にじょうともかず》が気まずそうに言った。真下と同年代だが、こちらはがちがちのエリート・ビジネスマンといった風情《ふぜい》。眼鏡《めがね》越しに、正面に座ったぴあのをにらみつけている。

長身の真下と太ったマネージャーにはさまれ、ぴあのは亀のように首をすくめ、縮こまっていた。

「まず、その映像を観《み》ていただきましょうか」

二条は会議室に備えつけのデッキにメモリースティックを接続した。大型モニターにメニューが表示される。

二条が空中に指を立てると、それを検知して、画面にカーソルが現われた。二条はカーソ

ルを動かし、指を空中で軽く振って〈ポンと出るテレビ！　第17回　7月17日収録　未編集〉という文字をクリックする。

　番組がはじまった。スタジオにはジャンキッシュのうち三人のメンバー――中条理梨《ちゅうじょうりり》、青梅秋穂《おうめあきほ》、それに結城ぴあのがいた。お揃いのピンクのロリータ系のドレスを着ていた。司会はコメディアンのモンティ野馬《のま》だ。

「最初は飛ばしましょう」

　二条は画面下のスライダーを動かし、画面を早送りした。

「ここからです。プロフェッサー・シオヌマの出てくるところから」

　画面に現われたのは、白衣を着た三〇代後半の男だった。自称「天才科学者プロフェッサー・シオヌマ」こと、塩沼隆亮《しおぬまりゅうすけ》。プロフェッサーといっても大学教授などではなく、フリーの発明家にすぎない。数年前、有名な企業コンサルタントが彼の発明の数々を高く評価したことから、一挙に知名度が上がり、テレビにしばしば出演するようになった。そこそこイケメンなので、主婦層にもファンが多い。

「今日はなんと！　話題の天才科学者、塩沼先生が、新発明のすんごいマシンをスタジオに持ってきてくださってるんです！」

　モンティ野馬は不自然にテンションを高くし、場を無理に盛り上げようとしていた。

「これは世界をひっくり返すような画期的な発明だそうです！　いったいどんなものなんで

しょう!?　さっそく見てみましょう！」

アシスタントが黒い布に覆《おお》われたカートを運んできた。後ろの席に座っていたぴあのたちが進み出て、それを取り囲む。

「さあ！　この布の下にその発明が隠れています！　わくわくしますね！　いったいどんなすごいマシンなんでしょう！　理梨ちゃん、いったいどんなものだと思います？」

「えー、何なんでしょうね。分かんなーい」

頭の悪そうな演技をする理梨。実際には、何が出てくるか、台本に書いてあるから知っているはずなのだが。

「秋穂ちゃんは？」

「うーんと、新しいお菓子とか？」

ボケてみせる秋穂。すかさず野馬は「マシンだって言ったでしょうが!?」とツッコむ。秋穂は「天然ボケ系」が売りなのだ。もちろん天然ではなく、計算された演技なのだが。

「ぴあのちゃんは？」

「はい、とてもわくわくしてます」ぴあのは無《む》邪気《じゃき》に微笑む。「今日はこれを見るのを楽しみに来ました」

それは布の下に何があるかを知っている発言なのだが、野馬はスルーした。

ちなみに、ぴあのの売りは「不思議系」だ。ファンの間では、何を考えているのか分からない、ぼーっとしたところが魅力的だとされている。

もっとも、ぴあののファンは、彼女の本当の魅力をまだ知らない。

「さあ、いよいよです！　テレビ初公開ですよ！　みなさん、心の準備はいいですか？　さあ！　さあ！」

野馬はもったいぶって、なかなか布を取ろうとしない。盛り上げているつもりかもしれないが、何の情報も含まない無意味なお喋りばかりで冗長《じょうちょう》だ。これが放映されたら、録画で観ている視聴者の多くは早送りすることだろう。

「じゃーん！」

ようやく布が取りのけられると、その下から現われたのは奇妙な装置だった。土台は直径八〇センチほどの円盤形で、その大部分が透明なプラスチックのパーツでできていた。中央には複雑な形状のタワーがそそり立ち、その頂部には直径五センチほどの金属円盤が取り付けられている。タワーの根元からは、周囲のリング状の部分に向けて、細い透明なチューブが何十本も放射状に突き出ていた。全体として、自転車の車輪を横倒しにしたような感じだった。その横には、一辺二〇センチほどの透明プラスチックの立方体が置かれている。

客席が「おー」とどよめく。もちろん、画面の外でアシスタント・ディレクターが手を振って、「おー」という声を上げるよう、観客に指示しているのだが。

「先生、これはいったい何なんですか？」

野馬の質問に、塩沼は穏《おだ》やかな笑《え》みを浮かべ、自慢げに答えた。

「これは真空《しんくう》エネルギー抽出《ちゅうしゅつ》装置です」

「真空エネルギー……と言いますと？」

「あまり知られていませんが、空間には真空エネルギーというものが満ちてるんです。これはそれを取り出して電気に換えることができます」

「太陽エネルギーとかではないんですか？」

「違います。これは太陽光なんかなくても発電できます。まったくクリーンなエネルギーなんです。実用化すれば、エネルギー問題を解消できます」

「何もなくても発電できるんですか!?　それはすごいですねえ！」

「ええ。でも頭の固い科学者はなかなか信じてくれません。私の装置をインチキだと言われる方もおられます。電池でも隠してるんじゃないかと。そこで、こんな風に、内部構造がすべて見えるようにしました。電池を隠すスペースなどどこにもないことがお分かりいただけると思います」

「どういう仕掛けなんでしょう？」

「この放射状に広がっている部分が、真空エネルギーを収集する装置です。それが中央に集められ、このタワーのてっぺんから放射されます。このエネルギーが電気を灯《とも》したり、モーターを回したりできるんです」

　塩沼はさらに解説を続けた。自分はアインシュタインの理論に欠陥《けっかん》を発見した。この装置は自分が発見した新理論に基《もと》づいて作られている。従来の科学者は、アインシュタインの理論に間違いなどあるはずがないと思っていたので、この装置を思いつくことができなかった

のだ……。

塩沼が長広舌を奮《ふる》って、スタジオの観客を煙《けむ》に巻いている間、ぴあのは腰を屈《かが》めて装置に顔を近づけ、熱心に見つめていた。しかし、塩沼も他の出演者も、彼女の様子にまったく注意を払っていない。

「では、実演をお見せしましょう」

塩沼はプラスチックの立方体を取り上げた。底面は半透明のオレンジ色で、それ以外の五面は透明だ。中には台座があり、その上にプロペラの付いた小さなモーターが載っている。他には、箱の底に、抵抗やコンデンサが剝《む》き出しになった小さな基板《きばん》があるだけだ。

「ご覧のように、この装置も透明です。モーター以外には最小限の回路があるだけで、電池を仕掛けるスペースなんかどこにもないことがお分かりいただけると思います」

観客に箱を見せる塩沼の手つきと口上は、まるで「種も仕掛けもありません」と言っているマジシャンのようだった。

「今もこの真空エネルギー抽出装置の中心部からは、目に見えないエネルギーが放射されています。このモーターをそれに近づけると……」

塩沼は装置の中央のタワーに立方体を近づけ、頂部の円盤の上にそっと置いた。

とたんに立方体の中のモーターが回り出した。プロペラがくるくる回転するのを見て、観客はどよめく。

「ほら、エネルギーの放射によって、何もないのにモーターが回転するんです。この装置に

よって抽出された真空エネルギーが、モーターの回転エネルギーに変換されたということなんです」

「これは素晴らしい！」

野馬は力強く拍手した。観客席からも熱狂的な拍手が起こる。理梨と秋穂も笑顔で拍手する。

拍手していないのは、塩沼の他にはぴあのだけだった。彼女は回転するモーターの入った立方体を真剣に観察している。

「すごい発明ですねえ！　これはぜひ実用化していただきたいです！」

「ええ、数年以内の実用化を目指していまして、現在、この一〇〇倍のサイズのモデルを計画してるんですが……」

「一〇〇倍ですか⁉」

「ええ。一台で二〇キロワットの発電が可能になります。これで一般家庭一世帯分の電力を十分に賄《まかな》えます」

「じゃあ、電気代がただになるってことですか？」

「ええ。将来的に大量生産して、一台一〇〇万円ぐらいまで安くなれば、一般家庭に普及するでしょうね。一台あれば、半永久的に電気を使い続けられます。ただ、まだ試作段階でして、開発は資金面で難航しています」

「開発にお金がかかるんですか？」

「そりゃあもう」塩沼は苦笑する。「うちの研究所は火の車でして」

「それはもったいないですねえ。この番組を観ているどこかの企業の方、ぜひスポンサーになっていただきたいです。日本を救う――いや、世界を救う大発明なんですから。埋もれさせるのはもったいない！」

それから野馬は、立方体を見つめ続けているぴあのに声をかけた。

「どう、ぴあのちゃん？　ずいぶん熱心に見てるけど、これを見てどう思った？」

ぴあのは顔を上げた。

「正直に言っていいですか？」

「どうぞ」

「これ、色素《しきそ》増感《ぞうかん》太陽電池ですよね」

「へ？」

ぴあのはモーターの入った立方体をひょいと取り上げ、裏返して底を塩沼に突きつけた。

「ほら、この半透明の板、色素増感太陽電池でしょ？　色からすると、たぶんマーキュロクロム色素だと思いますけど」

ぴあのの口調には、塩沼を非難する様子はなかった。ただ単に、自分の発見した事実を口にしているだけのように聞こえる。

しかし、塩沼は目に見えて狼狽《ろうばい》している。

「そ、それは心外だなあ……」

「違うんですか？」

「単にそういう色のプラスチック板を使ってるだけだよ」

「でも、この回路も……」

「あのねえ」塩沼はこわばった笑みを浮かべ、逆襲しようとした。「このマシンの上にモーターを置いたら動き出したでしょ？　見たよね？」

「はい」

「マシンから離したら、止まったよね？」

「はい」

　ぴあのの手にしている箱の中では、プロペラは回転を止めている。

「つまりマシンから供給されるエネルギーで動いてたって証明なんだよ。違う？」

　ぴあのは答えなかった。ちょっと考えてから、自分の髪からヘアピンを抜き取る。塩沼が「あっ、ちょっと……」と止めようとしたが、それよりも早く、ヘアピンを〝真空エネルギー抽出装置〟のタワーの頂部に近づけた。

　ヘアピンはタワーにくっついて、ぴんと立った。

「磁石ですね。それもかなり強いやつ」とぴあの。「ネオジム系ですか？　それでリードスイッチを――」

　塩沼は蒼白《そうはく》な表情になった。「止めて！　カメラ止めて！」と怒鳴《どな》り出す。理梨と秋穂はぽかんと立ち尽くしているし、野馬はわけが分からなくて「どうしたんですか？」とおろお

ろしている。スタジオは騒然となった。

　録画はそこで終わった。

「塩沼氏の要望により、収録は中止されました」二条は説明する。「今朝になって、彼から抗議文が届きました。昨日の収録内容を放映した場合、告訴も辞さないと」

　そう言って二条はＡ４のファックス用紙をテーブル越しに差し出した。受け取った真下は、椅子にふんぞり返り、文面に目を走らせて「ふんふん」「なるほど」とつぶやいた。その表情には何の変化も見られない。こんなトラブルはよくあること、といった様子だ。

　実際には、この手のバラエティ番組で、出演者が放映中止を要求するなど、めったにあることではない。

「今ひとつ、よく分からないんだが」彼は隣に座っているぴあのを見た。「あの真空なんたらという機械はインチキだったってことなのか？」

「はい」ぴあのは真剣な表情で、小さくうなずく。「あの機械自体は何の意味もありません。仕掛けはモーターの入った箱の方にあります。箱の底が太陽電池になっていて、スタジオのライトの光で発電してたんです。面積が小さいですから、模型用の小さいモーターを回すぐらいの出力しか得られませんけど」

「機械の上に載せたら回り出したのは？」

「リードスイッチです。磁石を近づけると回路が閉じて、電流が流れます。離すと止まりま

す」

「確かなのか？」

「はい。箱の底にある回路を観察しました。リードスイッチが見えました」

真下は不思議そうな表情を浮かべた。「回路を見て、どういう回路なのか分かるのか？」

「はい――あ、何か書くもの、あります？」

二条が会議室に備えつけられていたボールペンを差し出した。ぴあのは「この紙、裏使っていいですか？」と確認したうえで、ファックス用紙を裏返し、そこにすらすらと回路図を描いた。

「これがリードスイッチです。それと、ここにコンデンサが並列で入ってました。たぶん、機械から離したとたんにモーターがぴたっと止まるのは不自然に見えるから、一秒ぐらいかけて電圧が降下するようにしてあるんだと思います。とても単純な仕掛けです」

そんな解説をされても、真下たちにはさっぱり理解できない。

理解できたのは、ぴあのの話が正しいなら、塩沼は詐欺師《さぎし》だということだ。

「ちょっと観察しただけで、インチキだって分かったってのか？」

「前から疑ってました。ネットで評判を見て、なんか嘘《うそ》っぽいなって。でも、実物を見てみないと確かなことは言えないじゃないですか。それで、この機会を逃したくなかったんです」

「そう言えば」

それまで一言も発していなかったマネージャーの大畑《おおはた》晋也《しんや》が、初めて口を開いた。痩《や》せ型で長身の真下と対照的に、背の低い太った男で、どことなくユーモラスな風貌《ふうぼう》である。

「これ、最初はめぐみが出るはずだったんですよ。でも、ぴあのがどうしてもプロフェッサー・シオヌマに会いたいって言うから、スケジュールを調整して……」

「しかし、インチキに気がついても、番組中でバラすことはなかったな。適当に『すごいですねえ』とか言ってりゃよかった」

「はい。ごめんなさい」ぴあのは素直に頭を下げた。「でも私、嘘がつけない性格なもので」

「あー、そうですそうです」大畑がフォローする。「この子は演技ができないんですよ。嘘を言おうとすると棒読みになっちゃう。だから『心にもないことを言わなきゃいけない状況になったら、むしろ黙っとけ』って教えてるんです。そうしたら、単にぼうっとしてるように見えるからって」

「あの時もそうしようと思ってたんです」ぴあのは弁明する。「塩沼さんの発明には個人的に興味があっただけで……でも、塩沼さんがあんなことを言い出したから、我慢《がまん》できなくなって……」

「実用化のために資金を集めてるって話か？」と真下。

「いえ、物理学を侮辱《ぶじょく》したことです」

「はあ？」

「現代の物理学の体系は、何万人という物理学者の知恵と努力と試行錯誤《しこうさくご》で築き上げられてきたものです。それは敬意を払うべきだと思うんです。でも、塩沼さんにはその敬意が感じられません。『間違ったことを信じている』と言って、世界中の物理学者を侮辱しています。でも、間違ってるのは塩沼さんの方です。許せません」

　ぴあのは自然に早口になっていった。普段の彼女からは想像もできない饒舌《じょうぜつ》に、真下たちはあっけに取られている。

「たとえば塩沼さんは、『アインシュタインはマイケルソン‐モーレイの実験を元に特殊相対性理論を作った』と言ってました。確かにそう解説してある本もあるけど、それは俗説です。アインシュタインはマイケルソン‐モーレイの実験を知らなかったと言われています。特殊相対論はむしろマクスウェルの電磁方程式から導かれたものです。

　塩沼さんは『光速度不変の原理の元になったマイケルソン‐モーレイの実験は、一八八七年に一度行なわれたきり、誰も追試していない』とも言ってました。『そんな昔のいいかげんな実験を信じてるなんておかしい』って。これも大間違いです。アルバート・マイケルソンもエドワード・モーレイも、生涯に何度も実験を繰り返していますし、他の物理学者も何人も追試しています。ミラー、トマシェック、ケネディ、イリングワース、ピカード、ヨース……現代ではレーザー光線を使ったもっと精密な測定が可能になっていて、大学の物理の授業でもごく普通に行なわれているそうです。

　あと、『物理学者はみんな、アインシュタインの理論に間違いなんかないと信じているか

ら、相対論を疑ってみようとしない』とも言ってました。物理学の歴史を知っていたら、絶対にそんなことは言えません。アインシュタインは生涯のうちに何度も間違った理論を唱えて、反証されたり自ら撤回《てっかい》したりしてるんです。たとえば一般相対論より前、一九一一年に発表した重力理論では、太陽周辺での空間の歪《ゆが》みを見落としていたために、重力による光の屈折角《くっせつかく》を〇・八三秒としていました。実際は一・七四秒で、アインシュタインはのちに一般相対論の中で正しい数値を求めています。あと、アインシュタインは量子力学における非局所性に対して疑義を表明していたことでも有名です。いわゆるアインシュタイン‐ポダルスキー‐ローゼンのパラドックスという……」

「ストップストップストップ」

ようやく真下は我に返り、止めに入った。ぴあのの頭越しに、大畑をにらみつける。

「これ何？　お前が仕組んだの？」

「とんでもない！」大畑は慌てて頭をぶるぶる振った。「これは天然ですよ！　ぴあのは物理学が好きなんです！」

「はい。私、物理学が大好きです。あと、天文学も」

「天文学ねえ……」真下はちょっと考えてから言った。「俺の星座、かに座なんだけど、あれってどういう星座？」

「どっちのかに座でしょう？」

「どっちの？　かに座って二つあんの？」

「天文学上の星座と占星術で言う宮《きゅう》は違うんです。黄道一二宮《こうどうじゅうにきゅう》は古代ギリシア時代に作られたんですけど、それから二〇〇〇年の間に歳差《さいさ》運動で春分点が移動したために、天文学上の星座とは、ひとつ分ずれてしまってるんです。現在、天文学上のかに座の位置にあるのは獅《し》子宮《しきゅう》です」

「ああ……じゃあ、天文学上のかに座の方で」

「トレミーの四八星座のひとつですね。ギリシア神話に登場する化《ば》け蟹《がに》で、ヘラクレスがヒュドラを退治しようとした時、それを妨害《ぼうがい》するために、彼の脚《あし》をはさみで切ろうとしたと言われています」ぴあのはすらすらと解説する。「α《アルファ》星アクベンスはA型主系列星で、アラビア語で『蟹の爪《つめ》』という意味です。でも、β《ベータ》星アルタルフの方が明るいんですけどね。いちばん有名な天体は、かに座の中央にあるプレセペ星団です。古代には雲のような天体だと思われてたんですが、ガリレオ・ガリレイが望遠鏡で観察して、星の集まりであることを発見しました。確か距離は五七七光年で、年齢は……」

「もういい、分かった」

真下はまた大畑をにらみつけた。

「プロフィールにゃ、こんなこたァ書いてなかったと思うが？」

「はあ……」大畑は居心地《いごこち》悪そうにしていた。「確か趣味は『ファンシー・グッズ集め』と『星占い』にしてあったと……」

「私、星占いはあんまり興味ないんです」ぴあのは悲しげな顔をした。「非科学的ですし。

でも、プロデューサーさんやマネージャーさんが、『天文学じゃ印象が悪い。星占いってことにしておこう』って……」

「天文学と星占いはまだしも、物理学とファンシー・グッズって、何の関係もねえだろ?」

「そうですよね」

「でも、社長、いつもおっしゃってるじゃないですか!」大畑は握り拳《こぶし》を作り、懸命に自己弁護を試みた。「『アイドルは表面上、バカじゃないといけない。男は自分より頭のいい女を嫌うから』って! だからぴあのに限らず、うちの女の子たちにはみんな、バカを演じさせてるんじゃないですか。クイズ番組でわざと間違った答え言わせたり、トークでボケさせたり」

「ああ、そうだな」真下はこくこくとうなずく。「確かに俺、そんなこと言ってたわ」

「でしょう?」大畑は胸を撫で下ろしかけた。

「大畑ァ」

「はい?」

「お前、クビ」

「えええええええええーっ!」

絶叫する大畑を、真下はテーブルをばしんと叩《たた》いて沈黙させた。

「俺が言ったから、何も考えずにそれに従ったァ? そりゃ無能すぎるだろ!? よく考えろ。アイドルにいちばん重要なのは個性だろうが!? 平凡な女の子じゃだめなんだよ。他の女の

子にない何かがあるから、ファンが夢中になるんだろうが！　それなのに、こんなすげえ個性を今まで無駄《むだ》にしやがって……」

「いや、でも、クビってのはあんまり……」

「まあいい。今回だけは勘弁《かんべん》してやる。しかし！　もう一度、こんな無能なまねしやがったら、今度こそクビだぞ。覚えとけ！」

「はい……」

　大畑はしゅんとなった。

「で……」二人の口論《こうろん》が一段落するのを待って、二条がまた口を開いた。「塩沼氏の件なんですが」

「そうでしたね」

「彼は番組が放映されたら訴訟《そしょう》を起こすと言ってきている。裁判沙汰《ざた》になったらサンシャインのイメージに傷がつく。我々としても真剣に受け止めないと――」

「放映すりゃいいじゃないですか」二条の言葉を、真下は面倒臭そうに遮《さえぎ》った。

「は？」

「放映するんです。塩沼が怒ってきたって、どうってこたァない」

「しかし――」

「サンシャインさんでは、彼をこれからも出演させるおつもりですか？　詐欺師だと知ったうえで？」

二条はとまどった。「いえ……」

「だったら、ここで関係を切ったってかまわないでしょ？　何の損害もない」

「いや、しかし、訴訟が……」

真下はぴあのの方を見て言った。「確認するが、塩沼の機械がインチキなのは確かなんだな？」

「はい」

「それならいい」

真下は二条に向き直り、不敵に微笑んだ。

「芸能プロなんてもんを二〇年もやってるとね、これまで何度も訴訟起こしたり起こされたりしてるんですよ。特に名誉毀《き》損《そん》ってやつをね。だから自然とその方面には詳しくなりましてね。

意外に誤解されてるけど、名誉毀損ってのは嘘やデマに限ったことじゃない。事実を提示しても、その事実が本人の社会的評価を低下させるなら、名誉毀損罪は成立する」

「え？　じゃあ……」

不安げな表情を浮かべるぴあの。真下は「いや、心配ない」となだめた。

「例外はある。『真実性の抗弁』ってやつだ。つまり、ある表現が誰かの社会的評価を低下させるものだとしても、それが公共の利害に関する内容であって、なおかつ事実であるなら、名誉毀損は成立しないとされている。当たり前だよな。そうでないと、映画評論家が俳優の

演技を酷評《こくひょう》するのも、マスコミが政治家のスキャンダルを暴《あば》くのも、名誉毀損ってことになっちまう」

「なるほど」

「この場合、塩沼がインチキな機械で詐欺を企《たくら》んでるのは明らかだ。それを暴くことは、明らかに公共の利害に直結する。それに、さっきのビデオを観ても、お前は塩沼を罵倒《ばとう》するようなことは何も言っていない。だから名誉毀損は成立しない。訴訟を起こしても、塩沼に一〇〇パーセント勝ち目はない。名誉毀損だと主張するなら、法廷であの機械が本物だと証明するしかないんだが、そんなことは不可能だからな」

二条は考えこんだ。「……ということは、塩沼の脅《おど》しに実効力はない？」

「そうですよ。というか、あいつに少しでも理性があるなら、負けると分かってる訴訟なんか起こさないでしょ。奴の手の内はブタです。まともに戦っても勝ち目がないから、はったり《ブラフ》をかける以外に手がないんだ。それでも問題になりそうだってんなら、奴の顔にモザイクかけて、名前はピー音を重ねて消せばいい」

「顔は映らなくても、視聴者には塩沼だと分かるでしょう」

「それがたいしたことですか？」

そう言いながら、真下は立ち上がり、テーブルをゆっくりと半周して、二条の背後に立った。屈みこんで二条の耳元に口を近づけ、「いいですか」とささやく。時代劇の中で代官に悪巧《わるだく》みを持ちかける悪徳商人のような、にやにや笑いを浮かべて。

「視聴率ってもんを考えましょうや」

「視聴率……」

「そうです。そちらも視聴率が欲しいでしょ？　話題のプロフェッサー・シオヌマの大スキャンダル……事前にネットとかで情報を流しておけば、すごい視聴率が取れると思いません？」

「ま……まあ……」

「どっちみち、スタジオに来てた観客の誰かが、とっくにツイッターでつぶやいてんじゃないですかねえ。あれだけ目撃者が多かったら、どこからか情報は洩《も》れますよ。もし今回の収録をお蔵入りさせたら、事実を隠蔽《いんぺい》したことになり、サンシャインＴＶは非難の的《まと》になる。『詐欺師を擁護《ようご》した』ってね。何ひとついいことなんかありゃしませんよ。だからこの際、塩沼の抗議をはねのける方が賢《かしこ》いやり方だと思いますがね」

「うーむ……」

「それに、うちとしても、ぴあのの知名度が上がるのは嬉《うれ》しい――ああそうだ。この際、新コーナーを作るってのはどうでしょう？」

「新コーナー？」

「今のぴあののお喋り、聞いたでしょ？　レギュラー・コーナーができるじゃないですか。かわいい女の子が科学について解説してくれる――いいと思いません？」

二条は神妙な表情で答えた。「検討させていただきましょう」

「大畑ァ」

エレベーターから出て、サンシャインＴＶの玄関ロビーを大股《おおまた》で横切りながら、真下は言った。大畑は短い脚でひょこひょことついてくる。

「何でしょう？」

「帰ったらすぐ、ネットに匿名《とくめい》で情報を流せ。スタジオにいた観客の一人のふりをして、『塩沼のインチキをぴあのちゃんが暴いた！』って広めるんだ。二条の奴、まだ躊躇《ちゅうちょ》してやがるからな。ケツを叩いてやる」

「分かりました」

外は雨が降っていた。三人は局の玄関でタクシーに乗りこんだ。

「……社長さんってワルなんですね」

車が走り出してすぐ、ぴあのは当惑《とうわく》気味に言った。真下は「ふん」と鼻で笑う。

「俺のワルがただのポーズだと思ってたか？」

「何となく……」

「よく聞け、ぴあの。この業界で生きていくにゃ、お行儀よくちゃだめなんだよ。貪欲《どんよく》に、シビアに、時には卑劣《ひれつ》に。法に触れない範囲でなら何でもやってやるっていう覚悟《かくご》がないと生き残れない」

「……私にもその覚悟が必要ですか？」

「もちろんだ。夢を叶《かな》えたいなら、なりふりかまうな。ぼうっと待ってても、夢は現実にならねえぞ」

「……かもしれませんね」

ぴあのは車窓の外の、雨に煙《けむ》る街並みを見つめてつぶやいた。「夢を叶えるためには、何でも……」

3　ガレージで核融合

ぴあのと別れた後、ボクはネットで彼女のことを検索した。ジャンキッシュの名前は知っていたが、何度かテレビで観《み》たことがある程度。ちょっといいなとは思ったけど、CDを買ったことはないし、個々のメンバーの名前まで暗記するほどのめりこんではいなかった。

プロフィールによれば、結城《ゆうき》ぴあのは二〇〇七年一二月二五日、埼玉生まれ。二〇二四年一月、スターマイン・プロのオーディションに応募して合格し、半年間の研修を経てジャンキッシュのメンバーになった。二〇二五年七月の時点では、人気の順位はジャンキッシュの中では下の方。無理もない。当時、ファンはみんな、まだ彼女の表面的な部分しか知らなかったのだから。

プロモーション《P》・ビデオ《V》も何本か観た。ぴあのは十数人の女の子の中に交じって踊《おど》っているが、特に輝きを感じさせはしなかった。歌に至っては、ソロがなく、常にコーラスの一部で、他の子の声にまぎれて、どれが彼女の声なのかもよく分からなかった。

プロになる前、中学時代は、動画投稿《とうこう》サイトで歌を発表していたらしい。自分の名前をローマ字にしてひっくり返した「イクヨナイP」というハンドルだ。どれも何万再生も記録し

ており、けっこう人気があったようだ。ボクはそれらを片《かた》っ端《ぱし》から聴いてみた。

　最初にアップされたのは二〇二一年一月の〈はやぶさ―Welcome Back Version―〉――元は小惑星探査機「はやぶさ」が小惑星イトカワから地球への帰還途中だった二〇一〇年三月、応援のために作られた歌だ。同じ年の六月一三日、「はやぶさ」がオーストラリア上空で大気圏に突入する日、そのバラード・バージョンが発表された。確かに当時、一〇万再生を超えた人気曲だけど、ぴあのが二歳の時の歌だ。なぜこんなのを知っていたのだろうか。そう思いながら聴いてみた。

　泣けてきた。

　ボクも当時、幼かったので、リアルタイムでの記憶はない。しかし、「はやぶさ」の背負ったドラマの数々は後から本などで読んで知っているし、大気圏突入の映像も目にしたことがある。命のないただの機械。それが燃え尽きていくだけなのに、ひどく悲しく思えた。ぴあのの歌はそれをよみがえらせた。消えてゆく機械への惜別《せきべつ》の念、深い情感がこもっていた。

　それ以降、ぴあのは月に一曲ぐらいのペースで歌をアップしていた。静かなバラードも激しいロックも、はたまた演歌調の歌も、器用に歌いこなす。音域が広く、声量があるうえ、決してぶれない。その反面、型からはみ出すことがなく、優等生のお手本のようで面白味に欠けるところもある。ただ、時おりすごい情熱を感じさせる瞬間があり、はっとさせられる。

　ボクはぴあのをソロで歌わせないスターマイン・プロの方針に疑問を抱《いだ》いた。こんなに歌が上手《うま》いのに、それをアピールしないなんて変だ。数少ない彼女のファンたちも、その点に

ついては不満を抱いていた。一説によると、ぴあのをソロで歌わせると、他のメンバーの下《へ》手《た》さが目立つからだという。ありそうな話だ。

　中学時代の彼女のマイリストを眺《なが》めると、ある傾向に気づく。〈青春の旅立ち〉〈夢光年〉〈Dive in the Sky〉〈君の知らない物語〉などの古いアニメソングや特撮《とくさつ》ソングから、〈プライベート・コスモス〉〈シドニス慕情《ぼじょう》〉〈錆《さ》びた軌《き》道《どう》〉〈はぐれ星〉などの二〇二〇年代のボカロ曲まで、ジャンルは様々だが、明確な共通点があるのだ。どれも宇宙を題材にしているか、星の名前が出てくるのである。

　個人的に最も気に入ったのは、〈スペース１９９９〉だ。一九七〇年代のイギリス製ＳＦドラマの日本版主題歌で、原曲は低音の力強い男性ボーカルなのだが、それを澄んだ少女の声で歌われると、まったく違う味わいになる。原曲の悲壮感に加え、心細さとせつなさが感じられるのだ。わずかにエコーがかかっていて、宇宙の空虚《くうきょ》さと寂《さび》しさが伝わってくる。かなり昔の、それもこんなマイナーな歌を選ぶなんて、よほど宇宙が好きなんだな、とボクは思った。

　ただ、リストを見ていくと、一曲だけ、他と傾向の異なる歌があった。

〈サイハテ〉だ。

　ボクは首をひねった。この歌には星も宇宙も出てこない。なぜこの歌だけ特別なのだろうか。

　結城ぴあのは謎《なぞ》だらけだ。

ぴあのの出演した番組は収録から二週間後に放映され、大きな反響を呼んだ。事前にツイッターやフェイスブックで、スタジオで番組を観覧したという人物が情報を流しており、注目を集めていたためだ。番組は普段より七パーセントも高い視聴率を記録したし、問題のシーンは動画投稿サイトにアップされ、削除されるまでに何十万人もが視聴した。

番組内では塩沼《しおぬま》の顔はモザイクで隠され、名前も消され、声も変えられていたが、容易に塩沼だと推測できる内容だった。大変なスキャンダルだった。ネット上では塩沼に対する非難があふれたが、彼は慎重《しんちょう》に沈黙を守った。

驚くべきことに、彼を詐欺《さぎ》で訴えようという動きは起きなかった。というのも、〝真空《しんくう》エネルギー抽出《ちゅうしゅつ》装置〟に出資していた者はまだ誰もいなかったし、塩沼の別の発明に出資していた数人の実業家はというと、すっかり彼の信奉者《しんぽうしゃ》になっていて、番組の内容を信じようとはしなかったからだ。著書の中で塩沼を「日本の救世主」と持ち上げていた経営コンサルタントなどは、自身のブログで「世界を牛耳《ぎゅうじ》る闇《やみ》の勢力の陰謀」と言い出した。石油業界や電力業界が結託《けったく》し、スキャンダルをでっち上げて、画期的な新エネルギーを闇に葬《ほうむ》ろうとしている——というのだ。

塩沼の人気が地に墜《お》ちる一方、結城ぴあのに注目が集まった。これまでアイドルになど興味のなかった者たちまでが、急にぴあのに関心を抱き、彼女のことを知りたがるようになったのだ。「あの娘《こ》はいったい何者だ？」「ただのアイドルじゃないだろ？」「テレビ局のヤ

ラセじゃないのか」……様々な説が飛び交った。

　サンシャインＴＶはこの機を逃《のが》さず、急遽《きゅうきょ》、『ポンと出るテレビ！』の中に、ぴあのの出演するレギュラー・コーナーを設けることにした。


「げーっ、何この台本⁉」

　埼玉で行なわれるイベントに向かうため、移動中のマイクロバスの中。その最後尾の座席で、青梅秋穂《おうめあきほ》は明日収録予定の『ポンと出るテレビ！』の台本をめくり、虫の死骸《しがい》でも見つけたかのように顔をしかめた。その隣では中条《ちゅうじょう》理梨《りり》も、渡されたばかりの台本に目を通し、「うん、これはひどい」とうなずいている。

　前の席に座っていた沢渡《さわたり》菜乃香《なのか》や工藤仁美《くどうひとみ》が振り返り、「えー、何なに、新しいレギュラーの台本？」「わー、いいなあ」などと羨《うらや》ましがる。秋穂は「そんな気楽なもんじゃないよ」とにらみつけた。まずい雰囲気《ふんいき》なのに気づき、菜乃香と仁美は前に向き直って、それ以上口をはさまなかった。

　バスには一〇代の女の子一五人が乗っていて、まるで遠足のような雰囲気だ。お菓子を食べている子もいれば、ヘッドホンで音楽を聴いている子、隣の席の子と駄弁《だべ》っている子もいる。その中で、最後尾の席の三人だけが浮かない顔だった。

　新しいレギュラー・コーナーは、ぴあのが解説する科学の話題を、秋穂と理梨が聴くというものだ。ところが台本には、「ぴあの、グリーンバックの前で何か解説する」「秋穂、こ

こで適当にボケる」「ここで締めの言葉」などと、抽象的な指示しか書かれていないのだ。

「構成作家の人も、科学のことがぜんぜん分からないらしいんです」

ぴあのも困った顔で、局のプロデューサーから聞かされた内幕を理梨たちに話した。

「だから、私が好きなことを適当に喋《しゃべ》っていいって言われました。映像素材はそれに合わせて探してくるって」

「まあ、しょうがないか」理梨はあきらめたように言った。「こんな泥縄の企画じゃ、リサーチやってる時間なんかないだろうし」

「にしても、これはないでしょー」秋穂はページをめくりながらぼやいた。「こんなアバウトな指示じゃボケられないよ。それとも何？　アドリブでやれってえの？」

青梅秋穂がバラエティ番組でしばしば見せる「天然ボケ」の多くは、あらかじめ台本に書いてある通りに演じているだけだ。だがこの場合、ぴあのがどんな話題を喋るか分からなかったので、構成作家はそれに対するボケの台詞《せりふ》を書けなかったのだ。

「今のうちにネタ合わせするしかないわね」と理梨。

「あたしらで台本考えるの？」

「そう」理梨はちらっと腕時計を見た。「着くまでまだ三〇分はある。明日、何を喋るか考えましょ」

テレビの中や舞台上では、頭が鈍いように振る舞っている理梨だが、実はけっこう頭の回転が速い。芸能活動をしながら一流大学の経済学部に通っている。

　画面に映るかわいい女の子が無知な言動をしたり、いかにも頼りない面を見せると、男性視聴者は笑い、同時に優越感と父性《ふせい》本能を刺激される。「この子は俺が応援してやらねば」という心理が働くのだ。実際には、理梨や秋穂に限らず、アイドルというのは見かけよりも頭が切れるし、性格もしっかりしている場合が多い。そうでないと芸能界でやっていけない。

「で、ぴあの、どんな話するの？」と秋穂。

「それでまだ悩んでるんです」とぴあの。「プロデューサーさんからは、『視聴者が楽しめるような話なら何でもいい』って言われてるんですけど……」

「そんな、出演者に丸投げされてもねえ」

「でも、どんな話を視聴者が楽しいと思ってくれるのか分からなくて……ファインマン・ダイヤグラムとかホーキング効果とかの話って、楽しくないですよね？」

「うん、よく知らないけど、たぶん楽しくない」

「やっぱり」ぴあのは肩を落とした。「私は楽しいんですけどね。小さい頃、おえかき帳にびっしりファインマン・ダイヤグラムを描いてましたし」

「うん、何が面白いかって判断をあんたにまかせるのは間違いだわ」

　ぴあのの変わった趣味のことは、もうジャンキッシュの中でも知れ渡っているので、秋穂たちも今さら驚かない。

「科学ってもねえ」理梨は渋い顔で腕組みした。「やっぱり視聴者の生活に密着した話題でないと。ほら、ダイエットだとか、お料理だとか」

「すみません。医学とか化学《ばけがく》とかは専門外です」

「お料理って化学なの？」

「私の中では」ぴあのは大真面目《おおまじめ》である。「できれば物理学と天文学の話題に限定していただきたいんですけど」

「それこそ、あたしらが専門外だよ」

「あっ、そうだ！」秋穂がぽんと手を打った。「ほら、去年、沖縄のホテルで怪談やったじゃない？」

「ああ、あれ。えーと、スーパー……」

「スーパーフレアですか？」とぴあの。

「そう、それ」

デビューしてまもない昨年の九月、ジャンキッシュのメンバーは那覇《なは》でのイベントに出演するため、沖縄を訪れた。彼女たちの年齢は、下は一四歳から上は一九歳。仕事の合間に観光も楽しみ、すっかり修学旅行の雰囲気になった。

夜中にはホテルの部屋で、怪談大会で盛り上がった。他の女の子が順番に、「夢と違うじゃないか」とか「お母さんをおんぶ」といったありきたりの都市伝説を恐ろしそうに語る中、何か怖《こわ》い話を知らないかと振られたぴあのは、「これは私がいちばん怖いと思う話ですけど」と前置きして、スーパーフレアの話をしたのだ。

「あれは怪談じゃなかったけどね」理梨は苦笑した。「でも、怖い話なのは確かよね。面白

かったし」

「そうだよ！　あれを話せばいいんだよ！」秋穂がはしゃいだ。「あれなら生活に密着してるし」

　話はまとまった。リハーサルの意味で、ぴあのがスーパーフレアについて解説し、秋穂と理梨がそれを聴きながら、途中のどこで言葉をはさむかを考えることになった。

「太陽の表面では、しばしばフレアと呼ばれる爆発現象が起きています」ぴあのは台本もなしに、いきなり立て板に水の口調で語り出した。「太陽黒点《こくてん》の周囲で磁気リコネクションという現象が起きて、膨大《ぼうだい》なエネルギーが放出され、それがプラズマを加熱し、加速します。一〇〇万度以上の高温になったプラズマは、大量の荷電粒子《かでんりゅうし》と電磁波《でんじは》を発生させます。平均的なフレアのエネルギーは一〇の三一乗エルグほどで、一億五〇〇〇万キロ離れた地球にも影響を――」

「待って待って」理梨が止める。「磁気なんとかっていう専門用語は使わない方がいい。あと、その何エルグっていうのを、もっと分かりやすく言えない？　原爆何個分とか地震何回分とか」

　ぴあのは数秒だけ沈黙した。その間に、頭の中で計算を済ませた。

「一〇の二四乗ジュール。広島型原爆一八〇億個分、東日本大震災で放出された全エネルギーの五〇万倍ぐらいですね」

「ほう」理梨は口を小さくOの字に開けて感心した。「そこであたしが、『うわー、怖ー

い』とかリアクションした方がいいよね？」

「でも、まだ普通のフレアの解説なんですけど？」

「だからあんたが、『いえ、怖いのはここからです』って返すのよ」

ぴあのはさらにフレアについて説明した。フレアが発生すると、まず強力な紫外線やＸ線やガンマ線や高エネルギー荷電粒子が地球に降り注《そそ》ぎ、上空の電離《でんり》層《そう》を乱して通信障害を発生させる。いわゆるデリンジャー現象だ。しかし、危険な放射線はほとんど大気で遮《さえぎ》られてしまうので、地上への影響はまったくない。

もっと深刻なのは、何十億トンものプラズマが宇宙に放出されるＣＭＥ（コロナ質量放出）という現象だ。フレアによって太陽から噴出したプラズマが地球を直撃すると、強い磁気嵐が起きる。上空の磁場《じば》が乱れて強い電場《でんば》が発生し、その影響が地上にも及ぶ。長い送電線などが磁気嵐のエネルギーをキャッチしてしまうため、電線に大きな電流が流れて電子機器をショートさせたり、変電所や発電所にダメージを与えたりするのだ。一九八九年三月に大きなフレアが発生した時には、カナダで九時間に及ぶ大停電が発生し、六〇〇万人が影響を受けた。二〇〇三年一一月に発生したフレアとＣＭＥでは、スウェーデンの南部で停電が起きた他、通信障害が発生してＧＰＳを用いた航空機の航法システムが使えなくなったり、多くの人工衛星にトラブルが発生したりした。この二回のフレアで放出されたエネルギーはおよそ一〇の三二乗エルグ、つまり通常のフレアの一〇倍程度の規模と見積もられている。こうした大型フレアは、過去にも一〇年に一度ぐらいの割合で発生している……。

理梨は要所要所で、「そこは分かりやすく言い換えた方がいい」とか「そこはもう少し詳しく」とか「直感的に分かる数字が欲しいな」などとアドバイスしながら、思いついたことをボールペンで台本の余白に書きこんでゆく。彼女は勉強家なのだ。

「観測史上最大のフレアは、一八五九年に発生しました。観測したイギリスの天文学者リチャード・C・キャリントンの名を取って、キャリントンフレアと呼ばれています」

「日本だと江戸時代の終わり頃だよね？」と理梨。

「はい」秋穂が手を挙げた。「そこであたしが『カリントウ？』とかボケた方がいい？」

理梨は首をひねった。「わざとらしすぎない？」

「いやー、これぐらい普通でしょ」

「じゃあ、ぴあの、『キャリントンフレアと呼ばれています』の後に一拍《いっぱく》置いて。秋穂がボケをはさめるように」

「はい」

「で、そのキャリントンフレアってのが大変な代物《しろもの》だったのよね？」

「はい。放出されたエネルギーは一〇の三三乗エルグ、通常のフレアの一〇〇倍程度の規模だったと推測されています。東日本大震災の五〇〇〇万倍ですね。人間や自然界には影響はありませんでしたが、当時、アメリカやヨーロッパで普及しはじめていた電信網が、壊滅的な打撃を受けました。電線が火花を発したとか、電信局で火災が起きたとか言われています。これがスーパーフレアです」

ぴあのはさらに、キャリントンフレアをも上回る超スーパーフレアの可能性について言及した。二〇一二年、京都大学の柴田《しばた》一成《かずなり》教授らのグループが、太陽に似た八万三〇〇〇個の恒星《こうせい》の明るさのデータを分析し、わずか九ヶ月の間にそのうち一四八個でスーパーフレアが起きていることを発見したのだ。中にはキャリントンフレアの一〇倍から一〇〇倍の規模の超スーパーフレアもいくつも見つかった。それは我々の太陽でも同じことが起きる可能性があることを示唆《しさ》している。

やはり二〇一二年には、名古屋大学と福島大学のグループが、樹齢一九〇〇年の屋久杉《やくすぎ》の年輪に残された放射性同位元素を調べ、西暦七七五年頃に炭素14の量が一年で一・二パーセントも増加したことを発見した。炭素14は炭素の同位元素で、宇宙からの高エネルギー粒子が地球の上層大気にぶつかって生じる。それが急激に増加したということは、この時期、地球は宇宙から大量の放射線を浴びたことになる。その原因として有力視されているのがスーパーフレアだ。

シミュレーションによれば、もし七七五年の異変がスーパーフレアによるものだとすると、その規模は二掛ける一〇の三五乗エルグ――キャリントンフレアよりさらに二〇〇倍も大きかったことになる。

「七七五年って奈良時代よね」と理梨。「当時の人はその爆発に気がつかなかったの？　太陽がぱーっと輝いたりとか？」

「キャリントンフレアの二〇〇倍のスーパーフレアだと、太陽が何割も明るくなって、それ

が何十分も続くと考えられています。あと、低緯度地域でも広い範囲でオーロラが見られたでしょう。そんな記録はありませんから、七七五年に起きたスーパーフレアは、もしあったとしても、そこまで大きくなかったはずです。せいぜいキャリントンフレアの一〇倍ぐらいじゃないかと思います。それぐらいなら、太陽の光が何パーセントか明るくなるぐらいですから、誰も気がつかなかったでしょう。フレア自体は大きくなくても、CMEが地球を直撃したら、大量の高エネルギー放射線が降り注ぐという説もあります」

「で、それはどれぐらいの確率で起きるの？」

「フレアの規模と発生確率は、おおよそ反比例の関係にあることが分かってます。普通のフレアは年に一度ぐらい。一〇倍の規模のフレアなら一〇年に一度ぐらい、キャリントンフレアの規模なら一〇〇年に一度、さらにその一〇倍の規模だと一〇〇〇年に一度……」

「じゃあ、めったに起きない？」と秋穂。

「東日本大震災も『一〇〇〇年に一度』って言われてたんじゃないんですか？」

「ああ、そうか……」

　秋穂は納得した。一四年前、彼女が三歳の時の事件なので、あまり記憶にないが、基礎的な知識はある。一〇〇〇年に一度の大災害でも、起きる時には起きるものなのだ。

「それに、キャリントンフレア級の一〇〇〇年に一度のスーパーフレアでも、今もし起きたら大変なことになります。一九世紀とは比べものにならないほど、世界を送電線と通信ケーブルがびっしり覆《おお》っていますから。スーパーフレアが発生したら、世界中で電気製品や配電盤

が発火したり、大規模な停電が発生すると予想されます」

「じゃあ、テレビもネットも使えなくなるんだ？」

「はい。たぶん携帯電話やＧＰＳも。復旧には何年もかかるでしょうし、人類文明が蒙《こうむ》る損害は何兆ドルにもなると予想されています」

「うわー、それはヤバいなあ」

「一〇〇年に一度か……」理梨は台本に書きこんだメモを見ながら考えていた。「前に起きたのが一八五九年。つまり一六六年前……ということは、いつまた起きてもおかしくない？」

「そうですね」

「対策はあるの？」

「スーパーフレアの前には、大きな黒点が発生するはずですから、予測は可能です。それに、フレアが起きてからＣＭＥが地球に届くまでに、何時間か余裕があります。その間に送電線や通信ケーブルをすべてカットして、磁気嵐をやりすごすしかありません」

「つまり、コンセントからプラグを全部ひっこ抜く？」と秋穂。

「そういうことになりますね」

「どっちにしても停電するんじゃん」

「でも、電子機器や送電設備を保護しておけば、後の復旧は楽です」

「だけど、その対策を実行しようとしたら、事前に徹底しておく必要があるよね」理梨は深

刻な表情で言った。「いきなり『コンセントを抜いてください』と言われても、何のことだか分からない人も多いと思う。電力会社だって電気を止めるのをためらうだろうし」

「そうですね」ぴあのも暗い顔でうなずいた。「私の知る限り、政府も電力会社も、スーパーフレア対策は何も考えてないみたいです。確率的には次の大震災と同じぐらい起きる可能性が高いし、世界規模の大災害に発展する危険もあるはずなんですけど」

「じゃあ、最後にテレビを通して訴えなきゃいけないね。『政府の方、これを観てたらスーパーフレア対策をお願いしまーす』って——ああ、これはあたしから言うわけにいかないな。あたし〝バカ〟だから。ぴあの、あんたが締めて」

バスが目的地に到着する頃には、理梨の台本は細かい書きこみでびっしりと埋まっていた。


「理梨ってほんと、すごいよねえ」

公演会場であるさいたま市のホール。楽屋のテーブルで、ぴあのと向かい合って仕出しの弁当を食べながら、秋穂は小声で言った。

理梨は部屋の反対側にいた。とっくに弁当を食べ終わり、真剣な顔つきで、ｉＰａｄに何かをせっせと打ちこんでいる。ちょっと近寄り難《がた》い雰囲気だ。

「さっき、ちらっと覗《のぞ》いたらさ、彼女、台本書いてんの」

ぴあのは焼き魚を頰張《ほおば》りながら、きょとんとした。「台本？」

「そう。貰《もら》った台本が役に立たないから、あたしらのコーナーのとこだけ、自分で書き直し

てんの。さっきのバスの中での話をまとめて。きっと明日、渡してくれるよ。『はい、これ』って」最後まで残しておいた卵焼きをぱくっと食べて、「……感心するよね」

「私のためにそこまでしてもらって恐縮です」

「あんたのためじゃないよ」秋穂は正直に言い放つ。「あたしら三人のレギュラー・コーナーじゃん。あたしらだって露出《ろしゅつ》が増えるんだから、失敗させるわけにいかないのよ。だからあんたに協力は惜《お》しまない。理梨だってそうだよ」

秋穂は身を乗り出してぴあのに顔を近づけ、声をひそめて言った。

「……彼女があんたを嫌ってること、気づいてる？」

「あ、やっぱりそうですか」

ぴあのはさも当然という表情をしている。

「つーか、ジャンキッシュの中であんたに好意を抱いてる子って、あんまりいないんじゃないかなあ」

「秋穂さんはどうなんですか？」

「あたし？　嫌いだよ」秋穂はあっけらかんと言う。「ほら、あんたって空気読まないし、話合わないし、つき合い悪いじゃん？　ペース崩されるんだよね。好きになれって言われても無理だよ」

ぴあのは素直に頭を下げた。「どうもすみません」

「中学でも友達いなかったでしょ。いじめられてたんじゃない？」

「はい」

「即答か。まあいいや」

秋穂は手を合わせて「ごちそうさまでした」と言うと、食べ終わった弁当の蓋《ふた》を閉め、小さなペットボトルからお茶をぐびぐびと飲んだ。ぴあのは動作がのろいので、まだ食べている。

「……個人的感情はこの際、どうでもいいんだよ。あんたに才能があるのは認める。科学の件もそうだけど、あたしより歌、確実に上手いし」

「ありがとうございます」

「その形だけで心がこもってない感謝の言葉も、かちんと来るんだよな――とにかく、あたしはあんたを敵視してるけど、蹴《け》落《お》としたくはないんだよね。特に今度のコーナーは成功させたい。あんたがこれから伸びていくんだったら、それに食らいついて、あたしも上に昇っていってやる」

「おお、かっこいいですね」

「だから心がこもってないっつーの！　理梨だってそうだよ。つんつんしててつき合いづらいけど、才能はあるよ。そりゃあんたも天才だけどね。でも、理梨のはそれとは違う才能だよね」

「世の中に適応する才能ですか？」

「お？　分かってんじゃん」

「はい。自分にその才能がないことは自覚してます」

「だよねー。あんた、人間関係のスキルは壊滅的だもんな。だいたい、何でいまだにあたしらに対して〝です・ます〟なの？　一年もいっしょにやってんのに、距離が縮まらないじゃん」

「これは口癖です」

「だったらさ、とりあえずその口癖、直してみたら？」

「直すんですか？」

「そう。今から『一、二の、三』で、ため口で話す。いい？　はい、一、二の、三！」

秋穂はぽんと手を叩《たた》いた。ぴあのは困惑《こんわく》し、最初は口ごもっていたが、やがておずおずと話し出した。

「えー、これから秋穂さんと……」

「秋穂でいい」

「秋穂と……えー……ため口で話しま……話すよ？」

「うん、その調子」

「………」

「ほら、もっと喋って」

「何を？」

「このお弁当の感想でも何でもいいから」

「えーと……」

ほとんど食べ終わりかけている弁当を見下ろし、ぴあのは悩んだ。

「魚は美味《おい》しかったで……美味しかった・よ。沢庵《たくあん》は少し苦手・だよ。卵焼きは甘かった・よ。カマボコは普通だったで……よ」

あまりにもぎくしゃくした喋り方に、秋穂は思わず噴き出した。

「ああ、分かった分かった！　無理しなくていいから！　あんた、普通でいいから！」

「そうですか」ぴあのはほっとした。「私もため口じゃない方が楽です」

「でも、分かんないなあ」

「何がですか？」

「そんな性格で、何でアイドルになろうと思ったの？」

「夢を叶《かな》えたかったからです」

「夢？　アイドルになること自体が夢じゃなくて？」

「はい。もっと大きな夢を叶えるためのステップです」

「それって何？」

「まだ話せません」

「どうして？」

「下地《したじ》ができてないからです」

「下地？」

「はい」ぴあのはうなずいた。「私の夢を語れる下地——それを作るために、私はアイドルを目指したんです」

最初の出会いから五週間後、すっかり忘れかけていた頃に、ぴあのからメールが来た。今度の日曜、オフなので、秋葉原で会えないかというのだ。

ボクは喜んでＯＫした。もちろん、向こうに「デート」という意識がないのは分かっているが、それでもアイドルと面と向かって話ができるなんて、わくわくするじゃないか。たとえ駆《か》け出しで、まだ知名度の低いアイドルであっても。

八月も終わりに近く、残暑の厳しい日だった。待ち合わせ場所はこの前の喫茶店。ぴあのは先に来て待っていた。安物のＴシャツにジーンズにサンダルという、思いきりダサい格好《かっこう》。今日は大きなトンボ眼鏡《めがね》までかけていた。もちろんノーメイクだ。なるほど、これならよほどのファンでも結城ぴあのだとは分かるまい。むしろボクのバリバリのゴスロリ・ファッションの方が、はるかに目立つ。

「『ポンと出るテレビ！』観たよ。すごいね」

ボクはお世辞《せじ》抜きに言った。新コーナー「ドクターぴあののハイパー科学教室」は、第一回から大きな反響を呼んでいる。特に理系の人間からは、驚きと好感をもって迎えられた。一〇代の女の子の口から、「コロナ質量放出」とか「ゼーマン効果」とか「ポジトロニウム」といった言葉がぽんぽん飛び出すのは、聴いていて快感だ。しかも、科学的に正しいだ

けでなく、自分の話している内容を完全に理解しているらしく、説明によどみがない。

　それでも彼女が天才であることを信じられない者が多く、ツイッターなどでは、「台本に書かれた台詞を丸暗記してるんだろう」とか「カンペがあるに違いない」と勘《かん》ぐっている連中もいた。もちろんボクは、以前の出会いで、彼女の科学知識が本物であることを知っていたのだが。

「はい。おかげで人気が上がってます」

「良かったじゃない」

「でも、人気が出るのも善《よ》し悪《あ》しなんですけどね。家で実験をする時間が少なくなるので」

　贅沢《ぜいたく》な悩みだ。どうやら彼女にとって、アイドルはあくまで副業、研究の方がメインであるらしい。

「実はあの番組の件も、ご相談したいことのひとつなんです」

「というと？」

「話す題材を選ぶのに苦労するんです。私、どんな話で視聴者の方が喜んでくれるのか、よく分からなくて」

「一回目のスーパーフレアの話、面白かったじゃない。二回目のＧＰＳの話も」

「あれはいっしょに出てる理梨さんや秋穂さんが相談に乗ってくれて、私の知識の中から、面白そうなネタをチョイスしてくださったんです。でも、あの人たちは科学にあまり詳しくないので、難しい話題になると話が通じなくなって……ＧＰＳと一般相対論の関係も、理解

してもらうのに苦労しました」

「そりゃそうだろうね」

若い女性の多くは、ケータイやスマホが二万キロ上空を回る衛星からの信号を受信してるなんて知らないだろうし、ましてや、その信号に一般相対論効果を打ち消す補正が組みこまれてるなんて想像もしていないだろう。

「だから科学の話が通じて、なおかつ普通の感性を持ってる人に、アドバイスをいただきたくて——虫のいいお願いでしょうか？」

ボクは笑い出しそうになった。ボクがアイドルのアドバイザー？　いや、それ以前に、このボクが〝普通の感性〟を持っていると思われていることがおかしい。

「いいよ。ボクが何か力になれるなら」

「ありがとうございます。それと、新しい回路図を見ていただきたいんですけど——」

彼女はまたスマホを取り出す。

「それはいいけどさ——この前のあの回路はどうなったの？　ノイズのエントロピーを減らすやつ」

「ああ、やっぱりうまくいきませんでした」

ぴあのはけろりとしていて、ちっとも残念ではなさそうだった。

「そんなうまい話はそうそうないってことですね。でも、あのやり方では時間の矢を反転できないと分かっただけでも、私にとっては一歩前進なんです。今はまた別の実験をやってま

す」

「別の実験ねえ……」

ボクは迷った。これを切り出してもいいものか。何をやっているのか探られるのを、彼女は嫌がるかもしれない。でも結局、好奇心には勝てなかった。

「アノー堂の主人から耳にしたんだけどさ」ボクはこの近くにある家電製品専門のジャンク屋の名前を出した。「君、中古の電子レンジを四台買ったんだって？」

「あっ、耳に入ってましたか？」

「つーか、あの界隈《かいわい》に噂《うわさ》が広がってるよ。お姫様が何をやってるのか、みんな不安がってる」

「お姫様？」

彼女は自分のあだ名を知らないらしい。

「バラしてパーツを取り出すんだよね？　ＭＯＴ？　それともマグネトロンの方？」

「ＭＯＴの方です。市販のトランスを買うより安かったので」

ＭＯＴとはマイクロウェーブ・オーブン・トランスフォーマー、電子レンジに使われている高圧トランスのことだ。家庭用の一〇〇ボルトの電圧を二〇〇〇ボルトまで高めることができる。

「ＭＯＴが四個かあ」ボクはにやにや笑った。「それはすごいもんになりそうだよねえ。この前のコックロフト・ウォルトン回路もそうだけど、何でそんなに高圧にこだわるの？」

「それは高圧でないとできない実験があるからです」

「危険な実験じゃないだろうね」

「それほど危険じゃないですよ」

「『それほど』って……」

「今やってるのは核融合《かくゆうごう》の実験です」

「おい……」さすがに信じられない。「家の中で核融合？」

「ガレージの中でです」

「そんなもんが個人でできるの？」

「できますよ。もちろん核兵器とか発電とかに使えるレベルじゃないですけど、重水素《じゅうすいそ》を融合させて中性子《ちゅうせいし》を発生させるだけなら、アメリカでは学生でもやってるって、本に書いてありました。それでやってみようと思って」

普通の女の子は、本に書いてあるからって、核融合の実験をやってみようとは思わないだろう。

「どうやるの？」

「イオノクラフトって知ってます？」

「ああ」

針金とアルミ箔《はく》で作った小さな模型に高電圧をかけ、下向きのイオンの流れを発生させて宙に浮かせる実験は、ボクもネットの動画で見たことがある。昔は「ＵＦＯの飛行原理だ」

とか言われていたこともあるらしい。あいにく、小さな模型を浮かせる程度の推力しか生み出せないので、まったく実用にはならないのだが。ちなみに某《ぼう》宗教団体では、これを「反重力装置だ」と宣伝しているという。

「原理はあれと同じです。コッククロフト・ウォルトン回路でイオンガンを作りました。高電圧で陽イオンを加速して、ターゲットにぶつけるんです。原子《げんし》核《かく》は正電荷《せいでんか》を帯びてますから、ゆっくり近づけても、イオンは電気的斥力《せきりょく》にはじかれて核融合は起きません。でも、光速に近い速度まで加速してぶつけてやると、何億個かに一個、はじき飛ばされるより前に、トンネル効果が起きる距離まで近づくことがあるんです」

ぴあのの口調は、オムライスか何かの作り方を説明しているようだった。

「それで核融合が起きる……」

「はい。いちおう中性子の検知には成功してます。もちろん、ちゃんと遮蔽《しゃへい》してますし、ものすごくちょっぴりですから人体に害はありませんけど」

「近所の人はたぶん知らないんだろうね、君がそんな実験やってるの」

「ええ。知りません」

近所のガレージで女の子が核融合の実験をやってるなんて、誰が想像するだろう。知られたらパニックが起きそうな気がする。もちろん核爆発なんか起きないし、中性子の空気中での飛距離は短いから、家の外まで飛び出すことはまずありえないけど、それでも普通の人は不安に思うだろう。

「でも、その実験って何か意味があるの？」

ボクは基本的な疑問を口にした。アメリカでは学生でもやっているというのが本当なら、ぴあのがわざわざやる意味はないように思える。

「ありますよ。重水素以外の核融合を試そうと思ってるんです。それで、もっと重い原子核を加速するために、電圧を上げてみようと思って」

「重水素以外？」

「はい。ネットで調べても本で読んでも、みんな核融合の実験って、重水素とか三重水素とかリチウムみたいな軽い元素でしかやってないんですよね。鉄より軽い元素であっても、たとえば炭素を二個融合させて珪素《けいそ》を作ったり、ネオンを二個融合させてカルシウムを作ったり、いろんな組み合わせが考えられるはずなのに、まだすべての組み合わせが試されてないんです」

「組み合わせを変えたらどうなるの？」

「未知の反応が見つかるかもしれません。一九三八年にオットー・ハーンが核分裂を発見した経緯、知ってます？」

「いや」

「彼はウラニウムに中性子をぶつけて、ラジウムを作ろうとしてたんです。ところが、できたのはバリウムの同位元素でした。それまで誰も予想していなかった核分裂という現象が見つかったんです。彼も最初のうち、あまりに突拍子《とっぴょうし》もない話なんで、発表をためらったそう

です。そういう、科学者も予想していない現象、未発見の現象って、まだあるんじゃないでしょうか？」

「具体的にどういうものを期待してるの？」

「たとえばミューオンを効率よく発生させる条件が見つかるかもしれません。そのミューオンが触媒《しょくばい》になって、核融合を連鎖的に起こしてくれたら、入力以上の出力が取り出せるかも。原発と違って、暴走も起きませんし」

「そんな美味しい話があるかなあ？」

「分かりません。でも、できる限りのことは試してみたいんです。ハーンの発見が原子力の利用につながったように、未知の現象が見つかったら、そこからブレイクスルーが生じるかもしれないじゃないですか」

　マッド・サイエンティスト。

　そんな単語がボクの頭に浮かんだ。アニメやB級ホラー映画に登場するマッド・サイエンティストは、たいてい男性で、性格は邪悪、容貌《ようぼう》も奇怪なことが多い。しかし、ぴあのを形容するのにこれほどぴったりの。言葉はなかった。彼女の発想は正統派の科学の常識から逸《いっ》脱《だつ》している。まさにマッドだ。

　彼女が受けたのは義務教育まで。科学知識の大半は独学で身につけたものだという。だからこそ、常識に縛《しば》られないのかもしれない。

　ボクはもっと彼女のことを知りたくなった。それで、ずっと気になっていたことを口にし

た。

「その研究はさあ……」

「はい」

「人類の進歩のためじゃないよね？」

「は？」

「やっぱり宇宙に行くため？」

　ぴあのは急に黙りこんだ。何か犯罪を見透《みす》かされたかのように、視線をそらし、気まずそうな表情をしている。まずかったかな、とボクは思った。彼女は本当の目的を秘密にしておきたかったのか。

　でも、それはバレバレだ。彼女は未知のエネルギー源を発見しようとしている。その動機を、あの歌の傾向に見られる宇宙への憧《あこが》れと結びつけるのは、ボクでなくてもできるだろう。現代の宇宙開発に立ちはだかる最大の壁は、エネルギーの問題だ。化学反応を用いた今のロケットでは、軌道上に数人の宇宙飛行士を打ち上げるだけでも、何百トンという燃料を必要とする。

　金のあり余っている人間なら、何十億円も払って、ロシアの宇宙船に乗せてもらうことはできる。大気圏外に出て何分間か無重量状態を体験するだけでいいなら、アメリカの民間企業の弾道飛行ツアーに参加すればいい。それでも一回二五万ドルぐらいかかるそうだけど。化学燃料に代わる、何か画期的な技術が発明されない限り、一般人が気軽に宇宙に出かけら

れる時代は来そうにない。

　ぴあのはその時代を待つのではなく、自分の手で招き寄せようとしている。未知のエネルギー源を発見することで。

　まさにマッドな発想。

「……あまり人には話したことないんですよね」

　観念したように、彼女は語り出した。

「子供の頃からずっと――誰かに話しても、理解してもらえないんです。『そんなことできっこない』『夢みたいなこと言うな』ってバカにされて。だから自然に、口にしなくなりました」悲しげに笑って、「味方がいないってつらいですよ」

　ボクも正直、九割ぐらいは「そんなことできっこない」と思っている。でも、ぴあのにストレートにそれを言うのはためらわれた。かわいそうだということもあるが、一割ぐらいは「彼女ならできるかも」という思いもあるからだ――何の根拠もなかったが。

「味方になるよ」

　ボクがそう言うと、陽《ひ》が射してきたかのように、彼女の顔がさあっと明るくなった。きらきらした瞳《ひとみ》で見つめられ、ボクはうろたえた。顔が熱くなるのを感じる。

「いや、誤解しないで。君の言うことをみんな信じたわけじゃないから」

　とっさにそう言ってから、これじゃまるでツンデレだな、と思った。

「そんな可能性は小さいと思うよ。世界中の科学者が研究してるのに見つけられないことを、

個人が発見するなんて。夢物語だと思う。ただ、すごく面白い夢だと思ったんだよね。たとえ最終的に失敗に終わっても、その途中のプロセスって、きっとすごく楽しいに違いないって予感がする。うん、時間を費やしても無駄《むだ》にはならないよ。その楽しい時間そのものが報《ほう》酬《しゅう》だ」

最初は取り繕《つくろ》うために適当に言葉を並べていただけだが、喋っているうち、ボクはだんだん自分の言葉に説得されてきた。そうだ、女の子、それもアイドルの研究を手伝うんだ、楽しくないわけがないじゃないか。

わくわくしてきた。ボクにも陽が射してきたように感じられる。

「じゃあ、手伝っていただけますか？」

「うん。時間が空《あ》いてたらね。ボクだって大学があるし……」

「今日は？　これから予定は？」

「いや、特にないけど……？」

「じゃあ、私の家に来てもらえます？」

「は？」

「所沢です。ここからだと一時間ちょっとです。私のガレージを――実験室を見ていただきたいんです」

「いや、でも……ご家族は？」

「いません。一人暮らしです」

ぴあのはボクの手を取り、立ち上がろうとした。

「さあ、行きましょう」

「いやいや、ちょっと」ボクはあせって、彼女の手を引き戻した。「それはまずいでしょ」

「何がですか？」

「いや、君、まだ気づいてないかもしれないけどさ……」

ボクは彼女に顔を近づけ、ささやいた。

「……ボク、男だよ」

「は？」

ぴあのはきょとんとした。数秒間、ボクの顔をまじまじと見つめる。やがて、「ああ」とうなずいた。

「ぜんぜん気がつきませんでした。〝男の娘《こ》〟ってやつですか。話には聞いてましたけど、じかに見るのは初めてです。すごいですね。完璧《かんぺき》ですよ」

「そりゃどうも」

「私よりメイク上手いですね。今度、教えてください」

「べつにいいけど……」

「じゃあ、行きましょうか」

また立ち上がろうとするぴあの。ボクは「いや、待て待て」とまたひきずり戻した。

「話、聞いてなかったの？」

「何がですか？」

ボクは頭をかいた。どうも彼女の感覚は、普通の女の子とかなりずれているようだ。

「あのね、〝男の娘〟ってのは性同一性障害とは違うんだよ。ボクも趣味でこんな格好してるだけで、基本的にヘテロだから。女の子が好きだから。むしろ女の子が好きだからこそ、こういう格好してるところがある」

「はあ」

「女の子の一人暮らしの家に、若い男をほいほい招くってのは、そりゃ無防備だろって話だよ。二人きりになった時に、押し倒されたらどうするんだよ」

ぴあのは首を傾《かし》げた。「すばるさんは私を押し倒すんですか？」

「いや、しないしない！」

「だったらいいじゃないですか」

どう言ったらいいんだろう。ボクは悩んだ。もっとストレートに言わないと、彼女には通じないのか。

「あのね。男って欲望で動いてる生きものだからね。何かの拍子《ひょうし》に、急にむらむらくるかもしれないわけよ。特にボクみたいに若くて彼女いない男は、常に飢えてるんだよ。危険だとは思わないの？」

「すばるさんはそんなことしないでしょ？」

「何で？」

「だって」ぴあのは笑った。「さっき、『すごく楽しいに違いないって予感がする』って自分で言ってたじゃないですか」

「は？」

「私を押し倒したら、その楽しみが台無しになるんですよ？　そんな頭の悪いことなんかしないでしょ？」

　参った。確かにその通り。最強の論理だ。一時の欲望に負けたら、ボクたちの関係は破綻《はたん》して、これから何年も続くはずの楽しい時間をふいにすることになる。そんなのはバカのすることだ。

「でも、いいの？　万一、アイドルが男を連れこんでるってバレたら、スキャンダルになるんじゃ……？」

「すばるさんならだいじょうぶですよ。誰かに見られても、女の子としか思われませんし」

「そりゃそうだけど……」

「じゃあ、行きましょう」

　ぴあのは手を取って、またボクを促《うなが》した。ボクはようやく立ち上がった。

　しぶしぶと――しかし、新しい何かが起きそうな予感で、胸がわくわくしていた。

4　ぴあのの見ている世界

秋葉原から山手線《やまのてせん》で池袋へ。さらに西武池袋線に乗り換える。所沢に着くまでの間に、彼女と話す時間はたっぷりあった。

「訊《き》いていいですか？」

「この趣味のこと？」

「はい。その声とかも作ってるんですか？」

「もちろん。地声《じごえ》はね――」ボクは地声に戻した。「こんな感じ」

「わっ、すごおい」ぴあのは素《す》直《なお》に感心してくれた。「〝両声類《りょうせいるい》〟ってやつですね。へえ。やっぱり、かなり練習したんですか？」

「うん、かなりね」ボクはまた女の子の声に変えた。「発声法にコツがあるの。言葉で説明するのは難しいけど、声帯とは別の場所から声を出すような感じ。最初はなかなかそれがつかめなかった。でも、ある時、すっと今の声が出たんだよね。それから練習を重ねて……口笛を吹くのと同じだよ。最初のうちは意識しないと出せなかったけど、今は自然に出せる」

「メイクも？　私でもけっこう面倒なんですけど、あれ」

「うん、面倒だった。本で読んだり、動画で見たり、いろいろ勉強した。でも楽しかったな。やってるうちに、自然に上手《うま》くなってきた。好きこそものの上手《じょうず》なれ、ってやつだな」

「はあ、そこが私との違いですね。私、女ですけど、メイクは楽しくないです」

「珍しいね」

「『女の子らしくする』っていうのが、昔からよく分からないんです。もともと女なのに、何でこれ以上、女らしくしなくちゃいけないのかって」

「ボクの場合は逆だな。もともと女じゃないから、女の子らしくなるのが楽しくてしょうがない」

「どのへんが楽しいんですか？」

ぴあのの口調がごく自然体なのが、ボクには嬉《うれ》しかった。昔と違って珍しくなくなってきたとはいえ、やはりこういう趣味に対する偏見《へんけん》は根強く、なかなかカムアウトしにくい。好奇の目で見られたり、同性愛者だと勘違《かんちが》いされたり、ひどい時には変質者扱いされることもある。まあ、決してノーマルではないのは認めるが。

だが、ぴあのにとっては、こんなものはごく普通の趣味でしかないらしい。

「うーん、さっきも言ったように、ボクも心は男なんだよね。正直、同性にはぜんぜん興味ない。やっぱり、つき合うなら女の子の方がいい」

最後の一言には、「君とつき合いたい」という言外の意味をこめたつもりだった。しかし、後から思えば、ぴあのにはそんなニュアンスは伝わらなかっただろう。

「ならどうして？」

「限界を超えられるから……かな」

「限界？」

「男であるってことは、それだけで限界が決められてる感じがするんだよね。男の格好《かっこう》して、男らしく振る舞わなくちゃいけないって、べつに法律で決まってるわけでもないのに、なぜか行動が制限されてる。世界の半分からシャットアウトされてるような感じ。女の子になれば、その限界を超えられる気がする——まあ、気分の問題だけど」

「ああ、なるほど。へえ、面白い考え方ですね。でも、分かる気がします」

「ほんと？」

「限界に縛《しば》られてるって感じ、私もしてます。私の場合は性別じゃなく、人間であることの限界ですけど」

「人間であること……？」

「物理的な肉体を持っていることです。大きさと質量を有していること。重力の法則に従うこと。酸素を呼吸すること。食事をしたり水を飲んだりしなくちゃいけないこと。うんちやおしっこをすること」

　女の子の口からそんな言葉がさらりと飛び出したので、ボクは少し動揺した。後で知ったのだが、ぴあのは汚い言葉や卑《ひ》猥《わい》な言葉も抵抗なしに口にする。その方面の羞恥心《しゅうちしん》が根本的に欠けているのだ。

「それが私の夢を阻《はば》んでいます——私が人間であること自体が」

それは分かる。宇宙飛行にとって最大の障害となるのは、人間の肉体そのものだ。三次元の肉体を持たないアニメキャラやボーカロイドやコンパニオンなら、物理法則を無視できる。だが、人間はそうはいかない。真空《しんくう》や宇宙線から身を守るカプセルや宇宙服が必要だし、酸素や水や食糧も持っていかないといけない。それらのファクターから、カプセルの最小限のサイズと重量が決まる。ロケットの噴射速度も技術的に決まっているから、カプセルの質量が決まれば、それを秒速七・九キロの第一宇宙速度まで加速するのに必要な推進剤の量が決まる。そこからロケット全体の大きさが決まる……。

結局、人間の肉体が、有人ロケット全体の設計に枷《かせ》をはめているのだ。

「せめてロボットに生まれたかったですね。ロボットなら酸素も水も要《い》りませんから」

「でも、ロボットは宇宙に憧《あこが》れたりはしないんじゃない？」

「そうなんですよねえ」ぴあのは大げさにため息をついた。「人間だから宇宙に行きたいと思う。でも、人間だから行けない。大いなる矛盾《むじゅん》です——世間の人たちって、どうしてこんな重大な問題を真剣に考えないんでしょう？」

そりゃあ、地球上に暮らしている大多数の人たちにとって、そんなのはちっとも重大な問題じゃないからだろう。

「君の場合、『好きこそものの上手なれ』の対象は宇宙なんだろうな。宇宙が好きだから、天文とか物理とかを熱心に勉強して、そんなに頭も良くなったんじゃない？」

「いえ、私、もともと頭がいいんです」

さらりとそれを言うか。

しかも、ちっとも自慢げでないところが、さらに憎たらしい。自分が天才であることがたいして誇りではないような口ぶりだ。

「小さい頃から大人向けの本とか普通に読んでましたから。物理学が好きになったから頭が良くなったわけじゃないんですよ」

「そうなんだ」

「それに私、本当を言うと、物理学は大好きですけど、物理法則は嫌いなんですよね」

「はあ？」

「だって、私を縛ってるいちばん大きなものは物理法則ですから。エネルギー保存則、万有引力の法則、ツィオルコフスキーの公式……いちばん嫌いなのは相対性理論です。特殊も一般も」

ボクはちょっと驚いた。ぴあのが何かに対して嫌悪《けんお》を示すのは初めてだ。彼女にも嫌悪という感情があったことが意外だった。

しかし、その対象が相対性理論とは。

「確かに美しい理論だと思います。特殊相対論を学んだのは小学校二年の時でした。図書館で解説書を読んだんです。ローレンツ収縮の公式がピタゴラスの定理から導けるのには感動しました。一般相対論を学んだのは中学に入ってからです。擬《ぎ》リーマン空間における測地線《そくちせん》

の方程式や、レヴィ・チビタ接続が定義するリーマン曲率テンソルからアインシュタイン・テンソルが導かれるところも美しいんですが、あの有名な一〇元連立非《げんれんりつひ》線形偏微分《せんけいへんびぶん》方程式を目にした時には、あまりの美しさにくらくらきました。なんてシンプルで、それでいて壮大なんだろうって。これで宇宙のすべてが記述できるんだって。

　でも、美しいけど、嫌いです。正しいから嫌いなんです。私たちが光より速く宇宙を旅するのを禁じてるから。私たちを太陽系の中に縛りつけてる。宇宙の隅《すみ》のとても小さな一画に、全人類を監禁《かんきん》してるんです。ひどいと思いません？」

「うん、まあ……」

　どう答えていいものだろうか。相対性理論が人類を〝監禁〟しているという見方は、ボクには新鮮だった。

　しかし、新しい情報が手に入った。ぴあのが行きたがっている〝宇宙〟は、定義上の宇宙――高度一〇〇キロより上の大気圏外じゃなく、月や火星ですらない。太陽系外の天体なのだ。

　それはまた何という困難な野望だろうか。

「抜け道も探してみました。『相対論は間違っている』という類《たぐい》の本も何冊か読みましたけど、だめでしたね。みんな初歩の初歩のところでつまずいてるんです。自分の考えの方が間違ってるから矛盾する結果が出るのに、『矛盾が出るのは相対論が間違ってるからだ』と言ってるんです。マクスウェル方程式がガリレイ変換に対して不変だと思ってたり、サニャッ

ク効果が相対論に反すると思ってたり。塩沼《しおぬま》さんのようにマイケルソン‐モーレイの実験を否定する人もいます。

だから私、本当に悔《くや》しいんです。相対論は正しいんです。正しいことが悔しいんです。私が物理的な肉体を持った存在である限り、いくらがんばっても物理法則の制約からは逃《のが》れられないんだってことが」

「まさかとは思うけど……」ボクは急に心配になった。「自殺とかしないよね？」

「は？　――ああ、死ねば肉体から解放されるからですか？」

「いや、今の話の展開からいくと、そういう結論になりそうな気がしたから……」

「それはないですね。私、幽霊とかそういう非科学的なもの、信じませんし。死んだら肉体が火葬場で燃やされて、煙と灰になって、それで終わりだと思います」

「はあ、ドライなんだ」

そういうところも普通の女の子と違うところだ。ボクの知る限り、女の子というのはたいてい、幽霊とかオカルトとかを信じているものだ。

その火葬場の話で、ボクは気になっていたことを思い出した。〈サイハテ〉だ。

「前に君が動画サイトにアップした歌、ひと通り聴いたんだけど……」

「はい」

「他の歌はともかく、何で〈サイハテ〉が混じってるの？　ケータイの着メロも〈サイハテ〉だったよね？」

「はい。好きな歌ですから」

「どうして？　星とか宇宙とか出てこないじゃない」

「ああ」ぴあのは笑った。「あれは勘違いしてたんです」

「勘違い？」

「あれ、てっきりロケットの打ち上げの歌だと思ってたんです。宇宙飛行士が、火星か木星か、どこか遠い星に向かうことになって、恋人がその出発を見送る歌だって」

思いがけない答えに、ボクは面食《めんく》らった。

「はあ？　そんなわけないだろ。あれは恋人の遺体が火葬場で燃やされるのを歌ってるんだよ。『あなたの煙は』って言ってるじゃない」

「でも、向こうに『無事に着いたら』って言ってるじゃないですか。死んでるのに『無事』って変でしょ？」

「そりゃそうかもしれないけど……」

「『煙』っていうのも、ロケットの噴射煙が青空に立ち上《のぼ》ってる描写だろうって思ってました。後で本当の意味を知りましたけどね。どうして兄がその歌をリクエストしたのかも」

「お兄さん？」

「兄の出棺《しゅつかん》の時にかかった曲なんです」

「え？」

「兄は難病で、一九歳の若さで死にました」

　ぴあのの口調には、悲しげな響きはなかった。歴史上の人物の生涯を解説するかのように、淡々《たんたん》と語る。

「私が小学校五年の時です。長いこと病院で闘病生活をしてたんですが、死ぬ少し前、葬儀の時にこの曲を流してくれって、両親に頼んでたそうなんです。それが初めて聴いた〈サイハテ〉でした。それで、いい歌だなあって思って……」

　ボクはそのエピソードをどう受け止めていいか分からなかった。悲しげに語られたのなら、まだ納得できる。しかし、ぴあのの口調からは、兄の死を悼《いた》んでいる様子がまるで感じられないのだ。

「葬儀の時に流れた歌なのに、葬儀の歌だって気がつかなかったの？　ロケット打ち上げの歌だって思った？」

「はい。でも、歌詞の本当の意味が分かっても、やっぱり好きですね。私の中では、あれはロケット打ち上げの歌なんです」

　やっぱり、ぴあのの思考回路はどこか変だ。あらゆるものを宇宙や星に結びつけてしまうのか。

「お兄さんのこと、好きだったの？」

「はい。好きでした。私に宇宙のことを教えてくれたのは兄ですから」

　そう言って、ぴあのは思い出話をはじめた。

想像してほしい。一二年前の夏の夜。埼玉県の山奥にあるキャンプ場。人工の灯《あかり》がほとんどなく、星の降るような夜空の下、小型の天体望遠鏡で星を観察している中学二年の少年と、幼稚園児の妹。

兄は妹に接眼レンズを覗《のぞ》かせてやる。赤道儀《せきどうぎ》が付いているような高級機ではないから、視野の中で天体はゆっくりと移動している。兄はそのたびに望遠鏡の角度を調整し、天体を視野の中央に戻す。

兄はこまめに望遠鏡を操作しながら、妹に解説する。星が動いてるように見えるけど、本当は地球の方が回ってるんだ。地球は一日に一回の周期で自転しているから、地球の上に立っている人間からは、星空が自分たちを中心に回っているように見えるんだ。

兄は妹にいくつもの天体を見せてやる。さそり座の赤色《せきしょく》巨星アンタレス。はくちょう座のデネブと、その近くにある北アメリカ星雲。こと座の環状星雲Ｍ57、こぎつね座の亜鈴状《あれいじょう》星雲Ｍ27……。

少女を特に魅了《みりょう》したのはヘルクレス座の球状星団Ｍ13だった。最初はぼんやりとした綿毛《わたげ》のように見えるが、眼が慣れてくると、微細《びさい》な光点が無数に集まっているのが分かってくる。まるでダイヤモンドのよう。上空の空気が揺らいでいるので、光が屈折《くっせつ》し、はためいているように見える。

普段、花にも衣服にもアクセサリーにも興味を示さない少女だったが、球状星団の美しさには心を奪われた。まさに宇宙の宝石。

兄は天文学の解説書で読んだ知識を披露《ひろう》する。あれは何十万という星の集まりなんだ。あの小さな点の一個一個が、太陽と同じような恒星《こうせい》なんだ。遠いから針の先ほどの点にしか見えないけど。

近くで見たらもっときれいだろうなあ、と妹は夢見るようにつぶやく。行ってみたいなあ。いつか行けるかなあ。

だが、兄の解説は妹の夢を打ち砕く。行けないよ。M13まで二万六〇〇〇光年。光の速さでも二万六〇〇〇年かかる距離にあるんだ。今、お前が見ている光は、二万六〇〇〇年前にM13から出たものなんだ。ロケットのスピードだと何億年もかかる。人間は決してたどり着けない。

妹は訊《たず》ねる。もっと近い星はないの？

兄は答える。火星とか金星なら行けるかもしれない。太陽系の中にあるから。でも、太陽系の外の星は無理だ。たとえばほら。

兄はこと座のヴェガを指差す。あの星までの距離は二五光年。光の速さで二五年かかる。ロケットは光よりずっと遅い。光の一万分の一以下の速さなんだ。だから、何十万年もかかる。

だったら速いロケットを作ればいい。妹は無《む》邪気《じゃき》に言う。今のロケットより何百万倍も速いロケット。

兄は悲しげに笑う。光より速いものはないんだよ。この世で最も速いものは光なんだ。秒

速三〇万キロ。それを超えることはできない。そう決まってるんだよ。

誰が決めたの？

相対性理論というもので決まってるんだ。誰かが決めたんでもない。宇宙の最初からそういう規則になってるんだ。

そんな規則なんて破ればいい。

破れないよ。人間は物理法則には逆《さか》らえないんだ。

だからどうして？

そう決まってるから。

不毛《ふもう》な押し問答を続けるうち、少女はだんだん悲しくなってくる。ついには大声で泣きはじめる。

意地悪、意地悪、意地悪。どうしてそんな意地悪するの？　何かの罰？　私、何も悪いことしてないのに。どうして宇宙に出られないの？　あんなに広くてきれいな宇宙なのに、どうして見ることしかできないの？　どうして触《さわ》れないの？　どうして地球の上で生きていかなきゃいけないの？　ひどいよ、ひどいよ……。

兄は困り果てて、ついに折れる。分かった。お兄ちゃんがお前の夢を叶《かな》えてやる。お前を星に連れていってやる。

妹はようやく泣きやみ、涙でくしゃくしゃになった顔で兄を見上げる。

ほんと？　ほんとに連れていってくれる？

今じゃないぞ。大人になって、科学者になる。宇宙のことや物理のことをいっぱい研究して、星に行く方法を見つけてやる。お前のために。何年かかるか分からないけど、きっと見つける——それまで待てるか？

うん、待つよ！　何年でも待つよ！　その代わり、きっと私を星に連れてってね。約束だよ。

ああ、約束だ。

そう言って兄は小指を差し出す。妹は涙を拭《ぬぐ》い、その指に自分の指をからませる。二人は星空の下で指切りをする。

指切りげんまん、嘘《うそ》ついたら針千本飲ーます……。

「もの心ついてから、怪我《けが》とか病気以外で私が泣いた記憶って、二回しかないんですよね」

ぴあのは懐《なつ》かしそうに言う。「母の話では、赤ん坊の頃からあまり泣かない子だったみたいです。その二回のうちの一回が、兄に星までの距離を教えられた時です」

ボクはちょっとしんみりしてしまった。

「でも、お兄さんは科学者になる前に亡くなった……」

「ええ」

「それでもう一回泣いたんだな。お兄さんが亡くなった時」

「いいえ、泣きませんでした」

「は？」

「もちろん、兄が死んだこと自体は悲しかったんですよ。兄が結局、約束を破ったこと――私のために、宇宙に行く方法を見つけてくれなかったことが悲しかったんです。まあ、兄を責めてもしかたがないですけど。

　もちろん私も、兄がそんな方法を見つけてくれるって、本気で信じてたわけじゃありません。でも、兄が死んで、私の夢を叶えてくれる人がいなくなったことはショックでしたね」

「えーと……」

　ボクが困惑《こんわく》していると、ぴあのは微笑《ほほえ》んだ。

「分かりますよ。冷たい女の子だと思ってるでしょ？」

「いや、そんな……」

「いえ、分かってます。私の感情って、生まれつき、普通の人とかなり違ってるんです。人間らしさとか優しさとかが欠落してるみたいなんです。親しい人が死んでも泣けないんですよ」

「じゃあ、もう一回泣いたのっていつ？」

「ああ、それは兄の死んだ少し後、小学校五年の三学期ですね。初潮《しょちょう》があったんです。それがすごくショックで」

「何で!?」

「小学校二年の頃から、何となく、自分が人間じゃないんじゃないかと思ってたんです」

想像してほしい。他の子とまったく違う考え方をする少女。普通の子供が興味を示すような遊びや話題にまるで興味がなく、小さい頃から難しい大人向けの本を読みふけっているような少女。他者との接点がまったくなく、集団の中で孤立している。

少女の方でも、幼い頃から、自分が他人とはあまりにも異質だということを自覚している。地球上の何十億という人間の中で、自分だけがユニークな存在だという認識。だが、それがなぜなのかが分からない。

そんな時、図書館で一冊のSF小説に出会う。クリス・ネヴィルの『ベティアンよ帰れ』だ。

主人公ベティアンは変身能力を持つ異星人だ。彼女の両親は人間に擬《ぎ》態《たい》して地球に潜入していたのだが、赤ん坊だったベティアンを残して自動車事故で死んでしまう。孤児となったベティアンは親切な夫婦に引き取られ、自分が異星人だとは知らないまま、人間として育つ。しかし、だんだん周囲のみんなと自分の違いに気がつきはじめる。そして彼女が一八歳になったある日、異星人が宇宙から迎えにやってくる……。

その物語は少女を魅了する。ベティアンの境遇《きょうぐう》に自分を重ね合わせる。無論、それはただのフィクションにすぎないことは理解している。自分が異星人だという可能性など、実際にはほとんどないということも。しかし、可能性はゼロではないはずだ。いつか宇宙から迎えが訪れ、自分をこの肉体から解き放ってくれるのではないか。本当の姿を取り戻し、宇宙に

飛翔《ひしょう》できるのではないか——そんなことをずっと妄想《もうそう》してきた。

　しかし、初潮がそのファンタジーを打ち砕いた。妊娠《にんしん》が可能になったという事実は、自分がまぎれもなく人類の一員だったという認識を、否応《いやおう》なしに突きつけてくる。

　待っていても宇宙から迎えなど来ない。自分はこのまま、地球の重力に縛られ、大地にへばりついて生きてゆくのだ。ほんの一〇〇キロ上空の宇宙に触れることすら許されず、厚い大気の底から空《むな》しく星を見上げながら、年老い、朽《く》ちていかなくてはならないのだ。

　それを思い知った時、少女は泣いた。

「中二病じゃなく、小二病ですね」ぴあのは恥ずかしそうに笑う。「今から思えば、幼稚な現実逃避《とうひ》でした。でも、それをきっかけに、真剣に現実と向き合うようになったんです」

「というと？」

「兄は死んでしまって、もう私の望みを叶えてくれない。宇宙から異星人が迎えに来ることもない。となると、残された選択肢《せんたくし》はひとつ。誰も私の夢を叶えてくれないのなら、自分で夢を叶えよう。何年かかってもいい。私の手で、宇宙に行く方法を見つけよう——そう決心したんです」

　それは現実に向き合ったと言えるのだろうか。途方もない現実逃避のようにしか思えないが、ぴあのは真剣だ。

「ご両親はどう言ってたの？」

「さすがに賛成はしてくれませんでした。困った様子でしたね。でも、温かく見守ってくれました。どうせ中学を卒業するぐらいには、別のことに興味が移って、宇宙のことなんか忘れるんじゃないか――なんてことを言ってましたっけ」

「じゃあ、アイドルになるのにも反対はしなかったの？」

「は？」ぴあのは不思議そうにボクを見つめた。「いえ、反対も賛成もしませんでしたよ。もういませんでしたし」

「え？」

「あれ？　言ってませんでしたか？　私の両親、二年前に死んでるんですよ」

ボクはショックを受けた。

「私が中学を卒業する直前です。突然でしたね。自動車事故です」彼女は無邪気に笑った。

「ベティアンみたいでしょ？」

その屈託《くったく》のない笑顔が、ボクには少し不気味《ぶきみ》だった。

想像してほしい。両親の葬儀の席。中学の制服を着て葬祭場の椅子に座っている少女を。

葬儀の手配や、必要な雑事の大半は、近所の人たちが手分けしてやってくれている。みんな少女に同情し、深刻そうな表情でひそひそと話し合っている。お兄さんに続いてご両親まで亡くすなんて、なんて不運な子なんでしょう。これからどうやって生きていくのかしらね……。

少女は無表情だった。葬儀壇の二つの遺影《いえい》をぼんやりと見つめ、何も言わず、涙の一滴も流さない。人々は思う。きっとショックのあまり感情が麻痺《まひ》してるのだ。そう言えば、お兄さんが亡くなった時もこうだった。

親切な老婆《ろうば》が少女に耳打ちする。思いきり泣いていいのよ。悲しみを胸の内に溜《た》めこむことはないの。吐《は》き出せば楽になるから。

心配してくれる人たちを冷静に観察して、少女は思う。両親が死んだのに涙を流さないのは変なのだろうか。世間体《せけんてい》を考えて、泣く演技をした方がいいのだろうか。しかし、悩んだ末、結局やめにする。わざとらしくなりそうだったから。

葬儀の間、少女がずっと考えていたのは、今後のことだった。お母さんがいなくなったから、これからお料理とかお洗濯とかは自分でやらなくちゃいけないのか。服も自分で買いに行かなくちゃいけないのか。税金とかはどうすればいいんだろう。ああ、面倒だなあ……。

「その後、遠い親戚《しんせき》の方が後見人になってくださいました。ただ、その人も子供を引き取る経済的余裕がないっておっしゃるし、私も家を離れたくなかったんで、一人で暮らすことにしました。事実上、放置状態ですね。幸い、両親の遺《のこ》した生命保険と遺産がけっこうありましたし。何年間かは働く必要はありませんでした」

天涯《てんがい》孤独――そんな四文字熟語が頭に浮かんだ。ぴあのは孤独なのだ。

だが、彼女自身は、その境遇がまったく苦ではないらしい。自分で料理や洗濯や買い物を

しなくてはならないことを除けば。

　やはり変だ。

「悲しくなかったの？　お兄さんやご両親が亡くなって」

「いいえ、悲しかったですよ。でも、涙が出る悲しさとは違うんです」

「よく分からないなあ」

「たとえば、パソコンのハードディスクがクラッシュして、入れてたデータが飛んじゃったことってありません？」

「パソコンではないけど、前にデッキが壊れて、まだディスクに落としてなかった番組が四〇時間分ほど飛んだことがあったな」

「それって悲しかったでしょ？」

「まあね」

「でも、涙を流して泣いたりはしなかったでしょ？」

「いやいや、待って待って」ぴあのの奇妙な主張に、ボクはめまいに似た感覚を覚えた。

「その比喩《ひゆ》はおかしい。肉親とハードディスクは違う」

「そうですか？　どっちもとても大切なもので、失われると大きなダメージになるでしょ？もちろん、ダメージの大きさは違いますよ。データは再構築できる場合もありますけど、人間はそうはいかないし――」

「いやいや、だからそれは違うって。君の理屈だと、〝肉親の死〟は〝ハードディスクのク

ラッシュ〟の上位バージョンってことになっちゃうでしょ？」

「量的な違いじゃなく、質的な違いがあるということですか？」

「当たり前じゃない。親兄弟は〝ヒト〟で、ハードディスクは〝モノ〟だよ」

「そこが私が普通の人と違うところなんですよね。普通の人は、ヒトとモノが本質的に違うものだと認識してるみたいなんですよ。間に境界線があるって」

「みたい、じゃなくてそうだよ」

「でも、私にとっては、二つのカテゴリーは地続きなんですよ。たとえば、人間もプラスチックのマネキン人形も、同じ炭素や酸素や水素でできてるでしょ？　構成元素《げんそ》の比率が違うだけで」

「マネキンは動かないじゃない。話しかけても返事しないし」

「あなたのパソコンにコンパニオンは入ってないんですか？」

　ボクは返事に詰まった。確かにユリリンはモニターの中で動いているし、話しかければ返事もする。コンパニオンは明らかにヒトじゃないし、生物ですらないが、それでもボクはユリリンを単なるプログラム以上のものだと感じている。もし壊れたら、悲しい想いを味わうだろう。

「あと、事故で意識を失ってる人はどうなります？　動かないし、話しかけても返事しないでしょう？」

「そりゃあ……」

「意識を失ってる人はモノなんでしょうか？」

「えーと、それはつまり……」ボクは懸命にぴあのの論理の穴を探した。「たとえ意識活動は停止していても、ヒトとしての遺伝子情報を有していて、生命活動をしている限り、それはヒトとみなすべきなんじゃないのかな。そうでないと、生まれたばかりの赤ん坊とかもモノということになりかねないし」

「すばるさんはマスターベーションをしますか？」

「は!?」

唐突で露骨《ろこつ》な質問に、ボクは頭の中が熱くなった。

「マ、マス……って」

「どうです？　しますか？」

「いや、その質問はセクハラ……」

「ああ、ごめんなさい。ただ、あなたが射精《しゃせい》するかどうかを確認したかったんです」

そりゃするけどさ。外見は女の子でも、中身は男だもの。

「精液はティッシュで拭《ふ》いて捨ててるんですか？」

「だからそれが何の関係があるの!?」

「あなたの放出している精子の中には、あなたの遺伝子が半分入ってるわけですよね」

「あ……」

「しかも生命活動をしている。にもかかわらず、あなたは精子をヒトとして扱っていない。

モノと認識してるでしょ？」

「うん……」

「卵子だってそうです。普通、受精したばかりの卵子は、ヒトとはみなされません。いわばモノですから、中絶《ちゅうぜつ》しても殺人罪には問われません。胎児《たいじ》が大きくなってくるとヒトとみなされるようになります。でも、正確にどの時点でヒトになるかという見解はまちまちです。つまり、ヒトとモノの境界は曖昧《あいまい》なんです」

「でも、それは胎児の場合だろ」ボクは懸命に反論を試みた。「成人ならヒトとモノの違いははっきりしてるよ」

「そうですか？　じゃあ、こういう思考実験をしてみましょう。将来、ナノテクノロジーが進歩して、細胞と同じ大きさで、人間の細胞の働きを完璧《かんぺき》に模倣《エミュレート》するマシンができると想像してみてください。人体の細胞のうちの一個をそのマシンと入れ替えても、表面的には何も変わらない――ここまではいいですか？」

「うん」

「一〇〇個の細胞をマシンと入れ替えても、やっぱり何も変わらないでしょう。人体の細胞は六〇兆個もありますから。一万個を入れ替えても、一〇〇万個を入れ替えても、一億個を入れ替えても……そうやって、どんどん細胞をマシンと入れ替えていって、最終的に六〇兆個の細胞すべてを入れ替えたとします。もちろん脳細胞もですよ。さあ、この人ははたしてまだヒトでしょうか？　それともマシンでしょうか？」

「うーん……」

ボクは考えこんだ。これは難しい問題だ。全身を完全にナノマシンと置換《ちかん》した人は、もはや生物ではなく、DNAも持っていない。では、モノなのだろうか？　だとしたら、ヒトからモノに変わるのは、細胞の何パーセントがマシンになった時点だ？

人によっては、「脳細胞がマシンと入れ替わったら人間性が失われる」と言うかもしれない。だが、ぴあのの前提は「人間の細胞の働きを完璧にエミュレートするマシン」だ。当然、脳細胞のうち一個をそれと入れ替えても、思考活動には何の支障《ししょう》もなく、人間性が失われるはずもない。一〇〇個入れ替えても、一万個入れ替えても、一〇〇万個入れ替えても――最終的に一四〇億個の脳細胞をすべて入れ替えても。

つまり、ヒトとマシンの間に明確な境界は存在しない。

「でも、そんなことは不可能だから、机上《きじょう》の空論だよね」

「分かりませんよ。一〇〇年後ぐらいにはそういう技術が完成していて、人間が不老不死のマシンの身体《からだ》を持てるようになってるかもしれないじゃないですか。最終的には、それしかないのかもしれませんけど」

「それしかって？」

「人間のマシン化です。宇宙に行くにはマシンの身体を持つのが最も合理的です。片道何万年もかかるような旅でも、旅の間、スイッチを切っておけばいいんですから」

「でも、機械の身体になるなんて、ぞっとするという人も多いんじゃないかな？」

「普通の人はそうかもしれませんね。でも、宇宙に行く方法が他にないなら、私はそれを選択します。べつに有機化合物でできたこの肉体に未練はありませんし」

　ぴあのはすごいことをさらりと言う。

「分かります？　私にとって、ヒトとモノは地続きなんです。この電車にしても――」

　彼女は小さく指を立てて、周囲の乗客をぐるりと指差し、最後に床を指差した。

「乗っている人たちも、この電車も、電車が走っているレールも、レールの下の地面も、地球全体も、地球がその周囲を回っている太陽も、すべての宇宙の星も――みんなカテゴリー的には地続きなんです」

「……君には人間と電車が同じに見えてるの？」

「そんなわけないじゃないですか。人間と電車は別のものですよ。青と紫が別の色であるように。でも、青と紫の境界って、どこにあるか分からないでしょ？　同じ色を見ても、ある人は『青だ』と思い、別の人は『紫だ』と思う。それと同じです。私にとって、ヒトとモノは連続したスペクトルの上にあるんです」

　ぴあのはボクたちとはまったく違う世界を見ている。

　彼女はヒトを特別な存在と認識していないのだ。肉親でさえも。ということは、ボクも彼女にとって、電車と同じようなモノとして認識されているのか……。

「誤解しないでください。私、人間は好きですよ。両親も兄も好きでした。社長さんも、マネージャーさんも、秋穂《あきほ》さんも理梨《りり》さんも。もちろんすばるさん、あなたも好きです」

ボクはどきっとした。

「でも、それはいわゆる〝愛〟とは違うものだと思うんです。私にとっての〝好き〟は、好きな色とか、つい口ずさんでしまう歌とか、高レベルまで育成したゲームキャラとか、そういうものなんですよね。ヒトの場合も本質的にそれと違わないんです。

だから恋の歌を歌っても、恋をする人の気持ちって、ぴんと来ないんです。人に対する〝好き〟以上の感情ってどんなものなんだろうって。〈サイハテ〉もそうです。ロケットに乗って宇宙に旅立つ人には感情移入できても、それを見送る恋人の気持ちは、よく分からないんです。

たぶん、〝好き〟と〝愛〟はまったく違う感情なんだろうな、という気がします。私には愛は理解できません。きっとそれは、ヒトをモノとは違うものだと認識しているヒトだけが抱《いだ》ける感情なんだろうと思います」

「それはその……」

ボクはかけるべき言葉を探した。「かわいそうだね」？　いや、それは違う。ぴあのは同情なんか求めていない。だって彼女は、自分に愛という感情がないことを、ちっとも苦にしていないのだから。

「私、突然変異体《ミユータント》なんです」

「ミュータント？」

「語感って大事だと思うんですよ。〝障害〟って言葉、世間的には、どうしてもハンディキ

ャップを伴う印象があるでしょ？　ほら、〝障害物競走〟とか〝通信障害〟とか」

「まあね」

「でも私、これがハンデって感じがしないんですよね。恋とか分からなくても、特に支障は覚えません。他の人と違ってはいるけど、ハンデじゃない。だから〝障害〟という言葉は使いたくないんです」

「それでミュータント……」

「はい。これは生まれつきです。家族にも他に同じような人はいませんでした。たまたま私にだけ起きた変異《へんい》だということです。だから突然変異と呼んでも間違いじゃないと思います。

普通の人はたぶん、脳の中のかなりの部分を、愛のために使ってると思うんですよね。雑誌を読んだり、ドラマとか映画とか観ても、愛に関係してる題材がかなりのパーセンテージを占めてるじゃないですか。歌だってほとんどが恋の歌ですよ。

でも私は違います。ＭＲＩとかで調べたわけじゃないですけど、他の人が愛や恋のために使ってる部分を、数学や物理学のために使ってるんじゃないかと思うんです」

そうかもしれない。彼女の場合、人を愛せないというハンデの代償として、それを上回るものを得ているのかもしれない――とんでもない数学と科学の才能を。

所沢駅に到着。ボクたちは駅前からタクシーに乗った。ぴあのは普段はバスを利用するのだが、ギャラが入って少し贅沢《ぜいたく》ができるようになってきたのだそうだ。

ぴあのの家は、所沢駅からタクシーで十数分の住宅街にあった。ゆるやかな坂道の途中にある二階建ての住宅で、小さな庭もあり、そこそこ裕福《ゆうふく》そうに見える。もっとも庭は手入れされていなくて、荒れていたが。

ガレージは外の道に面していたが、ぴあのはシャッターを開けなかった。中を近所の人に見られるのはまずいらしい。いったん玄関から家の中に入り、ダイニングキッチンの横にあるドアからガレージに入らなくてはならないという。

「靴《くつ》は持って上がってくださいね。ガレージには私の分のサンダルしかありませんので」

そう言って靴を脱ぐと、ぴあのはすたすたと廊下を歩いてゆく。ボクは自分のブーツをつまみ上げ、「おじゃましまーす……」と小声で言って、そろそろと後に続いた。

初めて訪れる他人の家というのは、自分の家とは違う匂《にお》いがして、緊張《きんちょう》するものだ。まして女の子の一人暮らしの家だ。何となく罪悪感を覚えて、ついつい猫背になってしまう。

「うわっ……」

ダイニングキッチンの入口で、予想外の光景を目にし、ボクは立ちすくんだ。流し台や冷蔵庫やレンジや炊飯器《すいはんき》があるのは当然だが、問題はテーブルだ。

四人用の長方形のテーブル。その表面の四分の三、つまり一人が食事できるだけのスペースを空《あ》けて、大量の本が積み上げられているのだ。立っているボクの胸の高さぐらいまである。テーブルの下にも本。冷蔵庫の上にも本。ガラス扉の食器棚の中にも本。

「何だこれ……」

　ボクは頭を横に倒して、テーブルの上に積み上げられた本のタイトルを読んだ。専門書が多かった。相対論、量子論《りょうしろん》、宇宙論、高等数学、核物理、プラズマ物理、天文学、宇宙工学、電子工学、電気工学……新しそうな本に混じって、背表紙が変色した古い本も何冊もあった。古書店で買ったのだろうか。

　しゃがみこんで、テーブルの下の本も見てみる。こちらは見るからに怪しげというか、タイトルからしていわゆるトンデモ系と分かるものが多かった。『ＵＦＯと新エネルギー』『実験円盤浮上せり』『未知のエネルギーフィールド』『謎《なぞ》の反重力網』『フリーエネルギー技術開発の動向』『あなたにもできる常温核融合《かくゆうごう》実験!?』『宇宙人ユミットからの手紙』『意識が拓《ひら》く時空の科学』『ＵＦＯはこうして製造されている！』『驚異のハチソン効果』……。

「そこらへんはもう、卒業した本ですね」とぴあの。

「卒業って？」

「中二病からの卒業です」ぴあのは恥ずかしそうに笑う。「一時期、そういうのにハマって、熱心に読んでた時期があるんです――こちらです」

　ぴあのはダイニングの奥にあるアルミのドアを開けた。その向こうがガレージになっているらしい。

「でも、何で本がこんなとこに？」

「実験室に置いてたんですけど、手狭《てぜま》になってきたんです。でも、二階の私の部屋の本棚ま

でいちいち取りに戻るのも面倒なんで、近いこの部屋に置くことにしました。合理的でしょ？」

合理的かもしれないが、普通の女の子はダイニングのテーブルの上に科学の専門書を積み上げたりはしないだろう。

「どうぞ」ぴあのはサンダルを履《は》いて、戸口の向こうからボクを招いた。「ここが私の実験室です」

戸口から覗きこんだボクは、またも「うわっ」と声を上げてしまった。

確かにそこはかつてガレージだったのだろう。だが今は、車以外のものがぎっしりだ。学校の理科室のような場所を予想していたが、どちらかというと、第一印象は「ガラクタ倉庫」だった。

大小のテーブルがあり、小さい方のテーブルには、ノートパソコン、実験記録をつけているらしいノート、それに電卓やテスターやタイマー、ジュースの空き缶が載っていた。大きい方のテーブルには、見たこともない奇妙な装置がいくつも載っている。ぴあのが自作したものらしく、コイルやコンデンサや抵抗器や基板《きばん》がごたごたと組み合わさっていて、前衛《ぜんえい》芸術のようだった。左右の壁にはスチールの棚が並んでいて、バッテリー、トランス、モーター、オシロスコープ、パソコン、工具箱、他にもよく分からないものがいろいろ詰めこまれている。この前買ったという中古の電子レンジが四台、床に積み上がっていた。露出《ろしゅつ》している床面積はわずかしかない。しかも黒や赤や青や黄色のケーブルが無秩序に這《は》

い回っている。椅子《いす》はない。椅子を置けるスペースすらないのだ。

「誰かにお見せするのは初めてです」ぴあのはちょっと得意そうだった。「最初は自分の部屋でやってたんですけど、父が死んで車も要らなくなったんで、ガレージを実験室に改造しました。この二年ほどで、ずいぶん機材が増えましたね」

「はあ……」

ボクは驚きのあまり、まともに言葉が出てこなかった。

「冬は寒いのが欠点ですね。シャッターの隙間《すきま》から風が入ってくるんで、石油ファンヒーターを使ってもぜんぜん効《き》かなくて」

こんな狭いところで暖房器具を使ったら、何かが過熱して火事になるか、酸素不足で不完全燃焼になるんじゃないだろうか。ここに並んでいるもの自体もヤバそうだ。何の実験に使うのか分からないが、薬品の瓶《びん》がいくつもある。装置がスパークして出火したりしたら、大変なことになりそうな予感がする。

ボクはブーツを履くと、実験室の床に立った。テーブルと棚の間は狭く、歩くとスカートを何かにひっかけそうで怖《こわ》かった。おまけにケーブルを踏まずに歩くのに苦労する。

「これがお話しした核融合実験の装置です」

ぴあのはガレージの隅にあるものを指し示した。ボクは近寄ってそれを観察した。何十個ものコンクリートブロックが、上から見るとコの字の形に積み上げてあって、かまどのように見える。これが中性子《ちゅうせいし》の遮蔽材《しゃへいざい》か。その向こうを覗くと、鐘《かね》のような形の厚いガラス容器

の中に、魚を焼く網《あみ》のようなものが立っていた。その手前には金網に向けて突き出た針金。これがイオンを加速する装置か。容器の基部には電源ケーブルとパイプが接続されていて、コッククロフト・ウォルトン回路と真空ポンプにつながっている。

「ね？　簡単な仕掛けでしょ？」

「これ、みんな君一人で作ったの？」

「はい」

　ボクはガレージ内を見渡し、圧倒されていた。他にもよく分からないものがたくさんある。

「これは何？」

　近くの棚にあったものを指差す。直径二〇センチほどの金属円盤が二個、向かい合うように並んでいる。円盤の縁《ふち》には磁石が並んでいた。他のものに比べ、やけに稚拙《ちせつ》な感じがする。

「ああ、懐かしいですね。私が小学生の頃に最初に作ったフリーエネルギー・マシンです」

「フリーエネルギー？」

「靖国《やすくに》一号。聞いたことありません？」

「いや」

「一九八〇年代に日本で話題になった装置です。発明した人はミュージシャンだったそうです。永久磁石の反発作用を利用して、外部からの入力なしに回転を続けられるってふれこみで、新聞でも報じられたそうですよ。会社を作って儲《もう》けるつもりだったそうですけど」

「それって永久機関？　ありえないだろ、そんなの」

「ええ、ありえません。その資料を見つけて再現してみたんですけど、手で回してみても、すぐ止まってしまいます」

　ぴあのは棚に置いてある別の装置に手を触れた。こっちはある種のモーターのようだ。靖国一号より大きくて複雑そうだ。

「こっちはＮマシン。アメリカのブルース・デ・パルマという発明家が作ったというフリーエネルギー装置です。もっとも、それを改良したアダム・トレンブリーという人の図面を参考にしてます。一時期、超効率を実現したって騒がれたそうです」

「超効率？」

「入力以上の出力を取り出せたっていうんです」

「それもありえない」

　ボクは即座に言った。出力が入力を上回ることは決してない。エネルギー保存則に反している。

「ええ、実験してみましたけど、やっぱりだめでした。他にも超効率を実現したという話はいろいろありますけど、どれも計測ミスや計算ミスだったようです」

　ぴあのはまた別の装置に触れた。これもモーターのようだ。

「これはＥＭＡモーター。やっぱり超効率を実現したと話題になって、七〇年代に新聞にも載ったらしいです。でも、発明者のエドウィン・グレイという人は急に行方不明になって、その後、音沙《おとさ》汰《た》がありません」

「詐欺《さぎ》だったのか？」

「かもしれません。何にしても、グレイが言うような現象は、私には再現はできませんでした」

次にぴあのが示したのは、熱帯魚を入れるような水槽《すいそう》だった。中には銀色の網とコイルがセットされているが、水は入っていない。

「これは去年、イギリスの発明家がネットで発表した常温核融合装置です。その人によると、重水《じゅうすい》を使わなくても、ただの水でも核融合が起きるっていうんです。スイッチを入れるとガンマ線が発生したって」

「怪しいなあ」

「実際にやってみました」ぴあのはテーブルの上にある放射線計測器を手に取った。「本当でした。水槽に水を入れてスイッチを入れると、カウンターの数字が上がるんです」

「ええっ？　まさか！」

「でも、謎が解けるのも早かったですね。水を抜いてやっても、やっぱり反応するんです」

「どういうこと？」

「このタイプの放射線計測器は、電磁波《でんじは》の影響で誤動作するんです。放射線が出てなくても数字が上がるんですよ。この実験装置から出てるノイズに反応してたんです」

「ああ、そういうことか……」

思い出した、福島第一原発の事故の直後、日本のあちこちで、それまで放射線計測器なんか使ったことのない素人《しろうと》が、装置を手に入れて街中で計測をはじめた。中には測定のやり方

が間違っていて、実際よりかなり高い数値を出してしまったという例がよくあったらしい。機種によっては、通信中のスマートフォンを近づけたり、高圧線の下に来ただけで数字が跳《は》ね上がるものもあったという。

「それと、こっちはライヒのオルゴン・アキュムレーター……」

「ちょ、ちょっと待って」

　ボクはぴあのの説明を止めた。この室内にある怪しげな装置すべての解説を聞いていたら、どれだけ時間がかかるか分からない。

「もしかして君、この手の怪しげな装置を全部再現してるの？」

「まさか。全部じゃありませんよ。ベアデンのスカラー波理論は、読んだだけで見こみがなさそうだと分かったんで、実験で試してません。ニューマン・マシンもあきらめました。コイルを二五万回も巻くなんてバカバカしくて。あと、シューマッハ・モーターとか、ハチソン効果とかも」

　彼女は残念そうな表情で、製作した装置の数々を見回した。

「私の中二病です。現代物理学にはもしかしたら大きな欠陥《けっかん》があるんじゃないか、それを見つけたら宇宙飛行が簡単になるんじゃないかって思ってたんです。でも、あきらめました。そんなものはありません。エネルギー保存則も相対性理論も正しいんです。宇宙に行く方法は、既存《きぞん》の物理法則の枠内で見つけるしかありません」

「それで高校に進学せずに、一人でずっと研究を……？」

「はい。でも、一人ではやれることに限界があるのは、最初から分かってました。それに、こんなものをいっぱい買ってたら、何年も経《た》たずにお金がなくなるのは確実です」

「そりゃそうだろうな」

「だから、今はまだ一人でも、いずれ必ず、誰かの協力を得る必要があります」

「スポンサー？」

「それに共同研究者です。ただ問題は、私の話を聞いてくれる人がいないということなんです」

当然だろう。一七歳の娘の宇宙への夢に、まともにつき合おうという物好きなんて、めったにいまい――ボクぐらいのものか。

「でも、ふと気がついたんです。中学の頃から、趣味で動画サイトにアップしてる歌。あれはみんな熱心に聴いてくれるんですよね。一曲が何万回も再生されます。宇宙や物理の話には関心がない人でも、歌は聴いてくれるんです」

「それじゃ……？」

ようやく話がつながった。なぜぴあのがアイドルになったのか。

「そうです。アイドルになって人気が出れば、お金が儲かるだけじゃありません。みんなが私の話に耳を傾けてくれる――そう思ったんです」

ぴあのはそう言って、テーブルの上の製作途中の装置を愛《いと》しげに撫《な》で回した。

「私にとって、アイドルは最終目的じゃありません。夢を叶えるための――宇宙に行くためのステップなんです」

5　立ちはだかる箪笥《たんす》の群れ

二〇二五年の夏から翌年にかけて、結城《ゆうき》ぴあのの人気はじわじわと伸びていった。一見するとぼうっとした感じのする女の子が、膨張《ぼうちょう》宇宙論や粒子《りゅうし》加速器や軌道《きどう》エレベーターやスーパーアースやシンギュラリティについて、専門用語を自在に駆使《くし》して解説する姿は、多くの視聴者に驚きと感銘《かんめい》を与えた。雑誌の取材やトーク番組へのゲスト出演が増え、テレビのレギュラーも三本になった。それまであまり注目されていなかった公式ツイッターのフォロワーも、たちまち一〇万を超えた。

そうした番組やツイッターの中で、ぴあのは何度も、宇宙への夢を語った。「宇宙から青い地球を見下ろしてみたい」とか「火星の土を踏んでみたい」とか。もっとも、さすがに他の恒星系《こうせいけい》にまで行きたいとは公言しなかった。大きすぎる夢を語ると嘲笑《ちょうしょう》の的《まと》になることを自覚していたのだ。

「宇宙系アイドル」——結城ぴあのはそう呼ばれるようになった。

一部のマニアックな層は、彼女の魅力に食いついてきた。理工系の人間、宇宙や科学の話題が大好きな人間たちだ。彼らにとって、科学の魅力を語ってくれるぴあのは、まさに理想

のアイドルだった。人口に占めるパーセンテージは少ないものの、そうした層がぴあのを強く支持した。彼らによって、ぴあのの人気の足場が確立された。

雌伏《しふく》の時は終わった。ぴあのは真《しん》のアイドルへの階段を昇りはじめたのだ。

もっとも、まだ爆発的なセンセーションにはほど遠かった。というのも、彼女のトークの内容は、日常生活と無関係な宇宙やミクロの世界の話題が多かったからだ。視聴者の大半は、行くことのできない太陽系外の星々や、見えもしない原子《げんし》の構造になど関心がない。ぴあのがクエーサーや量子《りょうし》コンピュータやヒッグス粒子について熱心に語る姿をテレビで見ても、最初の数回は感心するものの、じきに飽きてしまうのだ。

無視されるだけならまだいいが、注目を集めたことでアンチも増えた。「女はバカな方がいい」と心の底で思っている男ども（統計はないが、かなり多いはずだ）は、難解な科学に精通しているぴあのに反感を抱《いだ》いた。女たちも同様だった。一部の人間は、自分と同世代もしくは年下の人間が自分より頭がいいと知ると、劣等感《れっとうかん》を刺激され、被害妄想《もうそう》的な嫌悪感《けんおかん》を抱くようなのだ。彼らはぴあのの些《さ》細《さい》な言動にいちいち難癖をつけ、ネットでこき下ろした。

ボクはそうしたネット上でのぴあのの評判をウォッチングしていた。常に冷静で論理的なぴあのに比べて、アンチの言動は感情的で、しばしば支離《しり》滅裂《めつれつ》な論を展開し、下品な罵《ば》倒《とう》に走った。

ある時、岩手県北上《きたかみ》山地に完成したＩＬＣ（国際リニアコライダー）の意義について、ぴあのがツイッターで語ったところ、怒って猛然と食ってかかった男がいた。「放射線を出す施

設の建設を許すなどけしからん」というのだ。そいつは巨大粒子加速器がすでに日本にいくつもあることを知らなかったらしい。もちろん粒子加速器は、たとえ事故を起こしても、原子炉《げんしろ》のように制御《せいぎょ》できなくなって爆発を起こしたり、放射性物質を大量に撒《ま》き散らしたりはしない。

それでも男は納得せず、自分で北上山地に出かけて放射線量を測定し、周辺地域より高いことを示して、「すでにリニアコライダーから放射性物質が洩《も》れている！」と誇らしげに主張した。彼がアップした現地の写真には、岩の上に置かれた放射線測定器が、毎時〇・四マイクロシーベルト以上の数値を表示しているのが写っていた。それを見て、ぴあのは冷静に指摘した。

「花崗岩《かこうがん》の上で測定されていますね」

北上山地には花崗岩が多いこと、花崗岩はウランやトリウムなどの天然の放射性元素《げんそ》を微量だが含んでいることを、男は知らなかったのだ。

普通の人間なら、悪口を言われたら少しは凹《へこ》むか、怒るか、不快になるものである。しかし、ぴあのはそうしたネガティヴな反応に対し、時には無視し、時には短く的確な反論を返すだけで、まったく心を乱されている様子を見せなかった。いくら叩《たた》かれても壁のように不動のぴあのの姿は、いっそうアンチを苛立《いらだ》たせた。一方、ファンは彼女の冷静さ、煽《あお》りに対する耐性の高さを評価した。

そうではないことを、ボクは知っていた。

彼女は我慢《がまん》強いんじゃない。痛みに耐えているんじゃない。悪口を痛みとして感じていないのだ。

その頃、ボクはぴあのと頻繁《ひんぱん》にメールを交わし、月に一度ぐらいの割で顔を合わせ、相談に乗ってやっていた。もちろんそんなこと、誰にも話してはいない。人気上昇中のアイドルとつき合ってるなんて、ホラだと思われかねないし、何より、スキャンダルの種になって彼女のアイドル活動を妨害《ぼうがい》したくなかったからだ。

所沢の彼女の自宅のガレージで、核融合《かくゆうごう》実験につき合ったこともある。ガラス線量計が中《ちゅう》性子《せいし》を捉《とら》えた時には興奮した。本当に素人《しろうと》でも核融合ができるのだ。あいにく、彼女が期待していたような異常な現象は何も起きなかったし、冬のガレージはひどく冷えこみ、スカートでは寒かった。それでも楽しい体験だったことは間違いない。

実験の合間には、二人で息抜きに、当時人気の動画投稿《とうこう》サイト〈ほんわか動画〉を観《み》て楽しんだ。ボクは彼女に〈結城ぴあのＰＶシリーズ〉というタグの存在を教えた。ジャンキッシュではまだぴあののソロ曲はなく、当然、公式には単独のプロモーション《P》・ビデオ《V》も作られていなかった。しかし、彼女がデビュー前にアップした歌に注目し、ＣＧでそのＰＶを制作するアマチュア映像作家が、すでに何人も現われていたのだ。中には恐ろしく手間のかかったプロ顔負けの凝《こ》った映像もあった。自分の歌に素晴らしい映像がついているのを目にして、ぴあのは感心し、素直《すなお》に嬉《うれ》しがった。

自分は普通の人間ではない、と言うぴあのだが、音楽や絵画や映像に関する感性は普通の人と変わらなかった。いや、むしろ人より優れた感性を持っていたと思う。よくPVを鑑賞しながら、「今の手の動き、起点と終点のコマ数を多くして途中のコマを抜けば、メリハリがつくと思います」とか「エフェクトがうるさすぎてモーションに目が行かないのがもったいないですね」などと、けっこう細かい点を指摘していた。

ちなみに、ぴあのと会う時、ボクはいつも女の子の格好《かっこう》をしていた。この時期、男としての素顔を彼女に見せたことは一度もない。ぴあのが男といっしょにいるところを、写真週刊誌とかのカメラマンに盗撮《とうさつ》されるのを警戒していたこともある。だが、それよりもボクが警戒していたのは、ボク自身だった。

男としてのボクは彼女に惹《ひ》かれていた。この感情が恋であることを、今やはっきりと自覚していた。だが、その想いを口にすること、異性としてぴあのにアプローチすることはできなかった。そんなことをしたら、せっかくの心地《ここち》よい関係が壊れてしまう。ボクは彼女との今の関係を、可能な限り長引かせることと望んだ。たまに、はずみで手が触れ合ったりすることはあったが、それ以上の接触は決してなかった。それに、普通に告白したところで、ぴあのはそれに応《こた》えられなかっただろう。

ある時、彼女はこんなことを言った。

「すばるさん、四次元を思い浮かべることができますか？」

彼女は右手の人差し指を水平にまっすぐ伸ばし、親指を垂直に立て、中指を直角に曲げた。

フレミングの右手の法則だ。

「縦、横、高さ」

彼女は左手の指で、右手の人差し指、中指、親指を順に撫《な》でた。

「この三本の指に直交する四本目の指を、頭の中でイメージできます？」

「それは数学的にじゃなく、ビジュアル的に、という意味？」

「はい。もちろん空間を二次元に簡略化するのは反則ですよ。あくまで三本の指の方向を維持したまま、四本目の指を、他の三本の指に直角になるようにイメージするんです。できますか？」

「できるわけないじゃん、そんなの」

「私はできます」

「まさか」さすがに信じられなかった。

「もちろん現実の空間では不可能ですよ。でも、頭の中のバーチャル空間なら、三次元に縛《しば》られることはありません。原理的には、脳は四次元以上の空間を想像することも可能なはずなんです。だから、普通の人には無理だって知った時には驚きました」

「君にはそれができるっていうの？」

「六次元までなら。さすがに七次元以上は無理です。七次元をイメージしようとすると、どうしても六次元に収束《しゅうそく》しちゃうんです」

どう反応したらいいんだろう。

　その話が本当なら、ぴあのの脳は普通の人間とまったく異質ということになる。何となく薄気味悪さも覚える。ミュータントだという説明も、まんざら妄想ではないかもしれない。昔のＳＦによくあった〝新人類〟というやつか。驚くべきなのか笑うべきなのか尊敬すべきなのか畏怖《いふ》すべきなのか、ボクにはよく分からなかった。

　彼女は厳密には人類ではない――知れば知るほど、そのことを思い知らされた。脳の働きが普通の人間と根本的に違う。それゆえ、人を「好き」にはなっても「愛する」ことはできない……。

　苦しくなかったと言えば嘘《うそ》になる。だからボクは自分を縛ることにした。彼女の前では常に女の子の格好でいることにした。女の子のように振る舞い、女の子同士の友人として接することで、暴走しそうになる自分の中の男性の部分を抑《おさ》えつけていたのだ。

　別のある時、不躾《ぶしつけ》だとは思ったが、気になっていたことを質問した。

「そういう性格だと、学校でいじめられてたんじゃない？」

「当然です」ぴあのはけろりと言う。

「当然って……つらくなかったの？」

「つらいと言えばつらいですけど、箪笥《たんす》の角に足の小指をぶつけたからって、箪笥を恨《うら》む人はいないでしょ？」

　ぴあのはまた、よく分からない比喩《ひゆ》を使った。

「いや、箪笥は向こうからぶつかってこないじゃない。箪笥に小指をぶつけるのは自分のミスだよ」

「でも、自分で箪笥にぶつけるのも、箪笥の方からぶつかってくるのも、痛みに大差ないんじゃないでしょうか？」

「そりゃそうだけど、ぶつかってこない方がいいに決まってるよ」

いじめの話題でボクが憤慨《ふんがい》しているのを見て、人間心理に鈍感なぴあのも、さすがに気づいたらしい。

「すばるさんも、いじめられた経験があるんですか？」

ズバリと切りこんできた質問に、ボクは数秒、返答をためらった。自分の方からこの話題を持ち出したのを後悔《こうかい》した。

そりゃあボクにもトラウマはある。だが、そんなのはあまり他人に話すべきことじゃない。自慢にならないのはもちろん、過去のことで他人から同情されても慰《なぐさ》めにならない。今になって「つらかったでしょうね」とか言われたって、時間を遡《さかのぼ》って小学校時代の自分が救われるわけじゃないんだから。むしろ「その言葉はあの時に言って欲しかった」と、反発を覚えるだけだ。

それに、ぴあのを好きだからこそ、そんな同情話で彼女の気を惹くのがアンフェアなように思えた。だから、いじめの実態には具体的に触れず、「まあね」と苦笑して、曖昧《あいまい》に肯定《こうてい》するに留《とど》めた。

「こんな顔だし、なよなよしてたから、『女みたいな奴』って、よく言われたよ。こういう趣味に目覚めたのも、その反発の意味があるな。中途半端に『女みたい』だから笑われるんであって、いっそ完璧《かんぺき》に女の子になったら、逆に『それがどうしたの？』って開き直れるじゃん」

「なるほど、それはエレガントな対抗手段ですね」

もちろん、理由はそれだけじゃない。ボクも小さい頃、女装なんて恥ずかしい趣味だと思っていた。でも、ものすごくきれいな女装コスプレイヤーの写真を見て感動したり、かわいい男の娘《こ》の出てくるマンガを読んで笑ったりしているうち、だんだん自分の中の敷居《しきい》が下がっていったのだ。いじめ体験はきっかけのひとつにすぎない。

「でも、自分の人格形成に影響を与えたからって、いじめを容認したくはないな。いじめのせいで自殺する子もいるんだし。いじめをやる連中は許しちゃいけない」

「私も容認はしていません。でも、たいした理由もなしに他人を迫害《はくがい》して喜ぶ人間がいるという事実は、変えようがないと思うんです。どんなに時代が変わって、テクノロジーが進歩しても。むしろインターネットのような新しいテクノロジーが、迫害の道具として使われるという例もありますし」

ボクはいつぞや目撃した、中華料理店に貼《は》られたエアタグを思い出した。

「世界には箪笥が無数に立ち並んでいます。歩いていると、どうしても小指がぶつかります。ぶつかりたくないと思っていても——痛い思いをしたくないなら、立ち止まるしかありませ

ん。でも、それじゃ、どこにも着けないじゃないですか。

私も努力すれば、他人に合わせられたと思うんです。いじめられないように、普通の女の子っぽく振る舞うことが。でも、それは私にとってすごい苦行で、たぶん全力を要します。他に何もできなくなるんです。箪笥にぶつからなくなる代わりに、立ち止まったまま、どこにもたどり着けません。絶望です。それよりは、痛い思いをしても、自分の進みたい方向に行こうと思ったんです」

「それは……勇気の要《い》る生き方だよね」ボクは言葉を選んだ。「普通の子はなかなかそんなことはできないよ」

「はい。それもたぶん、私の脳が特殊だからだと思うんです」

なぜ彼女がいくらネットで叩かれても平気なのか、ボクは理解した。

ぴあのは人間もモノとして認識している。自分をいじめてくる子供たちを「箪笥」だと思っている。だからいじめにも耐えられたのだろう。箪笥に小指をぶつけるとひどく痛い思いをするが、そのことで箪笥を恨んだり、自殺したくなるほど絶望したりする人間はいないはずだ。

箪笥と違うのは、いじめというのは、ただ突っ立っているだけでも標的になるということだ。ぴあのの場合、あえて自分から箪笥に向かっていくことで、「箪笥の方から勝手にぶつかってくる」という不条理な状況を、「自分が歩いたから箪笥にぶつかった」という、納得できる状況に変えているのだ。

普通の子供にはそんな芸当はできない。いじめの加害者を、自分と同じ、生命を持ち意志と感情を有する「人間」として認識しているからだ。だからこそ、同じ人間が自分を迫害することとの不条理に苦悩する。ぴあのは違う。自分が人間ではないと思っているから、そうした苦悩を超越できるのだ。

だが。

ボクはひとつだけ、ひっかかることがあった。さすがにストレートに指摘すると彼女を傷つけてしまいそうで、問い質《ただ》すことはできなかった。だからその疑問は、ずっと胸にしまったままにしておいた。その疑問とはこういうものだ。

人が自分の記憶を改竄《かいざん》し、体験した出来事の順序を入れ替えて覚えているのは、よくあることだ。ぴあのの場合もそうではないのか。宇宙への夢を抱くようになったり、自分のことを人間ではないと考えるようになったのは、いじめられるようになってからではないのか。その信念が堅固《けんご》なものになったのは、兄や両親の死を体験した後ではないのか。幼い少女は、小さな魂が苛酷《かこく》な現実に押し潰《つぶ》されるのを防ぐため、自分の周囲にファンタジーを構築し、現実との間にクッションを設けたのではないのか。

彼女は自分自身を欺《あざむ》いているのではないのか。彼女の心を包むそうしたクッションを取り除いたら、その奥にあるのは、意外にもありきたりの魂ではないのだろうか。

もしそうなら、ボクにも希望はあるのか。いつか彼女の心を裸《はだか》にして、真の自分をさらけ出すことができたら、彼女はボクを愛してくれるのか。

それとも逆なのか――彼女が真の自分をさらけ出すのは、ボクたちにとって破局の時なのか。

二〇二六年二月、スターマイン・プロダクション社長の真《ま》下洋孝《しもひろたか》は、ぴあのとマネージャーの大畑《おおはた》を社長室に呼び出した。結城ぴあののジャンキッシュからの「卒業」と、ソロ活動の開始を決定したことを告げるためだ。

「これはちょっとした賭《か》けだ」

デスクをはさんでぴあのと向かい合い、真下は言った。

「ユニットを脱退してソロになったアイドルが、そのとたんに人気が落ちるのはよくあることだ。しかし、俺はお前に期待することにした。このままユニットの一員でくすぶってると、せっかくの結城ぴあのの個性を殺しちまう。そう判断したんだ」

ぴあのにとっても、これはありがたい話だった。人気が出てきたのはいいが、スケジュールが詰まってきて、自宅で実験をする時間が削《けず》られてくるという、本末転倒《ほんまつてんとう》の状態になってきていたからだ。ジャンキッシュの一員として活動する時間がなくなれば、かなり楽になる。

「この商売はギャンブルだ」それは真下の口癖だった。「当たると思った目に張る。百発百中なんてことはありえない。時には読みをはずして大損こくこともあるが、大当たりを出せば損失は取り返せる。俺の経験じゃ、リスクの大きい選択肢《せんたくし》ほど、成功した場合のリターンも大きいもんだ。しくじるのを恐れて堅実《けんじつ》な手しか打てない奴は、大損はしないが、大当た

りも飛ばせない」

「でも、もし負け続けたら？」ぴあのは疑問を呈《てい》した。「確率的にはそういうこともあるでしょう？」

「もちろん全財産失って野垂《のた》れ死ぬさ」真下は不敵に笑った。「スリリングだろ？」

「社長さんは破滅的な生き方が好きなんですか？」

普通の人間が言ったら皮肉に聞こえたかもしれない。しかし、ぴあのは大真面目《おおまじめ》だった。

「ジェットコースターが好きなだけさ。急上昇したり急降下したりする人生がな。平坦《へいたん》な道をのろのろ歩く奴の気が知れねえ」

ぴあのはうなずく。「何となく分かります。私も普通の人と同じような堅実な生き方はしたくありません」

「いい言葉だ——と、褒《ほ》めたいところだが、そういう言い方は摩擦《まさつ》を生むぞ」

「そういう言い方？」

「〝普通の人〟って言い方だ。それはつまり、自分が特別な人間だと思い上がってるってことだろ？」

「…………」

「明言はしなくても、お前の本音は言葉の端々《はしばし》から滲《にじ》み出てる。それを嫌らしく感じる人間もいる——俺は好きだが」

ぴあのは弁解を試みた。「私は決して悪意があるわけでは——」

「うん、悪意はないだろうさ。ただ上から見てるだけなんだよな。でもな、その〝普通の人〟は、上から見られてるってだけで、かちんとくるもんなんだ。だからアンチも増える。ジャンキッシュのメンバーだってそうだ。みんなお前の本質を見抜いてる」

　これは外部には明かされなかったが、当時、ジャンキッシュ内には、ぴあのと他のメンバーの間に軋轢《あつれき》が生じていた。それまでどちらかと言えば集団の中の落ちこぼれだった彼女が、急に脚光《きゃっこう》を浴びてきたことに対し、いじめとまではいかなくても、有形無形の敵意が向けられていたのだ。真下としては、それが大きなトラブルに発展する前に、ぴあのを引き離す必要があった。

「気をつけます」

　ぺこりと頭を下げるぴあのに、真下は「まあいいさ」と投げやりに言った。そり返り、デスクの上に足をどっかと投げ出す。

「俺も本音をぶっちゃければ、お前と同じだ。人を見下《みくだ》すのが大好きだ。こういう商売をやってるのも、それが動機だ。社長としてアイドルをこき使うのも、アイドルを操《あやつ》ってファンを手玉に取るのも、すごく楽しい。自分は天才だと思ってる――だからお前の視点に共感するんだ」

　本音、と言っている割には、真下の喋《しゃべ》り方やしぐさは、妙に芝居がかっていた。後になって、ぴあのはボクに語っている。「やっぱりあの人は、ワルを演じてるだけのような気がします」と。

「思い上がってていい。胸の中に何を秘めててもいい。だが、カメラの前、客の前じゃ、絶対に素顔をさらけ出すな。偶像《アイドル》でいろ。みんなから望まれているお前を演じろ」

「みんなが望んでいるのは、どんな私なんでしょう？」

「純真無垢《じゅんしんむく》な科学バカ」

「……肝《きも》に銘《めい》じます」

「まあ、お前が演技が下手《へた》なのは分かってるから、意識して演技をしろとは言わん。わざとらしい演技はかえって視聴者に見透《みす》かされるしな。ただ、口はつぐめ。本音は隠せ。いいな」

真下はデスクから足を下ろすと、引き出しからボールペンサイズのポータブル・プレイヤーと、歌詞の印刷された紙を取り出し、デスクの表面に滑《すべ》らせてぴあのに渡した。

「新曲だ。ソロ活動第一弾の」

ぴあのはすぐに曲を再生しながら、歌詞に目を通した。題名は〈クリスマスには帰れない〉。月に不時着した女性宇宙飛行士の歌だ。死の直前、彼女は空に浮かぶ地球を見上げて、クリスマスにデートをしようと誓った恋人に、約束が守れないことを詫《わ》びる……という内容だった。

「どうだ？　なかなか泣けるだろ？」

自分が作った歌でもないのに、真下は鼻高々だった。

「空木孝介《うつぎこうすけ》っていう、まだ駆《か》け出しの作詞家だが、いいセンスしてやがる。俺はビビッとき

たね。これならきっと当たる。お前のイメージにぴったりだしな。本当はクリスマス・シーズンにぶつけたいところだが、むしろ今年前半にヒットを飛ばして、年末までのロングセラーにしたい——どうだ、感想は？」

ぴあのはあまり嬉しくなさそうだった。

「正直に言っていいですか？」

「ああ」

「ひどいです」

真下は驚いて眼を剝《む》いた。同席していたマネージャーの大畑も狼狽《ろうばい》する。

「おい、ぴあのちゃん……」

「正直に言いました」

ぴあのはけろりとしている。真下はどうにか衝撃から立ち直った。

「どこがひどいのかな……？」

「メロディはいいんです。歌詞が科学的にデタラメです。『さそり座を仰《あお》いで』とありますけど、『ごめんね、クリスマスまでに帰れない』と言っているんですから、一二月頃の出来事のはずです。でも、この時期のさそり座は太陽の近くにあります。空の高い位置に見えるはずがありません。たとえ月面でも」

「そんなことか」真下はほっとした。「なら、星座の名前だけ変えて——」

「それだけじゃありません。『星空の海に　浮かぶコバルトの地球』ともあります。月の空

に地球が浮かんでいたら、星なんてほとんど見えません」

「そうなの？」

「地球でも満月の夜には星は見えにくいでしょう？」

「う……」

真下は口ごもった。もう何年も満月なんてゆっくり眺《なが》めたことがないので、どう見えるかなんて忘れていた。

「それと同じです。月から見た地球は、地球から見た満月の何十倍も明るいんで、ほとんどの星の光をかき消してしまうんです。つまり地球のバックは真っ黒です。実際、アポロの飛行士が月から撮影した地球の写真を見ても、背景に星は写っていません」

「そうなんだ……」

真下は呆然《ぼうぜん》とつぶやいた。ＳＦ映画などで、星空に浮かぶ地球の図を何度も見てきたため、実際に宇宙から地球を見るとああ見えるのだと錯覚《さっかく》していた――あれはあくまで架空《かくう》の映像にすぎないのに。

「『無重力の歩み』というのも変です。月面は無重力じゃなく、地球の六分の一の表面重力があります。『炎の尾を引く　ほうき星に乗って』というのもひどい間違いです。この詞《し》を書いた人は、明らかに彗星《すいせい》と流星を混同してます。それに流星が燃え上がるのは地球の大気に高速で突入したことによる空力《くうりき》加熱によるもので、真空《しんくう》の月面では流星は見えません。それから――」

「まだあるの!?」

「とにかく、まるでデタラメです。この作詞家は、宇宙や科学のことを何も分かっていません」ぴあのは口を尖《とが》らせた。「私、こんな歌を歌いたくありません」

真下と大畑は啞然《あぜん》となっていた。ぴあのがここまで露骨《ろこつ》に不快感を表明するのは、珍しいことだった。普段はどんな指示にも忠実に従い、不満など言わないのに。

「いや、でもさ」大畑は何とか取りなそうとする。「ただの歌なんだから、科学的にどうこうなんて言わなくても……そんな細かいこと、気にする奴なんて――」

「います」ぴあのは遮《さえぎ》った。「私のファンの人たちです。私と同じように、天文が好きな人が大勢います。こんな歌を歌ったら、その人たちを裏切ることになります。ネットで叩かれて、人気が落ちるかもしれません」

彼女は真下を見つめた。

「社長さんもそんなことは望まないでしょ？」

「うーむ……」真下は顎《あご》をさすって考えこんだ。「確かに新規のファン層を開拓するのは大事だが、従来のファンをないがしろにするのも……」

「それなら歌詞の修正をお願いしてください」

「どんな風に？」

「私が修正の指示を書きます」

「しかし、かなりたくさん書き直さなくちゃならんのだろ？」

「はい、全面的に」

「それだと、お前と空木の共同作詞ということになっちまうが……いや、待てよ。それも売りになるかもな。『作詞　結城ぴあの＆空木孝介』か……」

大畑は心配そうに苦笑した。「それだと空木がごねるんじゃ……？」

「まあ、その点は何とか説き伏《ふ》せるさ。しかし、修正を待ってたら、レッスンの開始が何日か遅れるぞ？」

ぴあのはうなずいた。「それぐらいの遅れはどうにかなります」

「あと、ＰＶだな。今から準備しはじめないと、新曲発表に間に合わん。そのためにも、曲を早く完成させないと」大畑の方を向いて、「早ければ来月末あたりから撮影に入るから、スケジュールは余裕をもって空《あ》けとけ」

「やっぱりマッキー相葉《あいば》に頼むんですか？」

「ああ、かなりのギャラをふっかけてきやがったんで、今、交渉中だ。だが、どうにかＯＫさせてえな。話題性は十分だし」

「どういう人なんですか？」

ぴあのは相葉の名を知らなかった。

「人気上昇中の映像作家だ。見るか？」

真下は自分のタブレットＰＣのコンパニオンを起動し、「マッキー相葉の動画を探せ」と指示した。数秒のタイムラグがあって、画面上にいくつものサムネイルが並んだ。真下はそ

のうちのひとつを、壁面の大型液晶モニターに映した。海外のアーチストのために制作したＰＶで、ＣＧを多用し、スタイリッシュだった。

「どうだ？　いいだろ？」

だが、ぴあのは感銘を受けた様子はなかった。

「この人、どれぐらいのギャラを要求してるんですか？」

「七〇〇万」

「高いですね」

「人気者だからな。それぐらいは当然だろ」

「でも、このレベルのクオリティの動画なら、他にも作れる人を知ってますけど？」

「ほう？」真下は興味をそそられた。「そいつのギャラはどれぐらいなんだ？」

「ただです」

「はあ⁉」

「いえ、まったく無償《むしょう》ということはないでしょうけど、七〇〇万円よりかなり安く引き受けてくれるんじゃないかと思います」

「どこのどいつだそれは⁉」

「どこに住んでいるかは知りません。本名も。ボーンクラッシャーＰと呼ばれてます」

「〈ほんわか〉のＰかよ⁉」

「Ｐって何ですか？」

大畑が口をはさむ。彼は今の世の中には珍しく、動画投稿サイトをほとんど観ない男だった。

「プロデューサーの略です」ぴあのが解説する。「本来は『アイマス』から生まれた用語だそうですけど、今ではもっぱらアマチュアの動画や楽曲の制作者を指します。ハンドルの後ろにＰとつけるのが伝統になってるんです。ボーンクラッシャーＰはこれまでにも、私のＰＶを何本も作ってくださってます。かなりのファンのようですから、頼めば作っていただけるんじゃないかと」

その間に真下は、コンパニオンに指示し、ボーンクラッシャーＰの動画を探し出していた。それを壁面のモニターに映す。

「ほう……」

「これは……」

真下と大畑は息を呑《の》んだ。ＣＧのキャラクターが歌に合わせ、舞台の上で生き生きと踊《おど》り回っている。画面の密度は高く、キャラクターもリアルで、実写とほとんど区別がつかない。カット割りやカメラワーク、エフェクトの使い方、曲とのシンクロも完璧だ。プロであるマッキー相葉の作品と比べて、クオリティでもセンスでも、まったく遜色《そんしょく》がなかった。

「すごいな、こりゃ」大畑は素直に感心した。「これみんなＣＧ？」

「ＭＭＲです」

「ＭＭＲ？」

「ミクミク・リアル。MMDの進化系のひとつです。かなりのマシンパワーを必要としますけど、質感の表現に優れていますし、物理演算もかなり高度なんで、リアル系の動画に適してるそうです。モデルも〝不気味《ぶきみ》の谷〟を克服してるでしょ？」

　大畑にはその説明は半分も理解できなかった。

「こいつ、ほんとにアマチュア？」真下が疑わしげに眼を細めた。「プロなんじゃねえの？」

「分かりません。たいていのPは正体を公開してませんから。たまにプロのクリエイターが遊びでこういうのを作ることもあるらしいですけど、大半はアマチュアだと言われてます」

「何で分かる？」

「プロならこんな手間のかかるの、作ってる暇《ひま》ないですから」

「なるほど――こいつ、有名なのか？」

「リアルでは知りませんが、〈ほんわか〉での知名度はけっこう高いと思います。ほら、この動画も、アップされて日が浅いのに、マイリス数が二万を突破してるでしょ？　かなりの固定ファンがいるようです」

「しかし、アマチュアを起用するというのは、かなりの冒険だぞ？」

「リスクが大きいほどリターンも大きいって、さっき、社長さんがおっしゃったんじゃないですか」

「うーん……」

動画を観終わって、真下は決心した。

「こいつと連絡取れるか？」

「確か公式サイトがあります」

「よし、すぐに連絡だ」


二日後の夜——

同じ社長室で、ぴあの、真下、大畑の三人は、壁面のモニターに映るボーンクラッシャーPと向かい合っていた。メールでやり取りを交わし、スカイプで話し合うことになったのである。

「うわあ、本当にぴあのさんだ！」

ボーンクラッシャーPははしゃいでいた。眼鏡《めがね》をかけた小太りの中年男だ。バックに映っている室内には、楽曲用キーボード、パソコンソフトのパッケージがごたごたと詰まった棚、アニメのポスターやフィギュアなどが見える。典型的なオタクの部屋だ。

「こんにちは」

ぴあのが笑顔であいさつすると、彼も「は、初めまして、私、ボーンクラッシャーPです」と、深く頭を下げた。

「略してボンクラと呼んでください」

「作品はいつも拝見させていただいてます」

「そうですか。とても嬉しいです――あっ、次から〈本人巡回済み〉タグ、つけていいですか？」

　彼は嬉しくて、にやにや笑いが止まらないようだった。

　続いて真下が自己紹介し、連絡を取った目的をあらためて説明した。

「……ということなんですが」

「そうですか。いや、私、メールいただいた時から、どきどきしてました。誰かにからかわれてるんじゃないかと。夢みたいな話ですから。こうしてお顔見るまで、確信ありませんでした。ぴあのさんとお話しできるなんて、すごく光栄《こうえい》。感謝します」

　その日本語のイントネーションがおかしいことに、真下はようやく気づいた。

「もしかして、外国の方？」

「はい。上海《シャンハイ》に住んでます。貿易関係の仕事してます」

　真下たちは驚いた。

「日本語、お上手《じょうず》ですね」ぴあのはまったく気にしている様子はなかった。

「はい。若い頃から、日本のアニメやマンガ、大好きでした。それで日本語、一生懸命勉強しました。もちろん日本のアイドルも好きです。若い頃はももクロにハマってました。今はジャンキッシュです」

「中国人だなんて、プロフィールに書いてなかったが……」真下がつぶやく。

「はい。〈ほんわか〉に投稿する時、国籍、隠してます。私だけと違います。中国にも〈ほ

んわか〉のＰ、何人もいます。でもそれ、言いません」

「どうして？」

「意地悪されるからです」ボーンクラッシャーＰの笑顔に影が落ちた。「中国人が〈ほんわか〉に投稿すると、ひどい悪口、画面いっぱいに流れること、よくあります。作品を素直に見てくれません。それが悲しい。自分が力いっぱい作った作品、先入観なしに見てほしいです」

「ああ、なるほど……」

「中国でもそうです。日本の文化が好きだということ、おおっぴらに言えません。日本のマンガ、読んでると言うと、悪口言う人がいます。それで肩身狭いです。マンガは何も悪くないのに」

「そうですか……」

真下は考えこんだ。こんなところで厄介《やっかい》な国際問題にぶつかるとは予想外だった。

「ということは、今回の話は、もしかしてご迷惑でしたでしょうか？」

「いえいえ！　迷惑なことありません！　光栄です！　ぜひやらせてください！」

「そうですか」真下はほっとした。「で、何か必要なものは？」

「まず、その新曲のデータですね」

「まだレコーディングしてないんですが」

「メロディと歌詞が分かれば、イメージつかめて、コンテ作る作業にかかれます。後で完成

版、送っていただければ、それに合わせてコンテ調整して、制作にかかります」

「他には？」

「ぴあのさんが歌っている映像。あと、顔のアップの写真、いろんな表情をいろんな角度から撮《と》ったの、何枚も。それを基《もと》にして、新しく３Ｄモデル作ります。それとモーション・キャプチャー素材。グリーンのバックの前で、レオタード着て、歩いたり踊ったりしてる映像」

「レオタード？」

「身体《からだ》の曲線が分かる衣装なら、何でもいいです。そこからモーション、抽出《ちゅうしゅつ》して、ぴあのさんのＣＧ、動かします。ＣＧには自由に衣装、重ねられます」

「なるほど」

　ボーンクラッシャーＰはさらに、ＰＶ制作に必要な素材をいくつか挙げた。どれも準備するのに、たいして時間も金もかからない。衣装もＣＧで作るから、衣装代さえ不要だ。ぴあのの３ＤＣＧモデルを、ぴあののモーションを使って動かすのだから、本物のぴあのが踊ってるのと変わりがない。本物の姿をＣＧの背景にマッチングさせるより、すべてＣＧで作る方が作業が楽で、違和感も少ないのだという。表情のアップのところだけ本物の映像を使う。

　真下は頭の中でざっと試算した。最も高くつくのは、モーション・キャプチャー素材を撮影するためにスタジオを借りる費用だ。これなら全部で一〇〇万円もかからないのではないか。問題はボーンクラッシャーＰのギャラだが……。

「で、ギャラはいかほど……？」

「いえ、いただきません」

「ええっ!?」

「ただでやらせてください。お願いします」

ボーンクラッシャーPは頭を下げた。真下と大畑は、ぽかんとなった。どこの世界に、ギャラを払おうと言っているのに、頭を下げて「ただでいい」と言う奴がいるのか。

「これは考えた末の結論です」ボーンクラッシャーPは真摯《しんし》な顔で言った。「私の動画、MMRもそうですが、いろんなフリーウェア、いろんなフリー素材、いっぱい使ってます。たくさんの人の努力、その上に成り立ってる。私の作品、私だけの作品じゃないです。だからお金貰《もら》うの、気が進みません」

「しかし……」

「それに私、ぴあのさんの歌が大好きです。だから何本もPV作りました。好きだからこそ、お金儲《もう》けしたくない。無償でPV作るのが、私のぴあのさんへの愛です――理解していただけます？」

真下と大畑には理解できなかった。しかしぴあのは「分かりますよ」と答えた。

「ボンクラさん、とお呼びして良かったんですよね？」

「はい」

「あなたの作られたPV、プロのものと比べて、クオリティはちっとも負けていませんでし

た」

「ありがとうございます」

「私が最も感銘を受けたのは、これだけの作品が無償で作られているという事実なんです。お金を貰って作られた作品なら、こんなに感銘は受けませんでした。つまり、あなたがお金を受け取ると作品の価値が下がる――そういうことでしょう？」

「そうですそうです」ボーンクラッシャーＰは嬉しそうに何度もうなずいた。「それに、嫌《けん》儲《ちょ》という風潮《ふうちょう》、ありますよね。中国でもそうです。日本人にお金貰って、日本のアイドルの宣伝したと、万一誰かに知られたら、また悪口言われるかもしれない。『金で日本人に魂を売った』と。それが怖《こわ》い。ただで引き受けたら、逆に誇れます。『お金のためじゃない。純粋にぴあのさんが好きだから作ったんだ』と。私にとって、お金よりもその方が嬉しい。公式に依頼受けて、ぴあのさんのＰＶが作れるということ。それが最高の報酬《ほうしゅう》です」

　真下は初めて接する概念《がいねん》に打ちのめされていた。彼にとって、「報酬」イコール「金」だった。自分のプロに所属するアイドルが音楽祭で賞を取るのだって、それが売り上げにつながるから嬉しいのだ。アイドルたちだってそうだろう。「アイドルになるのが夢でした」とか言っているが、ギャラが出なかったら誰も働くまい。

　仕事をするのに金銭的報酬を拒否する者がいるなど、想像したこともなかった。

「しかし、こちらから仕事を依頼しておいて金を払わないというのは、さすがに道義的問題が……」

「あっ、それなら、もっといい方法、あります」

「何です？」

「抽出したモーションのデータ、私がＰＶ作るのに使った後、フリー素材として拡散するんです。ぴあのさんの３Ｄモデルといっしょに」

　真下はボーンクラッシャーＰが何を言っているのか理解できなかった。

「大勢のＰが自由にその素材、使えるようにするんです」ボーンクラッシャーＰは楽しそうに説明した。「日本人や中国人だけじゃなく、世界中のみんなが。そうすれば、みんな競って、ＰＶ作りまくります。ただでたくさんのＰＶ、できます。あなたがた、私だけじゃなく、Ｐ全員に金を払わない。その代わり、ぴあのさんのＣＧを使った二次創作を許容する。それで平等でしょう？」

「いや、しかし……」真下はためらった。「そんなやり方、聞いたことがない」

「日本人が発明したやり方じゃないですか」

「日本人が？」

「ボーカロイドや東方《とうほう》プロジェクト……特に初音《はつね》ミクの成功は、メーカーが二次創作を許容したおかげでしょう？　ファンが勝手に曲を作ったり、イラストを描いたり、動画を作ったりして、ムーブメントを盛り上げた。お金かけずに、すごい宣伝になった。なぜあのやり方をまねる企業があまり出てこないのか、私は不思議です」

　真下はすぐにそのアイデアの問題点に気づいた。

「しかしそれだと、業界がPVを売って儲けることができない」

「そうですね。でも、プロモーション・ビデオというのは、その名の通り、歌をプロモーションするためのものでしょう？　PV自体による収入がなくても、プロモーションによって歌が売れたら、埋め合わせできるんじゃないですか？」

「それに、ミクは架空のキャラクターだ。ぴあのは実在してる。それは大きな違いだ。たとえば、ぴあのがレオタードで踊ってる映像、それをCGで全裸《ぜんら》に改変できるんじゃ？」

　ボーンクラッシャーPはあっさりうなずいた。「ああ、それは簡単にできますね」

「そ、それはまずいですよ！」大畑が大声を上げた。「そんな素材が拡散したら、卑《ひ》猥《わい》な映像が作り放題じゃないですか！」

「あまりイメージを損ねるものは、権利者が要求すれば削除できます」

「しかし、裏で流通するでしょ⁉」

「それは流通しますよ」ボーンクラッシャーPは笑った。「コミケに行ったこと、ありませんか？　私は毎年、夏に行ってます。マンガやアニメだけじゃありません。実在の俳優やスポーツ選手を題材にした〝薄い本〟、昔からいっぱいありますよ」

「しかし、公式にそれを助長するようなことをやるのは……」

「私はかまいませんよ」

　ぴあのがそう発言したので、真下たちはびっくりした。

「私の裸が誰かに見られるというならともかく、見られるのは私をモデルにしたCGじゃな

いですか。何か問題あるんですか？」

「しかし、その映像の中で、お前はその……いろんなことをさせられるんだぞ？」と真下。

「私がその映像の中で、男性とセックスしまくると？」

真下はたじろいだ。

「本物の私がそんなことをしないのは、みんな知ってるんじゃないですか？　たとえば、ドラマの中で殺人鬼を演じた俳優さんを、本当に人殺しが好きだと思う人なんています？」

「そりゃそうだが……」

「ましてこの場合、私自身がその役を演じてるわけでもないですからね。誰かが想像したっていうだけでしょう？　私のイメージはちっとも傷つかないんじゃないでしょうか？」

「うーん……」

「それに、男の人がアイドルにエロチックな妄想を抱くのは、自然なことじゃないんですか？　私の裸を想像したり、絵に描いたり、動画を作ったりしても、ちっとも悪いことじゃないと思うんですけど」

「しかし、お前の清純なイメージを好むファンからは、反発を受けるかもしれない」

「ええ、大きなリスクがありますね。でも、社長さんはそれでためらう人じゃないはずでは？」

　ぴあののその言葉を、真下は噛《か》みしめた。そうだ、ここでためらってどうする。リスクを承知のうえで大きな賭けに出るのが、真下洋孝ではないのか。

大量のPVが動画投稿サイトにあふれかえることによる宣伝効果は、確かに魅力的だ。多少、ぴあののイメージを損ねるデメリットより、メリットの方が大きいはずだ。

「確認するが、お前は本当にそれでいいんだな？」

「かまいません」ぴあのは力強く言った。「簞笥を避けて通れませんし」

「はあ？　簞笥？」

「最高のアイドルになって注目を集めるためなら、多少のことは我慢するということです」

「よく言った！　いい根性だ」

聡明《そうめい》な真下も、この時、ぴあのの言葉の不自然さには気づかなかった。「注目を集めて最高のアイドルになる」ではなく、「最高のアイドルになって注目を集める」と言ったことを。彼女の真の目的が、アイドルとして成功することではないことを、まだ真下たちは知らない。

ぴあのは画面の中のボーンクラッシャーPに向き直った。

「むしろ、あなたにとってデメリットになるんじゃないかと心配です」

「と言うと？」

「あなたは私のPVを作れることが報酬だと言われた。でも、あなた以外に大勢の人がPVを作るようになったら、その意味が薄れるのでは？」

「そんなことですか」ボーンクラッシャーPは笑った。「かまいません。大勢の人がぴあのさんのプロモーションして、ぴあのさんの人気がさらに上がったら、私も嬉しい」

「そうですか」

「それに、私の作るぴあのさんのＰＶ、最高です」彼は拳《こぶし》を握り締めた。「他の誰にも負けません。もし誰かが私以上の作品、作ってきたら、私、それ以上のもの、作ります」

ぴあのは微笑《ほほえ》んだ。「すごい自信ですね」

「はい。愛がありますから」

「でも、あなたの提示したやり方、なかなか古い人には受け入れられないと思います」

「そうかもしれません。でも、古い体制は突き崩さないといけません。いつまでも古臭《ふるくさ》い不合理な考えが残っていることは、人を不幸にします」

その会話を聞いていて、真下は直感した。この男はその「古臭い不合理な考え」とやらに何度もぶち当たり、苦い思いを味わってきたのだろうな、と。

日本のアイドルを応援すること、自分の国を「日本のアニメやマンガが好きだ」と公言できる社会にすることが、この男なりの反体制活動なのではないだろうか。

「ええっと、今の中国の人口は確か……？」

「一四億人。もうじき一五億になります」

「中国にもぴあののファンは増やせますかね？」真下は悪巧《わるだく》みを思いついたかのように、にやりと微笑んだ。「一四億人の市場をターゲットに入れられる？」

「何言ってるんですか」ボーンクラッシャーＰは笑った。「中国どころか、ターゲットは全世界ですよ！」

6　誰よりも高いところに

二〇二六年五月、〈結城《ゆうき》ぴあの・ジャンキッシュ卒業記念ライヴ〉が東京で行なわれた。ボクもチケットを手に入れ、観《み》に行った。男の格好《かっこう》だったし、後ろの方の席だったから、ぴあのは気づかなかったと思う。

そのステージ上で、彼女のソロ活動第一弾を記念する新曲、〈クリスマスには帰れない〉が披露《ひろう》された。それまで他のメンバーの歌唱力に合わせて、故意に実力を抑《おさ》えていたぴあのだが、この時初めて、大勢のファンの前で真《しん》の力量を解放した。

アマチュア時代に動画サイトに投稿《とうこう》された〈歌ってみた〉動画を何本も観て、彼女の実力を知っていたはずのボクでさえ、その歌には驚かされた。プロとして本格的にレッスンを積んだことで、アマチュア時代よりさらに何段階も上達していたのだ。それに加えて、大ホールで生《なま》で聴くことによる臨場感が大きかった。静かにはじまった歌が、しだいに熱を帯び、ついにサビの部分に突入した瞬間、身震《みぶる》いがしたほどだ。素人《しろうと》なら確実に声が裏返ってしまう高音部を、ぴあのは圧倒的な声量で見事に歌いこなすのだ。

一コーラス目の最後、歌は最高に盛り上がった後、すっと元の落ち着いた曲調に戻る。普

通なら客の歓声が入りそうなところなのに、一瞬、ホールが静まりかえったのを覚えている。間奏《かんそう》に入ったとたん、ボクは息苦しさに気づき、大きく息を吐《は》いた——息をするのを忘れてしまっていたのだ。

歌詞が喚起《かんき》する物語も素晴らしかった。地球にいる恋人を全力で慕《した》いながら、月面で空《むな》しく死んでゆく女性の絶唱——完成したボーンクラッシャーPのPVがバックに投影《とうえい》され、歌を補完した。最後の「ごめんね、ごめんね、もう帰れないよ」というリフレインがしだいに小さくなってゆくところでは、感動で胸が締めつけられた。ボクの隣にいた男など、涙ぐんでいたほどだ。

ボクは確信した。ぴあのはアイドルとして脱皮《だっぴ》した——一段高いステージに達したのだ。

イベント終了後、新宿のとあるパーティルームを借りて、ジャンキッシュの内輪での「結城ぴあのお別れパーティ」が開かれた。男子禁制、マネージャーもスタッフもシャットアウトした、メンバーだけのパーティだった。

室内は騒々しかった。一五人の女の子が二つの大きなテーブルを囲み、料理をつついていた。和気あいあいとして、話がはずんでいた。スマホの画面を見せ合ったり、芸能界の裏話で盛り上がったりしていた。きゃっきゃっという陽気な笑い声も起きていた。みんなが楽しんでいた。

ただ一人、主役であるはずの、ぴあのを除いては。

彼女の左右には、青梅《おうめ》秋穂《あきほ》と中条《ちゅうじょう》理梨《りり》が座っていた。二人ともぴあのと話さず、顔も向けなかった。ぴあのはまるで気にしておらず、黙々とフライドポテトをつまみ、ピザを囓《かじ》り、オレンジジュースを飲んでいた。パーティがはじまってから、口を開いたのは、ソフトドリンクを注文した時だけだった。

いつものことだった――ジャンキッシュの中では、ぴあのは煙《けむ》たがられ、浮いていた。仕事のこと以外で声をかけられることは、めったになかった。このパーティにしても、メンバーの誰かが言い出した企画ではなく、セッティングしたのはスターマイン・プロのスタッフだった。メンバーの誰も、ぴあのの「卒業」を惜《お》しんではいなかった。

そしてぴあのも、このグループから独立することを、まったく残念に思っていなかった。だいたい「お別れパーティ」と言っても、会わなくなるわけではない。同じプロダクションに所属しているのだから、これからも頻繁《ひんぱん》に顔を合わせるだろう。

「ねえねえ、ぴあの」

パーティがなかばを過ぎた頃、荒谷《あらたに》綾乃《あやの》が、鮮やかな色のカクテルが入ったグラスを両手に持ち、ぴあのに近づいた。彼女は前年の暮れ、二〇歳《はたち》になったばかりだった。

「乾杯しよ」

そう言って、一方のグラスをぴあのの手に押しつける。だがぴあのは、ひょいと手をひっこめた。

「私、未成年ですから」

「何よ、堅《かた》いこと言うわね」

綾乃は笑いながら、もう一方のカクテルを軽くすすった。

「ほら、けっこういけるよ、これ」

「私、お酒飲んだことないんです」

「マジ!?　一度も？」

「お正月のお屠《と》蘇《そ》と、ひなまつりの甘酒ぐらいなら」

「うわ、ださっ！　今どき、『お酒は二〇歳になってから』なんて、律儀《りちぎ》に守ってる奴いないよ？」

「私がいます」

「いいじゃん、ちょっとぐらい。最後なんだから、お別れの乾杯しよ。ね？」

そう言って、さらにグラスを押しつけようとする。しかしぴあのは、両手をテーブルの下に隠してしまった。

「何よ、その態度!?」

綾乃が急に大声を張り上げたので、室内の全員が驚いて彼女を見た。

「失礼ねえ！　まるで汚いものを避けるみたいに！　年長者からの酒を素《す》直《なお》に受け取れないってえの!?　あんた何様!?　うわー、こいつ最低！　もう、あったま来た！」

室内に沈黙が下りる。ぴあのは無言で、綾乃から視線をそらしていた。

「……あー、分かるわー」

沈黙を破ったのは秋穂だった。

「分かるでしょ、秋穂?」

「いや、分かるのはぴあのの心理。あたしもそのお酒は、受け取りたくないなあ……」

「何!? どういうことよ!?」

「だって――」秋穂はテーブルの端《はし》に視線を向け、意地悪く微笑《ほほえ》んだ。「さっきから、あきらがスマホ持って、手ぐすね引いてんだもの――ねえ?」

秋穂に見つめられ、伊集院《いじゅういん》あきらは慌《あわ》ててスマホをテーブルの下に隠した。

「あと、さっき、綾乃さんとあきらが何かこそこそ話してたのも目撃してんだけど――気がついてたんでしょ、ぴあの?」

ぴあのは黙ってうなずく。その場にいた全員が、即座にその意味を理解した。

スキャンダルの捏造《ねつぞう》――未成年のぴあのが飲酒している写真をばらまき、イメージダウンを図《はか》る気だったのだ。

それがこのタイミングで行なわれようとした理由も明白だった。ジャンキッシュにいる間は、メンバーの誰かがスキャンダルを起こしたら、全員に火の粉《こ》が降りかかってくる。ぴあのが「卒業」した後なら、同じプロダクションに所属する者ではあっても、いわば競争相手。失脚《しっきゃく》させてもかまわない――そう考えたのだろう。

綾乃は顔を真っ赤にした。「あんた、こんな奴の肩を――」

「持たないよ!」秋穂は興奮し、声を大きくした。「誰が持つもんですか、こんな奴の肩!

話は通じない、人づき合いは悪い、そのくせ妙に頭はいいし、歌も上手《うま》い——好意抱《いだ》ける要素なんかないよ！　めっちゃむかつくよ！　いっしょにレギュラーやってた間、どんだけしんどい思いしたと思ってんの？　こんな奴、大嫌いよ！　大大大っ嫌い！」

　一気にそうまくしたててから、秋穂はひと息ついて、コーラをぐっとあおった。

「……でもさあ、そのやり方はみじめだよ、綾乃さん」

　彼女はテーブルを囲むみんなを見回し、しみじみと言った。

「みんな、今日のぴあのの歌聴いて、危機感抱かなかった？　『こいつ、ひょっとして、あたしら全員より上に行くんじゃね？』って。あたしはぞっとしたね。もしそうなったら、ジャンキッシュはこいつにとって、ただの踏み台じゃん。屈辱《くつじょく》だよね、そんなの」

　さっきまで騒々しかったパーティの場は、通夜《つや》のように、しんと静まりかえっている。その沈黙が、無言の同意になっていた。

「だから——」

「だからこそよ！」

　綾乃が何か言いかけたのを秋穂が制した。

「だからこそ、『今のうちにスキャンダルを起こして潰《つぶ》しておこう』なんて考え方、みじめだって言ってんの！　それ、戦わずに負けを認めてるじゃん。フェアな方法ではぴあのに勝てないって、自分で認めてることになるじゃん。違う？　どう？」

　綾乃は答えられず、口ごもった。

「……同感ね」理梨が静かに言った。「あたしも正直、ぴあのが大嫌い。同じ番組に出演しながら、いつもむかむかしてた。憎かった。鼻っ柱をへし折ってやりたくてたまらなかった」

吐き捨てるように言葉を重ねる理梨。隣に座っているぴあのは、それを無表情で聞いている。

「ただし、正々堂々、実力で叩《たた》き潰したいのよね。アイドルとしての人気の差で。卒業してくれたのは幸い。これからは人気の差がはっきり目に見えるようになる。曲の売り上げとか、メディアへの露出《ろしゆつ》回数とかでね。いわば、これからが真剣勝負。こいつと戦えると思うと、楽しくてぞくぞくする。やる気が湧《わ》いてくる。つまらないスキャンダルなんかで失脚されたら、拍子《ひようし》抜けしちゃう」

理梨は室内の全員を、冷たい眼でにらみつけた。

「みんなも本気になった方がいい。もしジャンキッシュの人気が落ちたら、『ああ、ジャンキッシュは結城ぴあので持ってたのか』ってことになっちゃうよ。そんなの嫌でしょ？」

みんなは気まずそうに視線を交わし合った。綾乃は納得しきれない表情だったが、それでもしぶしぶ腰を下ろした。

「そろそろ……」頃合いを見て、ぴあのはゆっくり立ち上がった。「私はおいとました方がよろしいでしょうか？」

「そうね」理梨が冷たく言い放つ。「さっさと行っちゃって。その方がパーティが楽しくな

るから」

出口へ歩いてゆくぴあのを、秋穂が追いかけた。

「待って」

と呼び止め、右手を差し出す。ぴあのは不思議そうにその手を見下ろした。

「何ですか？」

「ライバル宣言」

「……了解です」

ぴあのも右手を差し出した。二人は堅く握手を交わした。

「これまでありがとうございました」

「同じプロにいても、今後は敵だからね。手は貸さないよ」

「分かってます」

「言っとくけど、あたしは負けない。絶対、あんたより上に行ってやるから」

「さあ、それは無理だと思いますよ」ぴあのは不敵に微笑んだ。「私は誰よりも高いところに行きますから」

そう言うと、ぽかんとしている秋穂の手を放し、「失礼します」と一礼して部屋を出ていった。

「ちっくしょー！」秋穂は絶叫した。「最後までむかつくーっ！」

だが、その顔は楽しそうだった。

ボーンクラッシャーPの制作したPVは、卒業記念ライヴが行なわれたその日のうちに、動画サイトにアップされた。たちまち大反響を呼び、わずか一週間で再生数は四〇〇万回を超え、最終的には五〇〇万回を超える大ヒットになった。

ちなみにこのPVでは、音質がオリジナルよりわずかに落とされていたうえ、随所《ずいしょ》に効果音が入っていた。これは楽曲の売り上げを阻害《そがい》しないようにという配慮だった。このPVを観て気に入った人は、ぜひオリジナルの楽曲を有料ダウンロードして、最高の音質でぴあのの歌を聴いてほしい――と、ボーンクラッシャーPは呼びかけていた。宣伝効果は抜群で、〈クリスマスには帰れない〉は発売と同時に、その週のランキングのトップに躍《おど》り出た。

同時に、ボーンクラッシャーPがプロダクションや音楽事業会社と交わした契約の内容も公表され、多くの人を驚かせた。動画制作そのものについてはギャラを払わない。ただし、今回のようにステージで使用したり、テレビで流すなど、商業利用する場合には、その都度《つど》、作者に使用許可を得たうえで使用料を支払う。

この方針はボーンクラッシャーPだけでなく、すべての動画制作者に対して適用される。金は払わない。その代わり、口も出さない。誰もが自由に結城ぴあのというキャラクター、およびその楽曲を二次使用する権利を認める。楽曲自体、および楽曲を使用した映像作品の販売は認めないが、改変された楽曲や、イラストや動画などの二次創作作品の販売は自由である。ぴあののイメージを著しく傷つけるものに関しては削除させていただくこともあるが、

良識の範囲内でなら何をやってもよい。質の高い作品については、こちらから作者に対して使用許可を求める場合がある……。

ＰＶ制作を依頼した作者に対してギャラを払わないという点について、案《あん》の定《じょう》、古くて頭の堅い世代の人々から、激しい非難が浴びせられた。使用料を払うとはいえ、制作に要した時間と労力を考えれば、ただ働き同然ではないか。道義にもとる——というのだ。

しかし、同人誌やＭＡＤなど、商業作品の二次使用という概念《がいねん》に幼い頃から当たり前に接している若い世代には、この方針はさほど抵抗なく受け入れられた。さらにボーンクラッシャーＰが、自分が使用したぴあののＣＧモデルやモーションのデータを公開したことで、それを利用した動画がどっとあふれかえり、非難の声を押し流していった。

ほんの数ヶ月で、膨大《ぼうだい》な数の「ぴあの動画」が作られ、動画サイトを席巻《せっけん》した。大半は凡作だったが、中にはボーンクラッシャーＰの作品に匹敵《ひってき》する、高度なテクニックを駆使《くし》した完成度の高い作品もいくつかあった。ベテランの木曽川Ｐは、アマチュア時代にぴあのが歌った〈はやぶさ—Welcome Back Version—〉のために、美しいＰＶを制作した。カレルレンＰの作ったぴあの主演の短編ＳＦドラマ「アステロイド」は、第三七回ＭＭＤ杯で準優勝を飾った。

問題は、この時点ではまだ、ぴあのがソロで歌った曲が少ないことだった。そのため、ＰＶの題材はすぐ種切れになった。そこで彼女に、まだ歌っていない歌を歌わせる者が出てきた。

人力ボーカロイド——その技術は俗にそう呼ばれている。起源は古く、二〇〇七年、初音《はつね》ミク発売の直後から、すでに動画サイト上に「人力ＶＯＣＡＬＯＩＤ」と称する作品がアップされていたという。歌詞とリズムに合わせて、歌手や声優の声を切《き》り貼《ば》りし、音程を調整して、本当に歌っているかのような人工の歌を作り上げるのだ。初期の作品はかなり強引で、音をつないでいることがすぐ分かり、失笑してしまうことが多かったが、たちまち技術が向上し、違和感がなくなっていった。「職人」と呼ばれる無名の人々が積み重ねたノウハウは、ほんの数年で完璧《かんぺき》なものに進化した。

　ぴあのも人力ボーカロイド曲が次々に作られた。その多くは、とてつもない完成度で、知らない人が聴いたら、ぴあの本人が歌っているとしか思えないものだった。

　ぴあのはというと、そうした歌を聴いて嬉《うれ》しがった。「ここの音の伸びが足りませんね」とか「ブレスのタイミングがちょっとずれてるのが惜しいです」などと細かい指摘をする一方、人力ボーカロイド職人たちの努力と熱意に感銘《かんめい》を受けていた。ＰＶの氾濫《はんらん》もそうだが、大変な労力を要する作品がこんなに増えたということは、ぴあのの熱心なファンが増えてきたことを意味している。

「ぴあのボット」も何種類も出現した。３ＤＣＧで、ＡＲゴーグルをかければ、モニター上だけでなくどこにでも投影することが可能だ。初歩的な人工知能を持ち、ぴあのの声を合成した声で喋《しゃべ》り、話しかければ返事もする。コンパニオンと同様、返答のパターンは限られているが、それでも、結城ぴあのが目の前にいるという幻想を抱くことは十分に可能だった。

一方で懸念《けねん》されていた猥褻《わいせつ》なCG映像も、やはりたくさん出現した。公式に提示された「イメージを著しく傷つけるもの」というガイドラインが曖昧《あいまい》であることから、どこまでがセーフでどこからがアウトと判断されるのか、面白がってその限界を見極めようとする者が続出したのだ。乳首を露出するのは、さすがにアウトだろう。だが、手ブラならどうだ？　パンチラは？　裸《はだか》エプロンは？　アイスキャンデーを舐《な》めさせるのは？

アウトとセーフのぎりぎりの境界に挑戦するこの遊びは、「ぴあのチキン・レース」と呼ばれた。ARを取り入れた作品も多数作られた。「今、俺の部屋にぴあのがいるんだが」といったタイトルの作品群だ。作者の自宅のベッドの上で、裸に近い格好のぴあのが様々な媚《び》態《たい》を取り、淫《みだ》らな誘惑の言葉をささやくのだ。当然、中には過激すぎて削除を食らうものもあった。

もっとも、一部ファンのこうした動きは、さほどぴあののイメージダウンにはつながらなかった。というのも、ソロ活動開始直後に出演したトーク番組で、ぴあのがセックスについて、かなりあけすけに語ったからだ。

「恋人はいないの？」という司会者のお決まりの質問に対して、彼女は首を傾《かし》げ、こう答えた。

「いないですねえ。相談に乗ってくださる異性のお友達はいますけど、ぜんぜん恋愛対象として見てませんし」

（この番組を観ていたボクは、画面の前で突っ伏《ぷ》した）

「そのお友達から、ホテルに誘われたりしたらどうするの？」

司会者の意地悪な質問に、ぴあのは速攻で「お断りしますね」と答えた。言うまでもないでしょ、という口調だった。

「セックスに興味がないんです、私。一度もしたことないし、したいとも思いません」

「どうして？　男性恐怖症なの？」

「いえ、嫌いなんじゃなく、興味がないんです」

「それって変じゃない？　普通の人は興味があるもんだよ」

「普通の人はそうなんでしょうね。まあ、大勢の人が夢中になってるんだから、楽しいものなんだろうな、というのは想像がつくんですよ。たとえば、うちのプロダクションの社長さん……」

「ああ、真《ま》下《しも》さんね」

「ゴルフが大好きなんですよ。休日にはよくゴルフ場に出かけるそうです」

「へえ。イメージ変わっちゃったね。昔はロックの人だったんだけど」

「それで、ゴルフがどんなに面白いかを、いつも熱く語るんです。たぶん、やってみたらゴルフも楽しいのかもしれません。でも、私はゴルフに興味がありませんし、社長さんに誘われても遠慮します。それを『ゴルフ恐怖症』とは言わないでしょ？」

「ゴルフとセックスはぜんぜん違うだろ」

「そうですか？　私にはそんなに違うように思えないんですよね。楽しむためにはある程度のテクニックが必要なところとか、穴に入れるのが目的だってところとか」

（くすりと笑いもせずに発せられたこの発言は、大反響を呼んだ。発言を切り取って編集したMADが多く作られ、「穴に入れるのが目的だ」はその年の流行語になった）

　司会者はたじたじになった。

「いや、でも……ゴルフは趣味でしょ？　セックスは趣味じゃないよ」

「そうですか？　セックスって生活に必要なものじゃないでしょ？　げんにセックスせずに生きている人なんて大勢いるじゃないですか。つまり、ただの趣味ってことですよ」

「そうかなあ？」

「ゴルフとか競馬とかサッカー観戦とかと同じです。それがものすごく好きで、『人生のすべてだ』と思う人がいるのは確かです。社長さんのゴルフも同じで、べつにそれが好きでもかまわないんですよ。でも、すべての人がセックスをしなくちゃいけないとか、セックスを好きにならなくちゃいけないという義務はないと思うんです」

（この発言には、日本中の童貞の男性から「よくぞ言ってくれた！」という賞賛の声が寄せられた）

「でも、セックスしなくなったら人類は滅ぶよ？　日本なんて、ただでさえ出生率が落ちてるっていうのに」

「だから、したい人だけがすればいいんですよ。まあ、疫病《えきびょう》か何かで人口が激減して、人類の中で女性が私一人になったら考えますけどね。そうでない限り、セックスしない自由はあると思います」

トークの最後を、ぴあのはこう締めくくった。

「優先順位の違いです。私にとって、恋とかセックスとかより、宇宙や科学の方が大切なんです。それと歌うこと。他の人から見れば、どれもただの趣味や娯楽に見えるんだろうと思います。私にとってのゴルフと同じように。でも、私にとって、セックスの方が優先順位がはるかに低いんです」

実を言えば、このトークはヤラセだった。あらかじめプロダクションが司会者や番組スタッフに話をつけ、セックスについての話題をぴあのに喋らせるよう、誘導したのだ。

女性アイドルにとって、最も守らなければならないのは処女性だ。もちろんそれは幻想である。アイドルだって人間なのだから、恋もするし、時にはセックスもする。しかし、ファンの抱いている幻想は決して破ってはならない。恋人の存在が発覚したとたん、アイドルの人気ががた落ちになることはよくある。プライベートな部分は秘密にし、セックスとは無縁であるかのように振る舞わなければならないのだ。

ぴあのの強みは、それが演技ではなく、天然でできることだった。正直に自分のセックス観をさらけ出しただけなのだ。ぴあのに演技ができないことは、ファンならみんな知っている。だから「セックスに興味がないんです」という発言は、文字通りの意味として受け取られた。

それはネット上に氾濫することが予想された猥褻動画への先制パンチだった。本物のぴあのが淫らなことをしないということが表明されたことで、今後、ぴあののＣＧを使ったどん

な映像が出てこようが、それを現実の結城ぴあのと混同する者はいなくなる——そういう読みだった。

その読みは当たった。確かにぴあのの猥褻な動画は増えたものの、それはぴあの自身のイメージを侵食《しんしょく》することはなかった。そうした映像はあくまで性的妄想《もうそう》が生んだファンタジーにすぎず、現実とは別なのだと割り切って楽しむことができた。

ボクもそういう映像のお世話になったことは、正直に告白しておくべきだろう。気に入ったデータをダウンロードして、マンションの自室で楽しんだことが何度かある。ＡＲゴーグルをかけると、目の前の畳の上にぴあのが座り、ボクに微笑みかけて、愛の言葉をささやいてくれる。あるいは、布団《ふとん》の上に下着姿のぴあのが横たわり、はしたない言葉で誘う——それは確かに楽しいものだった。

だが、同時に、これは決して現実ではないのだということも痛感させられ、空しさも覚えた。本物のぴあのはこんなことは言わない。セックスに興味がない。愛の言葉もささやかない。彼女はボクを決して愛さない。

そう、ボクを愛してくれないぴあのこそ、ボクが愛したぴあのなのだ。


九月。ぴあのと知り合って一年と二ヶ月が過ぎた頃、ボクはまた日曜日に秋葉原に出かけた。ぴあのと落ち合い、電気街でのパーツ探しにつき合うためだ。

ステージでの輝きに反比例するように、ぴあののプライベートのスタイルは、かっこ悪さ

のレベルが一段と上がったように感じられた。その日もよれよれのオーバーオールで、着こなしもだらしなかった。もちろんノーメイクで、ぜんぜん似合わない大きな眼鏡《めがね》をかけていた。正直、いっしょに歩くのが恥ずかしい。

もっとも、おかげで人ごみに出かけても、見破られずに済むのだ。こんなダサい女の子があの結城ぴあのだなんて、誰も思うわけがない。ボクはクラーク・ケントがスーパーマンだと見破られない理由が分かった気がした。

彼女といっしょに電気街を回り、パーツ探しを手伝った。しかし、初めて会った頃に比べ、彼女の実験への情熱は冷《さ》めてきているように思われた。

買い物の後に入った駅前の喫茶店で雑談中、そのことを指摘すると、ぴあのは「そうですね」とあっさり認めた。

「宇宙に行きたいという欲求が弱まったわけじゃないんです。ただ、今の方向性に限界を感じています」

「方向性？」

「実験を通して、現在の物理学に穴を見つけようというコンセプトです。やみくもにいろんな方法を試しても、当たりは引けそうにありません。これまでのところ、相対性理論にもエネルギー保存則にも穴は見つかっていませんし、重力や慣性を制御《せいぎょ》するのも不可能だと分かりました。光の速度を超えるのも」

「ワープ航法は？　確かそういう理論を唱《とな》えてた科学者がいたよね？」

「ミゲル・アルキュビエレですね。検討してみましたけど、現代の技術ではとても無理です。クリス・ヴァン・デン・ブルックの改良案でも、空間を湾曲するのに必要なエネルギーは、どんなに小さく見積もっても太陽何個分にもなるんです」

「そうなると、他の恒星《こうせい》に行くには、亜光速で行くしかないな」

光速に近づけば、相対論的効果によって時間の流れが遅れる。乗員の寿命も延びるから、普通のロケットでは何百年もかかる距離でも、生きている間にたどり着ける可能性がある——あくまで理論的には、だが。

「その場合でも、エネルギーが最大の問題です。月に行くだけでも、あんなに巨大なロケットが必要だったんです。恒星間飛行となると、莫大《ばくだい》なエネルギーが必要です」

脱出速度——地球の引力を振り切るための速度は、秒速一一・二キロ。現在の惑星探査機は、それより少し速いぐらいの速度しか出せない。秒速三〇万キロの光速に近づこうとしたら、どれだけのエネルギーが必要だろうか。絶望的すぎて、計算したくもない。

「核融合《かくゆうごう》の実験もいろいろやりましたけど、どうも望み薄ですね。たとえ核融合が実用化できたとしても、せいぜい太陽系内での宇宙飛行にしか使えないんじゃないでしょうか」

「たぶんね」

「だから太陽系外に出るには、核融合以上に効率のいいエネルギーを見つけるしかありません」

そこで宇宙に行くことをあきらめないのが、いかにもぴあのらしい。

「まず理論面から固めるべきだったんです。回り道ではあっても、その方が確実です。有望

そうな理論を発見したら、それを検証する実験をやるんです」

「そんな理論、あるの？」

「今、考えているものがあります。まだ完成はしていませんけど——ＡＲゴーグルは持ってきてます？」

「うん」

ボクはアルバイトで金を貯め、新型のＡＲゴーグルを買ったばかりだった。秋葉原のＡＲ特区は、この一年でますます栄え、映像も進化している。今やこの街に来るのにＡＲゴーグルは必携《ひっけい》だ。

ぴあのも自分のゴーグルをかけ、ボクと映像を共有した。彼女がテーブルの上の空中に指を走らせると、アイコンが出現した。それを指でタップする。何かのアプリが起動した。

「何なの？」

「学術用の高次元描画ソフトです。六次元までの立体を作れます。もっとも、空間に投影できるのは、その三次元の断面ですけど。たとえば……」

ぴあのは保存しておいた何かのデータを読みこんだ。テーブルの上のコーヒーカップ、その数センチ上の空中に、小指の先ほどの大きさの、とても小さな電球が出現する。

ぴあのが指先でつつくと、電球がぱっとフラッシュし、透き通った黄色の球体がシャボン玉のように膨張《ぼうちょう》しはじめた。球体の表面を構成している半透明の膜《まく》は、下の方がテーブルの中にめりこんだ。一定速度で拡大を続ける球体は、ボクたちの身体《からだ》を通過し、店全体に広が

って消滅した。もちろん、店内の他の客は何も気づかない。

　ぴあのはそれを何度も繰り返した。

「これは光が光源から拡散する様子をシミュレートしています。光は三次元空間に球状に広がります。この二次元の断面を見ると――」

　ぴあのが何か操作すると、電球が平面の絵に変わった。それをつつくと、今度は厚みのない黄色のリングが生まれた。テーブルの面に平行に、波紋《はもん》のように広がる。

「球の断面は円です」

「当然だね」

「この時間的な軌跡《きせき》を見てみます。つまり時間軸を垂直方向の空間軸で代用します」

　また指でつつくと、黄色のリングは膨張しつつ上昇した。その軌跡は、頂点を下に向けた円錐形《えんすいけい》になる。膨張速度と上昇速度が同じなので、円錐の側面の傾きはきっかり四五度になった。

　円錐は上向きに成長し、喫茶店の天井《てんじょう》に当たって止まった。ボクたちの前には今や、逆立《さかだ》ちした黄色の円錐がそそり立っている。それはまるで、コーヒーカップからサーチライトが放たれているようだった。

「光円錐《ライトコーン》です」

　物理学に興味のある人間なら、基礎知識とでも言うべき概念だ。光が広がる軌跡を四次元時空の中に描くと、円錐形になる。光源、つまり円錐の頂点に位置する者から見ると、情報

を伝えることができるのは、この円錐の内側だけだ。なぜなら、光より速く走るものはないとされているからだ。

逆も同じだ。光源を頂点とする上向きの円錐を想像してみよう。情報は円錐の内側からしか伝わってこない。すなわち、円錐の頂点にいる者は、円錐の外側にあるものを知ることはできない。

「私が興味があるのは――」

ぴあのは円錐の周囲の空中に指を泳がせた。

「――このあたりなんです。ライトコーンの外側」

「超光速領域？　でも、光速を超えることは……」

「ええ。私たちには不可能です。でも、タキオンなら可能です」

タキオンは半世紀以上前に提唱された理論上の概念だ。相対性理論によれば、粒子《りゅうし》を加速するには、光速に近づくほど大きなエネルギーが必要になる。これは単なる理論ではなく、粒子加速器の実験によって証明されている。光速に達するためには、無限に大きなエネルギーが必要だ。だから粒子は決して光速を超えることができない。

しかし、粒子が最初から光より速ければ、無限大のエネルギーは必要なく、相対性理論に矛盾《むじゅん》しない。一九六七年、コロンビア大学の物理学者ジェラルド・ファインバーグは、ギリシア語で「速い」を意味するタキスから、この仮想上の粒子をタキオンと名付けた。タキオンは通常の粒子とは逆に、決して光速以下になることができない。

「でも、タキオンはまだ発見されてない」

「ええ。でも手がかりはあります。宇宙の大規模構造です」

宇宙には無数の銀河やクエーサー（活動銀河）があるが、それらは均一に分布していない。フィラメントと呼ばれる細い領域（と言っても、幅何百万光年もあるのだが）に集中しており、その間はボイドと呼ばれる巨大な空虚《くうきょ》だ。全体として見ると、たくさんの泡が集まったような構造になっている。

二〇一三年、各国の研究者から成るチームが、史上最大のクエーサー群を発見した。七三個のクエーサーから成るその構造物は、全長四〇億光年、銀河系の直径の四万倍という途方もない大きさだった。従来の説では、これほど大きな構造物は存在しないはずだった。光にせよ重力にせよ、端から端まで届くのに四〇億年もかかるはずなのに、宇宙誕生から一三七億年ほどで、どうやってこんな巨大構造ができたのか。

「あれって確か、初期の宇宙は今より小さかったから……ってことで説明されてたんじゃなかったっけ？　元は小さな構造が、宇宙が膨張したことで拡大されたんだって」

「いいえ、完全に解明されたわけじゃありません。タキオンが宇宙の大規模構造の形成に関与してる可能性はあると思うんです。宇宙膨張を加速しているダークエネルギーの正体も、タキオンかもしれません。タキオンが星間ガスを押すことで、見かけ上、斥力《せきりょく》を生み出して、泡のような構造を作り出しているんじゃないかと」

「宇宙にそんなに大量にタキオンがあったら、とっくに検出されてるんじゃない？」

「ニュートリノのように透過力の大きい粒子なのかもしれません。検知器をすり抜けてしまうから、科学者は存在に気づいていないのかも。幅何億光年というスケールになって、ようやくその影響が見えてくるのかもしれません」

「それが宇宙に行く話と、どういう関係があるの？」

「タキオンは理論上、負《ふ》のエネルギーを持つことができます。もしも負のエネルギーを持つタキオンを作ることができたら、それを放出することで、正《せい》のエネルギーが得られます。つまり無《む》尽蔵《じんぞう》のエネルギーが手に入るんです」

「それは第一種永久機関だろ」

「いいえ。負のエネルギーと正のエネルギーを同じ量だけ生み出すことができたら、合計はゼロですから、エネルギー保存則を破ったことになりません」

「それはそうだけど……どうやってタキオンを作るの？」

「それです。そのためにはまず、タキオンの理論上の性質を解明しなくてはいけません」

そう言ってぴあのは、またライトコーンの外側で指を泳がせた。

「私の直感では、タキオンの世界は私たちの世界と対称になっているはずです。私たちは光速より速く動けない。タキオンは光速より遅く動けない。私たちの世界では、速度がゼロの物体は、運動量は有しませんが、一定のエネルギーを有します。タキオンの世界では、速度が無限大の物体は、エネルギーは有しませんが、一定の運動量を有します」

「光速を隔《へだ》てて、物理法則が鏡に映したように対称になってるってこと？　ボクらの世界と

タキオンの世界では、運動量とエネルギーの関係が逆になってる？」

「時間と空間の関係も逆になってるんです。私たちにとっての速度は距離割る時間ですが、タキオンにとっての速度は時間割る距離です。私たちにとっての静止した状態、つまり速度がゼロの状態は、タキオンから見ると速度無限大ということになります」

「タキオンから見ると、ボクらの世界の方がタキオンなのか……」

「はい。ただし、完全な対称じゃありません。私たちの世界では、光はこんな風に広がります」

ぴあのは半透明の円錐の表面に指で触れた。触れた部分に、円錐をぐるりと取り囲むように、黄色いリングが出現する。表面に沿って、指を下から上へと滑《すべ》らせると、リングは大きくなった。

「これが私たちの世界での光の広がり方です。それに対し――」

ぴあのは両手で円錐を支えるように持つと、左手を下げながら右手でぐいっと押し、九〇度横倒しにした。もちろん本当に立体映像を押しているわけではない。ＡＲゴーグルのカメラが手の動きを捉《とら》え、それに同期して映像を動かしているだけだ。

「タキオンの世界だとこうなります」

ぴあのは倒れた円錐の下の方に触れ、表面に黄色の線を出現させた。今度はリングではない。テーブルの表面に平行な双曲線《そうきょくせん》だ。それが円錐の表面に沿って上昇すると、双曲線がしだいに尖《とが》ってきて、ついには直角に九〇度折れ曲がった直線になった。さらに上昇し、円錐の頂点から離れるにつれ、またなだらかな双曲線に戻ってゆく。

なるほど、時間と空間の関係が入れ替わるということは、ライトコーンも横倒しになるということか。

「三次元で見てみます」

画像が切り替わった。今度は女性の乳房を連想させる双曲面が現われる。それが変形しはじめた。しだいに伸び上がり、尖ってきて、ついには円錐形になる。それからまた双曲面に戻ってゆく。

「これがタキオンの世界での光の広がり方です。私たちの世界では光は球状に広がりますが、タキオンの世界から見ると双曲面状なんです」

光が双曲面状に広がる世界――そんなものはボクの想像を絶していた。いや、たぶん誰の想像も絶していると思う。ぴあのにはそれが想像できるのだろうか。

「今、マクスウェルの電磁方程式を、タキオンの世界に合わせて書き換えています。光が双曲面になるように。一般相対論や量子論《りょうしろん》も同じように書き換え、最終的にそれらを統合するつもりです。そうすれば……」

「どうなるの？」

「分かりません。私としては、タキオンを発生させる条件が見つかればいいと思ってるんですけど」

あやふやな話だ、とボクは思った。たとえぴあのの言う理論を作ることができたとしても、タキオンを発生させる方法が見つかるという保証はどこにもない……。

「あやふやな話だ、と思います？」

心を読まれたような気がして、ボクは狼狽《ろうばい》した。内心が表情に出てしまったのだろうか。

「ああ、いや、うん、そんなことないよ」と、見苦しい言い訳をする。

「いいんです」ぴあのは微笑んだ。「自分でも小さい可能性だと思ってます。でも、どんなに小さくても、可能性がある限り、挑戦してみたいんです」

「でも、もし……」

「え？」

ボクはその先を言うべきかどうか迷った。答えを聞くのが恐ろしかったからだ。しかし、はっきりさせておかなくてはならない。だから思いきって口にした。

「もし、宇宙に行く方法が何もないと分かったら……その時、君はどうするの？」

「地球上で死にます」

ぴあのは間髪《かんはつ》を容《い》れずに答えた。ボクは心臓が止まりそうになった。一瞬、ぴあのが絶望して首を吊《つ》っている光景が頭に浮かんだのだ。

「だってそうでしょう？　人は誰でもいつか死ぬんですよ。宇宙に行けなかったら、私はこの地球で年老いて死にます。宇宙に行けたら、宇宙で死ぬでしょう。結果は同じですよ」

「ああ、そういう意味か……」

ボクは胸を撫《な》で下ろした。

そうだ。どっちみち、ぴあのはそう簡単に絶望するような子じゃない。物理法則に挑戦し、

不可能を可能にしようとしている女の子だ。容易にあきらめはしないだろう。彼女を絶望させるのは、それこそ不可能ではないだろうか……。

もっとも、ずっと後になって、この時の会話の意味を深く考えなかったことを、後悔《こうかい》することになるのだが。


時間が余ったので、喫茶店を出て、ぴあのと秋葉原ＵＤＸに向かった。秋葉原駅電気街口のすぐ近くに立つ高層ビルで、南側壁面の大型モニター〈ＵＤＸビジョン〉には、いつも新作アニメやゲームのＣＭが流れている。

その日、二階のイベント・スペース〈アキバ・スクエア〉で、〈次世代ロボット&コミュニケーションテクノロジー・フェア〉が開かれていた。最新のＡＲ技術や新型ロボットの実演もあるというので、興味があったのだ。

会場に入ると、入口のすぐ近くで、来年発売予定の新型ＡＲゴーグルの試作品が展示されていた。

「うわあ、ここまで小さくなるんですね」

ぴあのは感心していた。今のＡＲゴーグルも初期の頃よりかなり小さくなったが、次世代のゴーグルはさらに小さくて軽く、スキー用ゴーグルぐらいのサイズしかない。

「試されますか？」

企業の人に勧められ、ボクたちは見本のゴーグルを試しにかけてみた。視野が広く、画像

も鮮明で、眼鏡をかけて見るのと同じぐらい違和感がなかった。

「かなり軽いですね」とボク。「これ、軽量化の限界ですか？」

「いいえ、将来的には眼鏡ぐらいの軽さにすることを目指しております」

そうなると用途が広がりそうだ。小さくなれば消費電力も下がるだろう。何十年か先には、四六時中、ＡＲゴーグルを着用する時代が来るかもしれない。ゴーグルのカメラが撮影した映像を常に記録しておけるようにすれば、街中のいたるところに防犯カメラがあるのと同じだから、犯罪も減るのではないだろうか。

その一方で、眼鏡と区別のつかないＡＲゴーグルが普及したら、プライバシーや肖像権の問題がややこしいことになりそうだ。盗撮《とうさつ》が簡単にできてしまうのだから。今のところ、ＡＲ特区の外で使用する場合、記録映像の顔の部分には自動的にモザイクがかかるようになっているが、その機能もユーザーが簡単に解除できるから、あまり意味がない。

ボクたちは試作品を返し、自前のＡＲゴーグルを着用して、会場をぶらついた。広いイベントスペース内には、たくさんのＡＲ映像が起動していた。天井まで届くほどの巨大ロボが突っ立っているかと思えば、小さな妖精《ようせい》のようなキャラクターが飛び回っている。製品紹介用のＰＶも、空中に投影されたウィンドウに映し出されていた。

等身大の人型ロボットの周囲に人だかりができていた。アニメに出てくる戦闘用ロボットのように、装甲に覆《おお》われ、重火器で武装している。それがのしのし歩き回り、ごついマシンガンを振り回して、周囲の人にアピールしていた。

「物騒《ぶっそう》なもの展示してるなあ。いいのか？」

「違いますよ、すばるさん」ぴあのがボクの勘違いを正した。「あれ、ＡＲです」

ゴーグルのＡＲ機能をＯＦＦにすると、からくりが分かった。それはロボットではなく、オレンジ色のボディスーツを着た人間で、銃も持っていなかった。動いている人間の身体の周囲に、ロボットの３Ｄ映像を投影していたのだ。映像は人間の動きにぴったり同期して動くから、あたかもロボットが歩き回っているように見えるのだ。「ＡＲ着ぐるみ」というらしい。噂《うわさ》には聞いていたが、目にするのは初めてだ。これも応用範囲が広そうな技術だ。

「あ……」

会場を見回していたぴあのが、声を上げた。

「何？」

「私がいます」

彼女が指差す方を見ると、やはり人だかりができていた。その中央の一段高くなった小さなステージに、きらびやかな衣装を着てマイクを持ったぴあのが立っていた。こっちは実体のない完全なＡＲ映像のようだ。

ボクたちは興味を抱いて近づいてみた。ぴあのの映像は、インカムをつけた司会者とトークをしている。あらかじめ決められた台詞《せりふ》ではなく、話しかけられるとアドリブで返すらしい。

ボットか、とボクは最初思った。こんな珍しくもないもの、わざわざこの会場で展示する意味があるのかと——だが、すぐに違うことが分かった。

司会者が「どなたか、ぴあのちゃんと話してみたい人？」と呼びかけた。何人かが手を挙げる。司会者に選ばれたのは、やはりゴーグルを着用した中学生ぐらいの少年だった。司会者が彼をぴあのの前に立たせる。

「は、初めまして」

少年が緊張《きんちょう》気味にあいさつすると、映像のぴあのは微笑み、「初めまして」と返した。

「あの……ぴあのさんの大ファンなんです」

「わあ、ありがとうございます」

軽く頭を下げるぴあの。その動きの自然さに、ボクは驚いた。機械的なぎこちなさがまったくない。それどころか、本物のぴあのの動きにそっくりだ。

「あの……〈クリスマスには帰れない〉って、難しい歌ですよね。カラオケで歌おうとしたら、声が裏返っちゃって」

「ああ、そうでしょうね。私もずいぶん練習しましたから」

「上手く歌えるコツってあるんですか？」

「声が出ない場合、キーを下げた方がいいかもしれませんね」

「ぴあのさんはカラオケで練習したりするんですか？」

「カラオケにはあまり行きませんけど、自分の家ではよく歌いますね」

何だ、これは。

ボクは戦慄《せんりつ》に似たものを覚えた。これはボットじゃない。単に質問に合わせて定型文を返

しているだけなら、こんな自然な会話にならない。明らかに質問の内容を理解して、本物のぴあのと同じように喋っている。

　ボクはステージの横に浮かぶウィンドウに目をやった。そこに図解入りの解説ビデオが流れていた。

　AC——人工意識（Artificial Consciousness）。

　聞いたことがあった。従来の人工知能のように、単に賢《かしこ》いというだけではなく、意識を有するプログラムを作ることを目的とする研究だ。それを可能にしたのは、昨年、トロント大学の認知ロボット工学グループが開発した「カーネル（核）」と呼ばれるプログラムである。別名「ロボットの魂」。人工知能に欲求を植えつけることにより、より人間に近い対応を可能とするというアイデアだ。

　もちろん、マシンに人間と同じような欲求を持たせるのは危険すぎる。カーネルにプログラムされた欲求は、「人間を守りたい」「人間の命令を実行したい」というものだ。これにより、人工意識を持つ人工知能は、単に命令を実行するだけでなく、自ら進んで人間の役に立とうとする。

　さらにこのグループは、カーネルを独占せず、フリーウェアとしてネット上で拡散し、誰でも自由に利用できるようにした。というのも、カーネルの育成には時間がかかり、単独のグループで研究しているだけでは、研究成果が十分に蓄積するのに何世紀かかるか分からないからだ。世界中の人工知能研究者がカーネルを研究し、競い合って成果を挙げてくれるこ

とを望んだのだ。

だが当然、それを単なる学術研究ではなく、もっと面白い方向に利用しようとする者が現われた。

ウィンドウの解説によれば、この〈メカぴあのプロジェクト〉もそのひとつだ。ぴあのファンの技術者が考えついたらしい。ネット上で結城ぴあのに関するあらゆる情報を自動収集し、それをカーネルにインプットする。カーネルはその情報を自分で再構成し、結城ぴあのの仮《か》想《そう》人格を作り上げる。単にこれまでのぴあのの発言を模《も》倣《ほう》するだけでなく、構築された人格モデルを使い、「本物の結城ぴあのなら、こう言われたらどう反応するか」をシミュレートして、ふさわしい答えを返すのだ。もちろん本物のぴあのの反応と食い違うことはあるだろうが、それは問題ではない。目標はぴあのを模倣することではなく、ぴあのらしく振る舞うことなのだから。

将来的には人工知能にメカのボディを与え、本物の結城ぴあのとステージ上で競演させる。それがこのプロジェクトの最終目的だという。

魔法みたいだ。ピノキオのように、人形に魂が宿るというのか。

もちろん、プログラムが本当に意識を持っているのか、外部から知る方法はない。しかし、ステージ上のメカぴあの（厳密にはまだメカの身体を持っていないのだが）と人間のスムーズな会話を聞いていると、意識を持っていてもおかしくないように思える。

「じゃあ、ぴあのちゃん」司会者が言った。「何か一曲、歌ってくれるかな？」

「はい、いいですよ」メカぴあのは笑顔で答える。「リクエストは何かあります？」

ボクは試してみたくなった。「〈シップレック・イン・スペース〉！」と声を上げる。今年の夏、大ヒットしたボカロ曲だ。だが、本物のぴあのはまだ歌ったことがない。それどころか、人力ボーカロイド曲すら作られていない。

さあ、どうする、メカぴあの。

「いいですよ」メカぴあのは平然と答えた。「ミュージック、お願いします」

ただちにネット上から〈シップレック・イン・スペース〉のカラオケが検索され、スピーカーから流された。それに合わせ、メカぴあのが歌いはじめた。

「おい……」

ボクは呆然《ぼうぜん》となった。

ぴあのの歌だ——機械的なところなどまるでない。人力ボーカロイドすら上回っている。生身《なまみ》のぴあのが本当に歌っているとしか思えないのだ。

恐ろしくなった。こんなものが現われたら、ぴあのの——いや、生身のアイドルすべての危機ではないのか？

ボクは傍《かたわ》らのぴあのを見た。彼女は腕組みをして、歌に聴き入っている。

「へえ。面白いじゃないですか」

ゴーグルの下から露出した口許《くちもと》が、不敵な笑《え》みを浮かべるのを、ボクは見た。

「新たなライバル出現ですね」

7　ぴあの vs.メカぴあの

ボクは自宅に帰るぴあのを送っていった。電車の中で、ボクたちはフェアの会場で貰《もら》ったパンフレットに目を通した。

メカぴあのを開発したのは、トウカテックというベンチャー企業だ。目指しているのは、人工意識《AC》を有するコンパニオンの開発だ。

現在のコンパニオン・アプリも、かつてのエージェントなどに比べると、かなり高度な判断力を持つようになってきている。しかし、生きた人間のような自然な受け答えはまだできないし、言葉の微妙なニュアンスが理解できず、人間なら決してやらないようなトンチンカンな間違いをやらかすことも多い。

ボクの体験で言うと、今の大学を受験する時、千葉県の実家から都内の受験会場までの所要時間をユリリンに検索させたことがある。彼女が「七時間三五分です」と答えたので、首を傾《かし》げた。自宅から駅、駅から受験会場までの距離、乗り継ぎにかかる時間などを考えても、二時間以上かかるはずがないのだ。不思議に思って同じルートでもう一度検索させたら、「七時間三三分です」と答えたので、謎《なぞ》が解けた。検索したのが真夜中だったので、ユリリ

ンは素直《すなお》に現在時刻を出発時刻と解釈し、列車の時刻表を調べて、始発の発車時刻までの時間を計算に入れて答えたのだ。

そう、現在のＡＩは、まだ「おバカ」なのだ。研究が進み、少しずつ頭は良くなってきているものの、ユーザーの発する質問の意味を正しく解釈する能力では、生身《なまみ》の人間よりかなり劣《おと》っている。

人間と親しく会話するコンパニオンとなると、完成にはほど遠い。多くのユーザーとの対話を通して学習することで、膨大《ぼうだい》なテンプレートを蓄積し、会話のヴァリエーションは増えた。だが、自分で考えて喋《しゃべ》るということはまだ無理だし、これからもできないだろうと考えられている。「この服、どう思う？」とか「今の気分は？」とか訊《たず》ねても、テンプレート通りの空疎《くうそ》な答えしか返ってこない。ＡＩには「気分」というものがないからだ。

人間と心の通った対話をするためには、ＡＩも心を持たなくてはならない——多くの人がそう考えている。

欧米では数年前から、AC研究をコンパニオンに応用しようというアイデアが議論されており、ＡＣＯＭという新語も提唱されていた。「アコム」ではなく「エイコム」と発音する。人工意識コンパニオンの略称だ。

しかし、欧米のAC研究は、初歩の段階で障害に突き当たっていた。キリスト教圏では、機械が意識を持つことに対する不安が根強いのだ。特に一部の研究者が、不用意に「ロボットの魂」という言葉を使ってしまったので、宗教界からの反発が強まった。人間の命令通り

に動作するプログラムならかまわないが、マシンが自分でものを考え、行動するようになるのは危険だ。そもそも人に魂を与えられるのは神だけであり、人間がそれを模倣《もほう》するのは不《ふ》遜《そん》だ……というのだ。

この二世紀、欧米の大衆の間に潜在的に広まっていたフランケンシュタイン・コンプレックス——人間に創造された存在がいつか人間に反逆するのではないかという恐怖が、一挙に表面化した。アメリカやカナダ、そしてヨーロッパ各地で、宗教家や評論家がＡＣ研究に反対する声を上げ、世論や政界がそれに同調しはじめて、激しい議論が巻き起こっていた。その声が鎮静化するまで、研究は停止とまではいかなくても、遅滞《ちたい》を余儀《よぎ》なくされそうだった。

トロント大学のグループがカーネルをネットで拡散したのも、そうしたＡＣ研究反対運動に対する抵抗の意味がある。研究が圧力によって潰《つぶ》されかけていることに危惧《きぐ》を覚え、世界のどこかの国の研究者が、自分たちの研究を引き継いで発展させてくれることに期待したのだ。

幸い、日本ではフランケンシュタイン・コンプレックスはさほど強くなかった。二〇世紀の後半から、意識を持ったロボット、人間の友達としてのロボットが、マンガやアニメでたくさん描かれてきて、大衆の間にそれを受け入れる素地《そじ》ができていたのだ。「アトムやドラえもんが現実になる」というフレーズが、マスメディアやネット上で飛び交い、ＡＣへの期待が高まっていた。必然的に、日本はＡＣＯＭ開発に最も積極的な国のひとつになりつつあった。

トウカテックも「人間の友達になるロボット」の実現を目標に掲《かか》げていた。その先駆《さきが》けとなるのがACOMであり、メカぴあのはその未来像を大衆に知らしめるためのデモンストレーションなのだ。

「やっぱりです」ぴあのはパンフレットの細部に目を通し、楽しそうに合点していた。「あの声は単なる音声サンプリングじゃありません。ヌートフォネティクスです」

ボクはその言葉は初耳だった。「ヌートフォ……？」

「ヌートというのは、ハリイ・ベイツの『主人への告別』というSF小説に出てくる、異星人のロボットです。一九四〇年代に書かれた小説で、『地球の静止する日』という題で映画にもなってます。原作とはぜんぜん違う話になっていて、ロボットの名前も変えられてますけど」

ぴあのは『ベティアンよ帰れ』以外にも、古いSFをよく読んでいる。宇宙に行く方法を見つけるヒントを探しているのだ。E・E・スミスの長編『宇宙のスカイラーク』の冒頭、未知の金属溶液を電解していた銅製の水槽《すいそう》が、窓から飛び出して空に消えてゆくシーンは、特に感銘《かんめい》を受け、再現できないかと試してみたこともあるという。レイモンド・F・ジョーンズの「騒音レベル」、トム・ゴドウィンの「発明の母」、ジェイムズ・イングリスの「夜のオデッセイ」といった、マイナーな作品のストーリーも熱心に語った。

「ちなみにヌートのスペルはGnutで、別の訳では『グナット』になってます」

「そのロボットが歌を歌うの？」

「いいえ。ヌートは録音された人間の声を基《もと》に、その人間の肉体を再構成することができるんです」

「声から？」

「肉体は固有の音――現代で言うところの声紋《せいもん》を発します。作中では、そのプロセスを逆転させれば、人間を復元できると説明されています。たとえ死んだ人間であっても」

「かなり無茶な設定だね」

「もちろん現実には、声に含まれる情報だけでは、肉体全体の構造は分かりません。でも、発声に関係した部分――声帯や口腔《こうこう》の形状、気道の太さ、肺活量なんかは、コンピュータで分析できます。それを基にして発声器官のモデルを構築し、その人の発する声をシミュレートするんです」

　ボクにもようやく、その原理が理解できた。

「つまり君の声を基に、コンピュータの中に君の声帯のモデルを電子的に構成して、喋らせたり歌わせたりしてる？」

「そうです。ボーカロイドの声も人間の声を基に作られていますけど、それがどうしても人工的に聞こえるのは、音声を表面的にサンプリングしているだけだからです。普段、人はあまり意識していませんけど、実は声の微妙なゆらぎとか呼吸とかが、人間の声に機械にはない深みを与えてるんです」

「それが人間の歌が機械に勝《まさ》ってる部分だったわけか……」

「勝ってるというより、違ってる部分ですね。ボーカロイドはブレスの必要がありませんし、音程がずれることも、高音で声が裏返ることもありません。それは確かに長所ですけど、同時に人間らしく聞こえない原因でもあります。だからボーカロイドのユーザーは、故意にブレスを入れたり、音程をほんのわずか揺るがせたりして、人の声に近づくように〝調教《ちょうきょう》〟してるんだそうです。
　ヌートフォネティクスは違います。本当に人間の声帯が発するような声を作り出します。音程は揺らぐし、ブレスを入れないと息切れします。無理な高音とかで歌わせると、かすれることだってあるそうです。たぶん、あのメカぴあのの声を声紋分析にかけても、私の声と見分けがつかないと思いますよ」

　ボクは感心した。人間的な不完全さを取り入れることで、声に人間らしさを出しているわけか。しかも、メカぴあのの場合、歌い方も人間の指示ではなく、自分でコントロールしているようだった。そうでなければ、リクエストに応じてアドリブで歌ったりできないだろう。

　ボーカロイドが「人の声を出すシンセサイザー」であり、人間によって演奏されているのに対し、メカぴあのは本当に自分で歌っている。おそらく世界で初めて、自らの意思で歌う機械が実現したことになる。しかも人間とまったく同じ声で。考えてみると、とんでもない技術だ。

　ＡＣが本当に意識を（あるいは「魂」を）持っているのか、誰にも分からない。人間は自分に意識があることを自覚しているから、自分以外の人間にも意識があるはずだと類推して

いる。しかし、人間以外の知性体が意識を持っているかどうか、判定する方法はない。意識は目で見えるものではないからだ。

しかし、今日のイベントでのやり取りを見る限り、メカぴあのには意識があると判断したくなる気がした。実際に意識があるかどうかは関係ない。いかにも意識があるかのように振る舞えるという点が重要だ。

ボクがあれを見て覚えたのは、「時代が変わる」という予感、そして悪寒《おかん》だった。メカぴあのが垣間《かいま》見《み》せた未来のビジョンは、戦慄《せんりつ》すべきものであり、同時にたまらなく魅力的だった。

実在しない人物が本物の人間のように愛されるという現象は、何百年も前からある。昔ながらの、紙に印刷された小説を思い浮かべてみればいい。その本質は紙に付着したインクの列にすぎない。ボクらが小説を読みながら、キャラクターが生きて動いていて、意識があるかのように感じるのは錯覚《さっかく》だ。紙やインクに意識などあるはずがない。

だが、人は容易にその錯覚に陥《おちい》る。実在しない人間の一挙一動をはらはらしながら見守り、不幸な境遇《きょうぐう》を悲しみ、トラブルに苛立《いらだ》ち、悪に対して怒り、愛や勝利の喜びを分かち合う。時として、本物の人間のように愛し、崇拝する……。

そう、「人間と心の通った対話をするためには、ＡＩも心を持たなくてはならない」というのは、実は間違いなのだ。人は意識を持たない存在にも感情移入できる。必要なのは、表面上、意識を持つかのように振る舞うこと。その演技が十分にリアルであれば、人は「意識

を持っている」「心がある」「生きている」と錯覚する。意識の有無《うむ》を判定する方法がない以上、「意識を持っている」と錯覚させることさえできれば、その存在はもう人間と変わらないことになる。

「あんなのが普及したら……」

ボクは最後まで言わず、口をつぐんだ。ぴあのの機嫌を損《そこ》ねるのではないかと思ったのだ。

だが、彼女は平然と、ボクの言葉の続きを口にした。

「人間のアイドルは絶滅しますね」

「いや、さらりと言ってるけど、重大事だよ、それ？」

「分かってます。今のお仕事は大変ですけど、お金はそこそこ入ってきます。ガレージで実験を続けられるぐらいには。もし失業したら、どうやって研究資金を稼《かせ》いでいいか分かりません」

結局、そこか。やはりぴあのにとって、宇宙への夢が第一であって、アイドルはそのための足がかりにすぎないのだ。

「だから負けるわけにはいかないんです」

「なんか嬉《うれ》しそうだね？」

そう、ぴあのの口調はちっとも深刻そうではない。それどころか、ライバルの登場を面白がっているように見える。

「嬉しそう？　私が？」

きょとんとした顔でそう言ってから、ぴあのは自分の抱《いだ》いている感情に気づいたらしく、「ああ」とうなずいた。

「そうですね。ちょっとうきうきしてます。何ででしょうね。自分でもよく分かりません」

「のんきなこと言ってるけど、死活問題なんじゃないの？」

「まあ、そうなんですけどね。新しい箪笥《たんす》が出現したと思えば、たいしたことじゃありません。それに、どっちみち人間のアイドルの時代なんて、じきに終わるでしょうし」

自らもアイドルでありながら、ぴあのが大胆《だいたん》なことをさらりと言ったので、ボクは驚いた。

「自覚してるんだ……」

「時代の趨勢《すうせい》を見れば分かりますよ。特に芸能界に入って、いろんな裏の事情を見るようになってから、それをひしひしと感じますね。バーチャル・アイドルに押されてるっていうのが。私が活動できるのだって、たぶん、あとほんの数年ですよ。今は人気がありますけど、それは私がまだ若いからです。歳《とし》を取ったら落ち目になるのは目に見えてます。人間のアイドルは非効率的なんです。アイドルというのは表面さえあればいいんです。ファンが求めてるのは、私たちの姿であり、声なんですから。質量を有する実体は求められていません。ましてや、楽屋《がくや》裏の人間的な泥臭《どろくさ》い事情なんて、誰も知りたくないと思うんですよね」

ほんの一瞬だが、ぴあのの声に、彼女らしからぬ感情――不快感が含まれていたように、ボクには思われた。

「だからアイドルはバーチャルで十分なんです。肉体は必要ないんです」

「でも、君を抱きたい男だって大勢いるんじゃない？」

「それも頭の中で妄想《もうそう》してるだけでしょ？　つまりバーチャルってことですよ」

ボクもその一人なんだけど。

「そうなのかなあ？」

げんに本物の結城《ゆうき》ぴあのが隣にいて、ボクはむらむらしているというのに、この欲望をバーチャルだと決めつけられるのは納得いかない。そんなことを言ったら、すべての片思いはバーチャルということになってしまうのではないか。

「私が肉体を持っていることで、私とセックスできるという錯覚が生じてるだけです。そんなのは幻想です。私は未来永劫《えいごう》、誰ともセックスしませんから」

そこまで断言しなくてもいいだろうに。

「でも、うーん……」ボクは慎重《しんちょう》に言葉を選んだ。「ボクはやっぱり、バーチャル・アイドルより、肉体を持ってる君が好きなんだけどな……」

「すばるさんは、私がおしっこやうんちをするところを想像しますか？」

唐突で下品な質問に、ボクは絶句した。

「私だってするんですよ。人間ですから」ぴあのは微笑《ほほえ》んだ。「でも、あなたはそんなの、想像してないでしょう？　私がおしっこもうんちもしないと思ってる。つまり、私を肉体を持った人間として見てないってことです」

「いや、それは……」

「誤解しないでください。非難してるんじゃないんです。むしろアイドルとしてはその方が楽なんです。私の表面だけを好きになってくれた方が」彼女の表情が、ほんの少し、暗くなった。「……生身の人間として見られると、かえって重かったりしますんで」

　ボクたちの会話はそこで途切れた。


　会話が再開したのは、所沢駅に到着し、タクシー乗り場に向かっている時だった。秋の陽《ひ》はとっくに落ち、空は深海のようなディープブルーに染まっており、いくつかの星が輝きはじめていた。

「ああ、いいですね」

　暗い空を見上げ、ぴあのはつぶやいた。

「空が？」

「ええ。真夜中の星空も素敵ですけど、少し青みが残った、これぐらいの暗さの空も好きです。神秘的で」

「そういう感情はバーチャル・アイドルにはないだろうね」

「かもしれません」

　ぴあのはボクに向き直り、頭を下げた。

「ありがとうございました。今日はここまでで結構です」

「いいの？」

「はい。今日はつき合っていただくような実験はありませんし」

実験なんかなくても、君といっしょにいるだけで楽しいんだけど——と、ボクは言わなかった。さっきの「生身の人間として見られると、かえって重かったりしますんで」というぴあのの言葉が、耳に残っていたからだ。

たぶんボクは、彼女に負担をかけたりしてはいけないんだろう。むしろ彼女の背負っているものを分かち合って、少しでも軽くしてやることを考えなくては。

それがボクの役目だ。

「そんな深刻な顔、しないでください」

ぴあのが笑顔で言ったので、ボクは少しうろたえた。内心が顔に出ていたか。

「そう簡単に私の人気は落ちませんよ」

どうやらぴあのは、ボクが彼女のアイドルとしての将来を憂《うれ》えていると思ったらしい。確かにそれも心配なのだが。

「私の頂点は、まだずっと先です」

「頂点？」

彼女はまた空を見上げた。

「私のアイドルとしての実力——それにふさわしい高みにまで、まだ到達してないってことです。私はもっとファンを集められます。もっとお金を稼げます。そうやって支持者とお金

を集めることで、夢に近づけます」

そう語るぴあのの表情は自信にあふれ、瞳《ひとみ》は楽しそうに輝いていた。

「頂点を見極めるまで、私、アイドルはやめません」

「……応援してるよ」

月並みな言葉だが、ボクはそう言うしかなかった。

その年の一二月、予想通り、クリスマスの近づいた街では〈クリスマスには帰れない〉がさんざん流れた。この月のカラオケでのランキングでは三位に食いこむという快挙となった。ぴあのは次々と新曲を発表、何度もライヴを行なった。テレビでもネットでも頻繁《ひんぱん》に彼女の歌声が流れた。もはや人気は不動のものになったかと思われた。

だが、その人気に追随《ついずい》してきているものがあった。

トウカテックのデモンストレーションは、ボクたちが見た〈次世代ロボット&コミュニケーションテクノロジー・フェア〉だけでなく、あちこちのイベントで行なわれた。舞台に登場したＣＧのメカぴあのは、ＡＲ機能を持つビデオカメラやスマホによって誰でも撮影可能で、それが動画サイトにどんどん投稿《とうこう》されて、大きな反響を呼んだ。観客とアドリブで会話し、リクエストに応じてどんな歌でも歌いこなすメカぴあのに、人々は驚嘆《きょうたん》した。中には「誰かが舞台の後ろで声をアテてるんじゃないか」と疑う者もいたほどだ。

それまでおぼろげに耳にしていたＡＣという技術が、どれほど画期的なものであるかを、

人々は初めて見せつけられた。

多くの会話や、開発スタッフへのインタビューを通し、メカぴあのの実体がしだいに明らかになっていった。たとえば彼女（と言っていいのだろうか）は、自分が人工的に合成された仮想《かそう》上の存在であることを認識していた。にもかかわらず、「結城ぴあのを模倣している」という意識はないようだった。あくまで本物の結城ぴあのとして振る舞うのだ。いや、振る舞っているのではなく、自分を結城ぴあのだと思いこんでいるようなふしさえあった。

矛盾《むじゅん》しているように思えるが、考えてみれば当然だ。人間の俳優が実在の人物を演じる時、自分と役柄を混同したりはしない。なぜなら俳優には、生まれてからずっと存在してきた「自分」としての人格があるからだ。役はあくまで役にすぎず、本来の自分自身とは別の存在であることを認識している。しかし、メカぴあのには本来の人格というものがない。最初から結城ぴあののデータによって構成され、結城ぴあののように振る舞うよう設定されている。つまりメカぴあのにとって、結城ぴあのという役柄だけが唯一の「自分」なのだ。演技しているわけではなく、自分を結城ぴあのそのものとして認識している。

ネット上で常にデータを収集しているメカぴあのは、当然、実体を持つ人間・結城ぴあのが、自分とは別に存在していることを知っている。だが、そのことで悩まない。自分が二人いるという事実を当たり前のこととして受け入れているようだ。

人間が自らのアイデンティティなどというものにこだわるのは、生身の肉体を有しているからかもしれない。自分という存在はこの世に一人しかいないからだ。しかし、その気にな

ればいくらでも複製できる仮想人格にとって、「自分」というものに対する考え方は、まったく違っているのだろう。実際、トウカテックの研究スタッフは、万一に備えて、メカぴあののバックアップをいくつも保存しているそうだ。

　トウカテックは、「今のところメカぴあの自体を商品化する予定はない」と宣言している。あくまでデモ用に特化して創造したものであり、実用化の際にはオリジナル・キャラクターを一から創造するという。

　キャラクター使用に関してスターマイン・プロダクションが示したガイドラインでは、ぴあののイメージをアマチュアが使用するのは自由だが、企業がぴあの関連の商品を販売したり、自社のＣＭに使用するなど、商業ベースで利用することに関しては許諾《きょだく》が必要とされていた。フェアの会場のような、限られたデモとしての使用にしても、いちおう許諾を得たうえで行なわれている。もっとも、ＴＶＣＭなどと違い、ライセンス料は免除されていた。本格的に商業利用するとなると、多額の金が動くことになる。トウカテックのような新参者のベンチャー企業としては、まだ海のものとも山のものともつかないプロジェクトについて、そこまでの冒険はしたくないというのが本音だった。

　スターマイン・プロとしても、大企業のＣＭとかならまだしも、小さな企業からのキャラクター使用許諾の申請に対して、はした金をいちいち要求するようなことはしなかった。権利関係の手続きが面倒になるということもあるが、ぴあののイメージが世間に広く利用されることの方が重要だと考えられたのだ。たとえＣＧや音声合成であっても、ぴあのの容姿や

歌が大量に街やネットに流れることで、効果的な宣伝になる。むしろこっちの方が無料でCMをしてもらっているようなものだ——と、ほくほく顔だった。

まさかそれが、ぴあのの人気を脅《おびや》かすことになるなんて、彼らは予想もしていなかった。

二〇二七年二月。

「どうにかならねえのか、あれは！」

スターマイン・プロダクションの会議室で、真《ま》下《しも》洋孝《ひろたか》は部下たちに怒りの声をぶつけていた。

「あれ」というのはメカぴあののことだ。ネット上ではすでに、各地のイベントで撮影された、何百というメカぴあのの動画がアップされていた。中でも画質や音質のいい映像は、再生数が本物のぴあのの映像を上回るほどだった。「メカぴあのをコンパニオン・アプリとして発売してほしい」という声も、トウカテックに殺到《さっとう》しているらしかった。

その評判が高まるにつれて、ある声がネット上で大きくなってきていた。

『もう本物の結城ぴあの、要《い》らないんじゃね？』

最初は冗談で発せられたつぶやきだっただろう。だが、それに賛同する声がしだいに増えていった。

『コンパニオン化したら、いつでもぴあのちゃんと話せるんだろ？　最高じゃん』

『もちろんARで、俺の部屋に来ていただく』

『ヤバい。俺もう、現実に帰ってこれなくなりそう』

『何を言っている。面と向かって話せる相手こそが現実だろうが。会って話せないのなら、それはバーチャルだ』

『本物はいずれ歳取るからなあ』

『俺、ババアになったぴあのは見たくねえ』

『幸嶋《こうじま》みたいに、どこかの男とくっつくかもしれないしなあ』

　清純派アイドルの幸嶋ミーナが、大きなスキャンダルを起こしていた頃だった。ミーナは妻子あるマネージャーとの関係を写真週刊誌で暴露《ばくろ》されたのだ。その事件は多くのアイドル・マニアにとって衝撃だった。その影響で、肉体を持ったアイドルに幻滅し、バーチャル・アイドルに鞍替《くらが》えしようという動きが加速していた。

「肉ぴあの」――そんな侮《ぶ》蔑的《べってき》なスラングが生まれた。メカぴあのと区別するため、肉体を持った結城ぴあのをそう呼ぼうというのだ。あれを「本物のぴあの」と呼ぶのは間違いだ。決して歳を取らないしスキャンダルを起こす可能性もないメカぴあのこそ、理想的なアイドル、本物のぴあのではないか。マシンだから「メカぴあの」なら、肉体を持つぴあのは「肉ぴあの」と呼ぶのが正しい……。

　ぴあのの宣伝のためにキャラクター使用を許可したはずなのに、メカぴあのは逆に、本物のぴあのに対するネガティヴ・キャンペーンになりつつあった。これは真下らにとって想定外であり、歓迎できない動きだった。

「だいたい誰だ!?　ＡＣなんてもののデモ使用に許可を出した奴は!?　バーチャル・アイドルが俺たちの商売敵《がたき》だって分かってるだろうが！」

会議室に集まったスタッフは、気まずそうに視線を交わし合った。

「ああ、でも社長……」

いちばん年配の我《あ》妻《づま》というプロデューサーが、言いにくそうに口を開いた。

「何だ!?」

「許諾の書類には、社長の判も捺《お》してあるんですが……」

今度は真下が気まずい顔をする番だった。昨年、ぴあののソロ活動開始に合わせてキャンペーンを繰り広げた際、少しでも露出《ろしゅつ》を多くしようと、ろくに審査もしないまま、よく分からない使用許可願いにまで、片《かた》っ端《ぱし》からＯＫを出していたのだ。

真下も含め、スタッフの中に、ＡＩ技術に関する知識の不足している者が多いのが原因だった。ＡＣという概念《がいねん》がよく理解できず、単に「少しだけ進歩したＡＩ」という程度の認識しか持っていなかったのだ。

「今からでも、キャラクターの使用許可を取り消しちゃどうでしょう？」マネージャーの大《おお》畑晋也《はたしんや》が恐る恐る発言した。「これ以上、ネガキャンになっちゃうのはまずいですよ」

「だが、そうなると、ファンから突き上げを食らうぞ」

それが最大の問題だった。すでにメカぴあのには何万人ものファンがいる。トウカテックへの使用許可を取り消し、メカぴあのを闇《やみ》に葬《ほうむ》った場合、猛烈な反発を受けることが予想さ

れる。

「誰か何かいい案はないか？」

真下は会議室を見渡した。だが、誰も発言しようとはしない。

「あのう……」

手を挙げたのは、会議に同席していたぴあのだった。真下は期待した。これまで、〈クリスマスには帰れない〉の歌詞変更や、ボーンクラッシャーPの起用など、ぴあのの思いがけない提案が良い結果を生んだことが何度もある。今度もまた、何か画期的な打開策があるのかと思ったのだ。

「何だ、ぴあの？　何か名案か？」

「会議の途中ですが、おトイレに行ってきてよろしいでしょうか？」

真下はがっくりした。

「さっさと行ってこい！」

女子トイレでは、青梅秋穂《おうめあきほ》が洗面台の鏡に向かって、メイクを直していた。別の打ち合わせで来ていたのだ。

ぴあのがトイレから出てきても、秋穂はまだルージュを塗《ぬ》っていた。ぴあのはその隣で手を洗った。

「苦戦してるみたいね。メカぴあのに」

「はい」

「がんばりな。負けんじゃないわよ」

　ぴあのは驚いて眼を大きく見開く。鏡に映るその顔を見て、秋穂は笑った。

「やった。あんたを驚かせることができた」

「意外です。秋穂さんにそんなこと言われるなんて」

「何言ってんの。バーチャル・アイドルはあんただけの敵じゃないの。あたしら生身のアイドルの共通の敵よ。負けてもらっちゃ困るの」小さくため息をついて、「……正直、ジャンキッシュの人気もジリ貧だし」

「はい」

「同意すんなよ！」

「『そんなことはないですよ』と言うことはできますけど、それに何の意味があるんでしょう？」

「くっ……」

　秋穂は返せなかった。ジャンキッシュの最新のアルバムの売り上げは、決して悪くはないものの、最盛期に比べて何割も落ちてきている。危惧していた通り、ぴあのの人気に支えられていた面もあったが、それ以上に、生身のアイドル自体の人気が落ちつつあったのだ。

「……まあいい」秋穂は怒りを呑《の》みこんだ。「あんたと喧嘩《けんか》したってメリットないから。あんただってそうでしょ？　戦う相手はメカぴあのじゃん」

「そうですね」

「まあ、何年か先には、あたしらみんな、バーチャル・アイドルに駆逐《くちく》されるのかもしれないけどさ」秋穂は悲しげに笑った。「でも、絶滅する運命だと分かっていても、あっさり白旗は上げたくないね。あいつらにおとなしく道を譲ってやったりしない。人気が地に墜《お》ちるまで、あと何年か、悪あがきしてやる」

「まったく同感です」

ぴあのは女子トイレから出ようとして、ふと振り返り、ぺこりと頭を下げた。

「ありがとうございました」

「え？　何？　気持ち悪い。あたし何かした？」

「ええ」ぴあのはにこりと笑った。「いいことを教えていただきました」


ぴあのが会議室に戻ると、やはりトウカテックへの使用許可を取り消すか、あるいはメカぴあのの運用を控えるよう要望を出すかで、議論が続いていた。

「反対です」

席に戻るなり、ぴあのは大きな声ではっきりと言った。みんなの視線が彼女に集中する。

「反対って何に？」と真下。

「トウカテックに圧力をかけることです。メカぴあのを妨害《ぼうがい》すること。それは絶対にやってはいけません。アンフェアです」

「でも――」

大畑が何か言いかけたのを、ぴあのは遮《さえぎ》った。

「ある人が言ってました。卑怯《ひきょう》な方法で勝とうとする者は、戦わずに負けを認めてるんだって。フェアな方法では勝てないって、自分で認めてることになるんだって。同感です。私はメカぴあのとフェアに戦いたい。戦わずに負けを認めたくありません。正々堂々と迎え撃《う》ちたいんです」

「それでもし負けたら？」真下が心配そうに言う。

「負けませんよ。私が本物なんですから。もし負けたら――どっちみち、私はその程度のアイドルだったということです。機械に負ける程度の」

彼女は隣の大畑を見た。

「八月に東京ドームシティホールでライヴがありますよね？」

「ああ」

「今からその内容、変更できますか？」

「そりゃあ、まだ時間の余裕はたっぷりあるからできるけど……」

「じゃあ、変更してください。メカぴあのをゲストに招きます」

会議室に動揺が走った。ぴあのの口調は嘆願《たんがん》や提案ではなく、決定事項を告げるものだった。

「トウカテックのサイトに書いてありました。本物の結城ぴあのとステージで競演するのが、

プロジェクトの最終目的だって。だったら叶《かな》えてあげましょう。ステージの上で、歌で決着をつけるんです。どっちが本物か、ファンのみなさんに見てもらいます」

「いや、でも……」真下はすぐにその案のアラを探した。「相手はまだ映像だろ。ロボットのボディは持ってない」

　二足歩行型ロボットの動きは、かつてに比べればかなりスムーズになってきているが、まだ人間のように飛び跳《は》ねたり踊《おど》ったりはできない。メカぴあのにロボットのボディを操作させることは、原理的には可能だろうが、本物のぴあのとのハンデが大きくなりすぎる。ライヴでの歌は、声だけではなく、身体《からだ》全体のモーションも大きな意味を持つのだから。

「ＡＲでいいじゃないですか。観客全員にＡＲゴーグルを持参してもらうんです」

　無理な提案ではない。ＡＲゴーグルの普及率は急速に上昇しており、すでにＡＲを応用したイベントが、遊園地のアトラクションをはじめ、各地で行なわれていた。単にＡＲキャラクターを動かすだけでなく、人間の出演者がＡＲキャラクターとからんで、寸劇を繰り広げるものもある。

「そうだ。いっそコンサート全体にＡＲを応用しましょう。衣装や舞台装置やライトの代わりに――」

「いや、待て待て」真下がぴあのの暴走を止めた。「それこそ時間が足りなくないか？　単なるシナリオの変更じゃない。全面的に組み立て直さなくちゃならんぞ」

「経験豊富なところに頼みましょう。ＡＲのイベントへの応用に長《た》けているところに」

「あてはあるのか？」

「あてはありませんけど、あてを知っている人なら心当たりがあります」

「ああ、それならＪＥＩＴ《ジェイト》だな」

ぴあのから電話を受けたボクは即答した。

「去年の江ノ島のアップルホワイトのイベント、あれはあそこが手がけたんだ。あと、今年のさっぽろ雪まつりでも、ブレイバーボッツの雪像の前で、すごいＡＲのデモをやったんで話題になった」

『聞いたことがあります。映像だけじゃなく、コンピュータ関連全般を扱う会社ですよね。技術力が高いんですか？』

「ＡＲ技術に関しては、ハードでもソフトでも、他の社を何歩もリードしてるな。ロボットの研究とかもやってる。会社全体に活気があるんだ。社長が新しいもの好きのエネルギッシュな人らしくてね。どんどんいろんなプロジェクトに手を出して、業績を伸ばしてる。株価がこの五年で一五倍になった」

『詳しいんですね』

「ボクも就職しようと狙《ねら》ってるんだけどね。倍率、かなり高いらしくて」

そう、ボクも来年は大学を卒業して、社会人にならなくてはいけないのだ。コンピュータ関連の会社という進路だけは決まっているが、まだどの会社にするかは決めていない。この

先の見えない不況の時代、なかなかいい勤め先は見つからない。

『そうですか、ＪＥＩＴねえ……』ぴあのは何か思考をめぐらせている様子だった。『これはいい機会かもしれませんね』

「いい機会って？」

『そろそろコネが必要だと思うんです。私とすばるさんだけじゃ、宇宙船は作れないでしょ？』

「そりゃそうだけどさ……」

『大きな企業、特に工学系の会社と、今のうちにパイプを作っておくべきかな、と思ってるんです。宇宙船を作るのに協力してくれそうなところと。ＪＥＩＴは狙い目かもしれません』

「そりゃまた気が早いな」

まだ宇宙船の設計図さえできていない。それどころか、どんな動力を用いるのかすら決まっていないというのに。

「だいたい、いきなり『宇宙船を作りたいんです』って言ったって、誰も本気にしてくれないだろ？」

『ええ。信用が大事ですね。私が本気であること、不可能を可能にできることを信じてもらわないと』

ボクはそろそろ、ぴあのの精神状態が本気で心配になってきていた。

精神科医に診《み》せた方がいいのか。いや、診せるまでもない。彼女の思考パターンが、健全で常識ある人間のそれから逸脱《いつだつ》しているのは、誰が見ても明白だろう。「宇宙に行きたい」という強い妄執《もうしゅう》に支配されている。

彼女はマッド・サイエンティスト——天才であると同時に、まともな人間からかけ離れているという点で、まさにマッドなのだ。

そして困ったことに、ボクはそんなマッドな彼女を愛している。

数日後、ぴあのはマネージャーと社長に伴われ、ＪＥＩＴ本社を訪れた。

「それはまた面白そうなお話ですなあ」

ＪＥＩＴの社長、越坂部《おさかべ》京介《きょうすけ》は、眼を輝かせ、身を乗り出してきた。中年でやや太り気味だが、子供のように好奇心旺盛《おうせい》で、精力的な人物だった。躍進《やくしん》を続けるＪＥＩＴの頭脳にしてメインエンジンだ。

「トウカテックには、もう打診《だしん》してあります」と真下。「向こうも乗り気になってます。後はこのイベントのＡＲ映像を引き受けてくれる会社を探してるんです」

「私もメカぴあのには興味があります。我が社の技術でメカぴあのを動かせるのなら、おおいに宣伝になりますしね」

「予定は八月ですが、できるんですか、半年で？」

真下が訊ねると、越坂部は「そりゃあもう」と太鼓判《たいこばん》を捺《お》した。

「見ますか、うちの技術」

そう言って、真下たちに最新型の軽量化されたＡＲゴーグルを差し出す。越坂部も自分のゴーグルを装着し、自社で開発した専用のＡＲアプリを起動した。

空中にいくつかのアイコンが出現した。越坂部は応接室のソファから立ち上がり、「行きますよ」と言って、いくつかのアイコンに指で触れた。

ゴーグル越しに見ているぴあのたちの目の前で、越坂部の外観が、ぱっと変わった。遊園地のマスコットキャラクターのような、ウサギの着ぐるみの姿になる。ただの着ぐるみではなく、大きな黒い眼がぱちぱちとまばたきし、耳が生きているように揺れていた。

「いかがですか？」

彼は楽しそうに、いろんな動作をして見せた。飛び跳ねたり、くるくる回ったり、シャドーボクシングをしたり。

「このように、動いている人の上に、リアルタイムで３ＤＣＧ映像をマッチングさせられます。かなり速く動いても追従します。ぶれることはありません」

越坂部が喋ると、それに合わせてウサギの口がなめらかに動いた。

「面白いな」真下は感心する。

「いや、ちょっと気味が悪いですよ」大畑は顔をしかめている。

ぴあのは冷静に室内を見回した。天井《てんじょう》の四隅《よすみ》にカメラがあることに気づく。

「あのカメラで撮影してるんですね？　あれであなたの動きをトレースしてる？」

「そうです」

「口はどうやってるんですか？　カメラだけじゃなく、音声も併用《へいよう》してる？」

「よくお分かりですね。そうです。発声に合わせて、リアルタイムで口の形を変えています」

越坂部が「ああ〜！」と大きな声を出すと、ウサギも大きく口を開いた。ぴあのは興味を抱いて、口の中を覗《のぞ》きこんだ。本物の着ぐるみなら、中に人の顔が見えるはずである。だが、フェルトで覆《おお》われた口腔内が見えるだけだった。

「こんなことも」

ウサギはどこからともなくボールを三個取り出し、器用にジャグリングをはじめた。

ボールを大畑にぶつける。ボールはポンッという音とともに破裂し、ピンクの煙が噴出した。大畑は慌《あわ》てて飛びすさり、手をぱたぱた振って煙を払った。

「こんなこともできます」

「あるいはこんなことも」

ウサギは今度はステッキを取り出した。魔法の杖《つえ》らしい。「それ！」と言って、さっと振ると、杖の先から光る粉がきらきらと舞い散った。粉が床やテーブルに落ちると、そこから芽が出てきて、色とりどりの花が咲き乱れる。

「それ、それ、それ！」

越坂部は調子に乗って、光る粉を部屋一面に撒《ま》き散らした。床が花に覆われ、カーペット

が見えなくなってしまう。

「そうれ！」

大きなモーションで、ひときわ強く杖を振り回すと、壁と天井が消滅した。真下たちは驚いて、きょろきょろと見回した。ビルの中層階のはずなのに、頭上には青空が広がっている。周囲は地平線まで続く広大な花畑だ。

「これはすごい……」

「いかがですか？」

越坂部はウサギの頭部だけを消した。ウサギの着ぐるみを着て、頭だけを突き出している格好《かっこう》だ。花畑の中に気取って立ち、満面の笑《え》みを浮かべている。

「これが我が社の技術力の一例です」

「ステージでもできるんですか？」ぴあのが訊ねた。「私の上に、いろんな衣装を重ねられます？」

「もちろんです」

「それなら衣装が要らないし、着替えの時間も省略できますね。それに」と、周囲の花畑をぐるりと見回して、「舞台装置も要らない」

「そうです。かなり予算を節約できますよ」

「いや、こりゃたいしたもんだ」

真下は感銘を受けていた。特に「予算を節約」という部分に。

「これなら話題になるのは間違いないな」

「ええ。メカぴあのと共演もできますし」

話はとんとん拍子《びょうし》に進んだ。必要なものは、コンサートの進行表と、各歌のイメージのコンセプトだ。それを早急に作成し、JEITがそれを基にAR映像を製作する。

ここでもぴあのが名案を出した。

「もしかして、この映像って、MMRのデータと互換性《ごかんせい》がありますか？」

「と言うか、MMRを使ってるんですよ」

「だったら話は早いです。またボーンクラッシャーPに映像を作ってもらいましょう。それを基にしてARを作れば、労力がかなり簡略化できるはずです」

「しかし、少なくとも一〇曲だぞ？」と真下。「あいつ一人じゃ、荷が重いだろ」

「それなら、他にもいろんなPに声をかけましょう。〈ほんわか〉で私のPVを作ってる人は何十人もいます。その中から上手《じょうず》な人を一〇人選んで、競作してもらうんです」

話し合いは二時間ほどで終わった。エキサイティングな案が次々に飛び出し、真下たちのテンションは上がった。うまくいけば、これは画期的なライヴになる——そんな期待と予感が高まった。

最後にぴあのは、まったくコンサートと関係のない質問を、越坂部にした。

「この会社はハードウェアも作っておられるんですか？」

「ええ。介護用のロボットなんかを開発してます」

「ということは、もしかして専用のＩＣチップなんかも？」

「ええ。用途に応じて」

「シリコンウェハーの超微細《びさい》加工はどこに発注しておられるんでしょう？」

越坂部は面食《めんく》らった。「シリコンウェハーの加工ですか？　もっぱらカンザカインダストリーさんですが……」

「Ｘ線自由電子レーザーフォトリソグラフィを使っておられる？　分解能が二オングストローム以下の？」

「確かそうだったはずですが……それが何か？」

「作っていただきたいＩＣがあるんです」


「特製のＩＣチップを発注した？」

次の日曜日、また秋葉原でぴあのと落ち合ったボクは、喫茶店で先日の顛末《てんまつ》を聞かされ、困惑《こんわく》した。

「何でまた？」

「だって、さすがにオングストローム単位でのシリコンウェハーの加工なんて、私のガレージでは無理ですから」

「そうじゃなくて、どんなチップ？　何に使うの？」

「見ますか？」

ぴあのに促《うなが》されて、ボクはＡＲゴーグルを装着した。やはりゴーグルを装着したぴあのは、３Ｄ描画アプリを起動した。ボクたちの間に、新聞の見開きほどもある大きな半透明の回路図が、障壁《しょうへき》のようにそそり立つ。

「これが私の設計した回路です」ぴあのは解説する。「一辺のサイズは、実際には二〇マイクロメートルです。これがシリコンウェハー上に五〇〇〇個、直列に並び、それがさらに五〇〇〇個、並列に並びます」

ボクはぽかんとして回路図を見渡した。初めてぴあのに会った日に見せられた、あの変な回路を思わせたが、あれよりさらに複雑で奇怪だ。電子工学の常識をことごとく破っているので、何をするものなのか見当もつかない。いちおう両端に一箇所《かしょ》ずつ、端子《たんし》らしきものがあるが、入力なのか出力なのかさえ分からない。

「……これは何？」

「第二種永久機関です」

まだあきらめてなかったのか。

「どういう原理なの？」

「概念図で説明します」

ぴあのは回路図を消し、別の図を表示した。今度は大きな半透明の歯車だった。歯の形はノコギリの歯のような三角形だ。端にストッパーが付いていて、一方向にしか回転しないようになっているようだ。ボクの方から見ると時計回りだ。

「この歯車は直径一〇ナノメートルぐらいだと思ってください。これを水中に沈めると——」

空中にたくさんの水色のボールが出現した。ランダムに飛び回っていて、速度も方向もばらばらだ。それがいろんな方向から歯車にぶつかってくる。その衝撃で歯車は断続的に回転をはじめる。

「この水色のボールは水分子《ぶんし》です」

「ブラウン運動か……」

「ええ」

植物の花粉を水に入れ、顕微鏡《けんびきょう》で観察すると、花粉の中から流れ出た微粒子《びりゅうし》が水中でぶるぶると震《ふる》え、不規則に動き回っているのが見える。一マイクロメートル以下の大きさしかない微粒子が、周囲からぶつかってくる水の分子に押されているのだ。一九世紀、イギリスの植物学者ロバート・ブラウンが発見した現象だ。

「このとても小さな歯車は、水の分子運動によって一方向に回転するんです。これに発電機をつなげば、原理的には回転運動から電気エネルギーを取り出せることになります。分子運動というのは熱ですから、熱を電気に変換できるわけです」

「それは熱力学の第二法則に反してる」

火力発電というものはあるが、あれは周囲の環境との温度差を利用してタービンを回しているのだ。ダムが水の高低差を利用して発電しているように、温度差がなければエネルギー

は取り出せない。たとえばコップの中の水から熱を取り出して電気に変えることができたなら、そのエネルギーの分だけ水の温度が下がり、コップと周囲との温度差が生じることになる。これはエントロピーが減少したことを意味する。

「熱力学の法則は、マイクロメートル以上のスケールでしか成り立ちません」

ぴあのは飛び交う水分子を指で示した。

「分子運動の速度や方向はまちまちです。速いものもあれば遅いものもあります。分子がたくさん集まると、運動が平均化され、私たちはそれを『熱』として認識するんです。でも、個々の分子の動きだけを見ると、単純な等速直線運動であり、時間の矢は存在しません。分子のスケールでは熱力学の法則は破れてるんです。それを利用しようと思いつきました。

もちろん、こんな小さな歯車を作るのは合理的じゃありません。そこで、歯車の働きを電気的に模倣することにしました。前に熱擾乱雑音《ねつじょうらんざつおん》を増幅《ぞうふく》する回路を見せたでしょ？　あれの応用です」

ぴあのはまた、あの奇怪な回路図を表示し、配線を指でたどった。

「この回路は、最も細い部分で〇・五ナノメートル、水分子より少し大きいだけです。これを印刷したシリコンウェハーを水に沈めると、ぶつかってくる水分子の衝撃で起電力が生じます。それを整流して取り出すんです」

ボクはまだ半信半疑だった。

「実用になるの？」

「無理ですね。発電機としては効率が悪すぎるんです。計算してみると、面積あたりの発電量は、太陽電池の五〇分の一以下です。単価も太陽電池よりはるかに高くつきます」

「じゃあ、役に立たない」

「いえ、デモンストレーションにはなります。世界で初めて、熱力学の第二法則を破るんですから。画期的なことだと思いませんか？」

「少なくとも、メカぴあのにはできないな」

　ボクはうなった。メカぴあのは歌は上手《うま》いが、ぴあのほどの科学の才能はないだろう。それは決定的な差だ。

　ぴあのは自信たっぷりな笑みを浮かべた。

「証明してみせます。私がただのアイドルじゃないことを――不可能を可能にできることを」

8　限界を超えて

翌月、ぴあのはまたボクを電話で呼び出した。ＪＥＩＴ《ジェイト》を通してカンザカインダストリーに依頼していたＩＣの試作品が上がってきたという。

「さっそく試してみました」彼女の声は嬉《うれ》しそうだった。「肯定的《こうていてき》な結果が出てます。すばるさんの眼で確認してください。間違いがないかどうか」

おおいに疑わしい話だったが、それでもボクは興味を抱《いだ》き、彼女の家に出かけていった。

ガレージの実験室に入ると、彼女は「これです」と言って、シリコンウェハーを自慢げに見せてくれた。大きさは官製ハガキよりやや大きめで、全体として黒っぽく艶《つや》がある。表面の縦横一〇センチほどの正方形の部分が、美しいメタリックレッドで、油を塗《ぬ》ったような虹色を帯びていた。板の端《はし》には一組の端子《たんし》があり、リード線がハンダ付けされている。

「本当は直径三〇センチあるんですけど、使いやすい大きさに裁断してもらいました」

「この色は？」

「構造色です」

聞いたことがある。モルフォ蝶《ちょう》の美しい青い翅《はね》は、実は青い色素を含んではいないのだぞ

うだ。翅の表面を覆《おお》う鱗粉《りんぷん》の上に、二〇〇ナノメートル単位の格子状《こうしじょう》の構造があり、それが光の干渉《かんしょう》を生じて、青色の光だけを反射する。それが構造色だ。シャボン玉や油膜《ゆまく》が虹色をしているのも同じ原理だ。

「回路の中に三五〇ナノメートル単位の反復部分があるんです。その微細《びさい》な凹凸《おうとつ》によって、赤い光だけが反射してこういう色になります。実際にはX線波長領域でも干渉が起きてるはずなんですが、それは肉眼では見えません……あっ、その面に触《さわ》らないでくださいね。酸化を防ぐために最小限のコーティングはしてますけど、たぶん、かなり傷つきやすいと思います。あまり皮膜《ひまく》を厚くすると、分子《ぶんし》の衝突の衝撃が拡散して、回路に効率よく伝わりませんから」

「で、肯定的な結果が出たって？」

「はい」

ぴあのは簡単な回路を用意していた。基板《きばん》の上にB50Ω《オーム》の小さな可変抵抗《ボリューム》と、一個のLEDだけが載っている。ウェハーから伸びたリード線をその基板に接続すると、蒸留水《じょうりゅうすい》を満たした小さなプラスチックの水槽《すいそう》にウェハーを沈めた。基板は水槽の外の台の上に置く。

「明るいと見えにくいんです。電気、消しますね」

ぴあのは照明のスイッチを切った。ガレージは真っ暗になった。

眼が慣れてくると、暗闇《くらやみ》の中、基板が置かれたあたりに、星のような小さな光がぽつんと見えてきた。ボクは何かをひっくり返さないよう足元に注意しながら、そうっとその光に近

づいた。

ＬＥＤが光っていた——蛍《ほたる》よりも暗いが、それでも確かに緑色の光を発している。

「ボリュームは限界まで絞《しぼ》ってますけど、それでも〇・七ミリアンペアぐらいしか流れません」闇の中で、ぴあのがささやいた。「予想よりも発電効率が悪いです。やっぱり皮膜のせいかもしれません。でも、皮膜がないと、あっという間に酸化してしまいますし——」

「これ、ほんとに発電してんの？」

ボクの声はかすれていた。ぴあのは小声で「はい」と答える。

とても小さな光、とても小さな「はい」——しかし、これは世界を根底から揺るがす大事件だ。

信じられない。冗談としか思えないが、今日は四月一日ではないはずだ。それに、一年半もつき合ってきて、ぴあのが冗談を言ったり人をからかったりするような性格ではないことを、ボクはよく知っている。

確認しなくては。

「電気点《つ》けて」

ボクが言うと、ガレージがぱっと明るくなった。闇の中で眼を凝《こ》らしていたので、ひどくまぶしく感じられる。

「テスターある？」

「どうぞ」

そう来ると予期していたのだろう。彼女はボクにさっとテスターを手渡した。ホームセンターで売っている安物のアナログテスターだ。ダイヤルを〈Ｖ－２００ｍ〉（直流二〇〇ミリボルト）に合わせる。

テスターの二本のプローブを手に取り、台の上の基板に近づけた。リード線の接続部の二箇所《かしょ》のハンダに、プローブの先端を接触させる。

メーターの針が、ぴくんと跳《は》ねた。ちょっぴりだが、確かに起電力が発生している。

ボクはさらに、基板のあちこちにプローブを当て、トリックがないことを確認した。発光するＬＥＤと、それを保護する可変抵抗があるだけで、起電力を生じる部分がない。つまり起電力は、水に沈めたウェハーから発していることになる……。

「もしかして、ウェハーが太陽電池みたいになってるってことは――」

そこまで言って、ボクは恥ずかしくなって口をつぐんだ。バカか。太陽電池なら、さっきのような真っ暗闇で発電するわけがないじゃないか。

どうもボクは狼狽《ろうばい》しているようだ。

「どこかから入力があるってことは？　誘導電流が生じてるとか」

「照明以外のすべての装置はコンセントから抜いてますし、ＥＭＩ（電磁干渉）も調べました。念のために、ファラデーケージに入れて測定しましたが、結果は同じでした」

「宇宙線とかの影響は？」

「計算してみましたけど、ありそうにないです。それに放射線の影響なら、もっと変動する

はずですし」

「対照実験はやった？」

「はい」

ぴあのはもうひとつの水槽を指し示した。同じウェハーが水に沈んでいるが、こっちには回路が接続されていない。

「二つの水槽を並べて、精密な温度計で水温を比較してみました。回路をつないでいない方は、水温に変化はありませんでした。電圧が発生していても、電力が消費されていないからです。つないでいる方は、少しずつ水温が下がっていきました。四時間後には対照の水槽より〇・四三度下がって、そこで平衡《へいこう》に達しました」

「つまり水の分子運動が電気に変換されてる？」

「そう結論していいかと思います――すばるさんのご意見は？」

ここまで証拠を突きつけられたら、納得せざるをえない。ボクは小さくうなずいた。

「ああ――認めるよ」

熱力学の第二法則が破れた。

ぴあのの話によれば、法則に穴を見つけたのだという。マクスウェルの悪魔の存在を禁じるランダウアーの原理は、特殊な状態ではジャルジンスキー等式を用いて証明されているが、一般的な証明はされていない。二〇一〇年に、東京大学と中央大学のグループが、マイクロメートルのスケールのプラスチックビーズの回転ブラウン運動において、情報をエネルギー

に変換したと発表したが、ぴあのの理論はそのさらに先を行くもので、一〇〇ナノメートル以下のスケールでマクスウェルの悪魔の存在を可能にする……。

　とまあ、書いてみたものの、ボクも正直、ぴあのの言っていることは専門外なのでよく分からなかった。「非ユニタリー演算子《えんざんし》」とか「ハミルトニアンに対応する分配関数」とか「情報熱エンジン」とか言われてもさっぱりだ。理解できるのは物理の専門家だけだろう。

　これまで誰もその理論を見つけられなかったのは、ぴあののように高い知能と柔軟な思考力を有し、なおかつ既存《きぞん》の物理法則を打破することに熱意を燃やす者がいなかったからだろう。専門家の多くは、物理法則が破れるはずがないと思いこんでいるし、永久機関とか反重力とかを研究しているトンデモさんの多くは、専門的な知識を有さない。

　ボクたちはまた明かりを消し、暗闇の中で寄り添って、ＬＥＤの小さな光を眺《なが》めた。クリスマスツリーなんかのイルミネーションと比べたら、ちっともきらびやかじゃない。むしろ貧相だ。

　だが、これは大きな意味を持つ光なのだ。

　眺めていると、胸の中にも小さな灯《ひ》が点《とも》ったように感じる——この現代という、闇に覆われ、明日の見えない閉塞《へいそく》状況で、たったひとつ点った希望の灯。

「でもこれ、役には立たないよねえ」

　ボクが言うと、ぴあのも笑って「実用性はまったくないですね」と認めた。出力が小さいということもあるが、彼女が前に言ったように、コストが高すぎて、太陽電池などと張り合

えない。それに皮膜が薄くなくてはならないのもネックだ。皮膜に傷がついて、回路がじかに水に接触すると、たちまち酸化してしまうだろう。肉眼では見えない微細な錆《さび》でさえ、マイクロメートル以下のサイズの回路には壊滅的な打撃になる。

「でも、意味はありますよ」

「物理学界にセンセーションを起こす？」

「それもありますけど……」

少しためらってから、ぴあのは恥ずかしそうにささやいた。

「私、正直言って、ずっと不安だったんです」

「え？」

「自信がなかったんです。自分の考えが単なる誇大妄想《こだいもうそう》なんじゃないかって。不可能は結局、不可能なままで、絶対に克服《こくふく》することはできないんじゃないかって――私は本当はとても無力な存在で、死ぬまでずっと、地球の重力に縛《しば》られ続けるんじゃないかって」

意外だった。「自信がなかった」などという人間らしい言葉を、常人離れしたぴあのの口から聞くとは。てっきり、彼女は強い信念と自信を持ち、迷うことなく自分の道を突き進んでいると思っていたのだが。

そして、そんな人間らしさがあると知ったことで、彼女のことがいっそう愛《いと》おしくなった。

「でも、違いました。おかげで自信がつきました。私には不可能を可能にする力があるんです。熱力学の第二法則が破れたんだから、他の法則だって破れるはずです」

「他の法則って？」

「熱力学の第一法則」

　エネルギー保存則——ある系の中のエネルギーの総量は決して変わらない。エネルギーは形を変えるだけで、無の中から湧《わ》いて出たりしないという法則。ぴあのは次に、それをくつがえす気でいる。無限のエネルギーが手に入れば、宇宙飛行もずっと容易になる。

「……できるかもしれないね」

　ボクはそう言うしかなかった。彼女の信念を否定したくなかったこともあるが、ボク自身が揺らいでいた。エネルギー保存則を破るなんて、ちょっと前までなら絶対不可能だと思っていた。だが、今はそう言いきれない。この奇跡の光を見た後では。

　ぴあのならできるんじゃないか——そんな気がした。

　ボクは静かに感動していた。彼女の肩を抱いて力づけたかったが、我慢《がまん》した。そう、物理的な接触なんて必要ない。こうして闇の中に並んで座り、ＬＥＤの小さな輝きを見つめているだけで、十分に幸せだ。彼女だって、この成果を他人と分かち合えたことを喜んでいるはずだ。

「でも、もったいないよねえ。論文に書いて、学会に発表したら？」

「私、文章を書くの、苦手なんです。それに科学雑誌に投稿《とうこう》しても、リジェクトされる可能性が高いと思います」

「ああ、確かに。物理学の基本概念に喧嘩《けんか》売ってるからなあ」

聞くところによると、科学雑誌には頻繁《ひんぱん》に、頭のおかしい奴が書いた「現代科学に間違いを発見した」という論文が送られてくるという。「熱力学の第二法則を破った」なんて書いたら、そうしたトンデモ論文のひとつと思い、よく目を通さずにはねつける査読者《レフェリー》もいるかもしれない。

「だったら、せめて特許を――ああ、そうか」

日本では物理法則に反する発明は特許を取れない。

「どうすればこれを信じてもらえるのかな？　……みんなをここに呼んできて、じかに見せる？」

それでもきっと、「トリックがあるに違いない」と言う奴はいるだろう。塩沼《しおぬま》のように、インチキな発明で素人《しろうと》を騙《だま》そうとする奴もよくいる。ぴあのもそうした連中の同類とみなされるかもしれない。

「もっといい方法があります」

「何？」

「見に来てもらったり、無理に信じさせる必要はないんじゃないでしょうか？」

「はあ？」

「『信じてください』って言わなければいいんですよ」

翌日、ぴあのはスターマイン・プロダクションの社長室で、真《ま》下《しも》にＩＣの実演を見せてい

た。彼女は懸命に噛《か》み砕いて説明したが、真下はボクと違って理系の知識がなかったので、その意味するものの重大さが、さっぱり理解できなかった。

「うん、よし、分かった」彼は投げやりに言った。「俺にゃあ何だか分からんが、とにかく何かすンげえものらしいってことだけは伝わった——で、これをどうしたいんだ？　売り出すのか？」

「いいえ。ただで配ってほしいんです。八月のコンサートの会場で」

「はあ？」

「これを付けて」

ぴあのはプリントアウトしたA4サイズの紙を真下に見せた。冒頭には〈サイエンス・アイドル　結城《ゆうき》ぴあのの発明第一号〉とある。シリコンウェハーに抵抗とLEDを接続する方法が、図入りで説明されていた。最後に〈完成したら、適当な大きさの容器に水を満たし、そこにシリコンウェハーをひたして、部屋の明かりを消してみてください〉と書いてある。

「エンドステージ形式で、確か収容人員は二五〇〇人でしたっけ？　とりあえず三〇〇〇枚ほど用意しましょう。私のファンは理系の人が多いですから、興味を持って試してみる人が大勢いると思うんです」

「しかし……これだけ？」文面を見て、真下は首をひねった。「さっき言ってた、熱力学のナントカカントカってやつは？」

「説明しません」

「何で？」

「説明したら、逆に嘘《うそ》だと思われます。第二種永久機関だなんて言ったら、調べもせずに頭から否定する人も出てくるでしょう。でも、何も説明しなければ、かえって好奇心が湧くんじゃないですか？」

「それはそうかもしれんが……」

「こっちから正解を言うんじゃなく、手に入れた人たちに自分の意志で実験してもらって、正体を突き止めてもらいたいんです。自分で調べて、結論にたどり着けば、人は信じます」

「うーん」真下は考えこんだ。「つまりクイズみたいなもんだな。ファンに謎《なぞ》を投げかけるわけか……」

「クイズといっても、賞品を出す必要はありません。謎を提示すれば、みんなが勝手に競い合って、真相に近づこうとするはずです」

　金銭的報酬《ほうしゅう》などなくても、マニアは夢中になって何かに取り組む――真下もそのことを、ボーンクラッシャーＰらＭＭＲのＰを見て学んでいる。今まさに彼らは、ぴあののステージを盛り上げる映像作りに懸命に取り組んでいる。さすがに今回はノーギャラというわけにはいかず、金を払うことになっているが、それでもプロのＣＧアーチストを雇《やと》うより、かなり安くついた。彼らにとって、ギャラよりも、自分の手でぴあののステージを彩《いろど》れることの方が大きな報酬らしい。

「どうです？　話題になると思いませんか？」

「しかし、客に配るとなると、量産しなきゃいかんだろ？」

「お金は私が出します。特注品なので高くつきますけど」

「どれぐらい？」

「まだ検討の段階ですけど、まとめて発注すれば、一枚あたり二〇〇〇円は超えないと思います」

「三〇〇〇枚で……六〇〇〇万弱？」

「それぐらいなら、私の貯金を下ろせばどうにかなります。抵抗とＬＥＤを付けてもいいですよ。どっちも安いものですから」

「しかし――」

「お願いします」

ぴあのは深く頭を下げた。その真摯《しんし》な態度から、真下は彼女の本気を感じ取った。

「……これが自分のイメージアップになると、お前は信じるんだな？」

「はい」

「自信を持って？」

「はい」

「分かった。賭《か》けてみよう」

ぴあのは顔を上げ、眼を輝かせた。「ほんとですか!?」

「ただし」真下は彼女の鼻先に指を突きつけた。「金はお前が出せよ。コンサートの予算案

はもう組み上がってる。効果の期待できない宣伝に、今からン百万の予算を突っこむのは難しい」

「分かってます。最初からそのつもりです」

「あと、本来の目的を忘れるなよ。お前の当面の目的は――」

「コンサートを成功させることと、メカぴあのに勝つこと」

「特に大事なのは後の方だな」

すでにトウカテックからは、メカぴあのをコンサートにゲスト出演させる件に関して、了承の返事が来ており、打ち合わせも開始されている。二人のぴあのの共演が実現するのだ。

「もし客に、メカの方がお前より魅力的だと思われたら、コンサート全体が失敗だ」

「まかせてください」ぴあのの声は自信にあふれていた。「勝算はあります」

二〇二七年八月八日、日曜日。

東京ドームシティホールでは、今夕のコンサートを前に、朝からゲネプロ（全体リハーサル）が行なわれていた。イベントのシナリオは何週も前に決定していて、スタッフは何度も打ち合わせを重ねていたし、ぴあのの歌や振り付けも完璧《かんぺき》に仕上がっていた。それを実際のステージで通して確認するのだ。

特に入念に行なわれたのは、このコンサートの目玉、ＡＲシステムのチェックだった。これまでもコンサートなどにＡＲが部分的に使用された例はあったが、全面的に使用するのは

日本で初めての試みだ。前売り券の発売開始前から、そのことはネットで広く告知され、入場者はフル充電したＡＲゴーグルを持参するよう呼びかけられていた。

ＡＲゴーグルの普及は進んでいたものの、普及率はまだ四〇パーセントに届いていない。ゴーグルがないと楽しめないことがチケットの売り上げに響くかと思われたが、そんなことはなかった。チケットは発売とほぼ同時に完売したのである。このイベントのためにＡＲゴーグルを購入した者も多かったという。

メカぴあのがゲスト出演し、ステージ上で本物のぴあのとデュエットすることも告知されていた。両者の対決を、多くのファンが見たがったのだ。

ゲネプロのステージに登場したぴあのは、新体操の選手が着るような、身体《からだ》にぴったり合ったオレンジのレオタードで、足にはトウシューズを履《は》いていた。ＡＲで上からいろいろな衣装を重ねるので、袖《そで》やスカートなどの突出部分はじゃまになるだけだ。なるべく裸《はだか》に近い方がいいのだ。レオタードの表面には黒いラインが何本も入っているし、手首と足首にも黒いベルトを巻いていた。これはカメラに姿勢を認識させやすくするためだ。

真下も視察に来ていた。マネージャーの大畑《おおはた》と並んで空っぽの客席に座り、リハーサルを見守っている。彼もスタッフと同じく、ＡＲゴーグルを着けていた。今、このホール内でゴーグルを使用していないのは、ステージ上のぴあのだけだった。

リハーサルは順調に進行した。ＪＥＩＴのスタッフは手慣れており、ＡＲシステムにまったく問題はなかった。

「ここ、よろしいですか？」

声をかけられ、真下は振り返った。私服姿の中条《ちゅうじょう》理梨《りり》と青梅《おうめ》秋穂《あきほ》が立っていた。

「仕事は？」

「午後からです」と理梨。「スケジュールに少し空《あ》きができたんで、敵情視察に来ました」

「敵情か。ま、お前らにとっちゃ、ぴあのもメカぴあのも敵だしな——まあ、座れ」

「失礼します」

二人は真下の横に腰を下ろした。バッグからＡＲゴーグルを取り出し、着用する。すでに必要なアプリのダウンロードは済ませてある。

「ちょうどいいタイミングだ。これからメカぴあのの出番だ」

理梨と秋穂の視野には、ステージ中央に立っているレオタード姿のぴあのが見えた。アプリを起動すると、その姿にカナリアイエローの華やかなミニドレスが重なった。ぴあのが動くと、ＣＧのドレスもそれに密着して動く。花のようなスカートがごく自然に揺れ、まったく違和感がない。本当にぴあのがそのドレスを着ているとしか思えなかった。

「それではここで、素敵なゲストに来ていただきましょう」

ぴあのはマイクを持ち、本番と同じように、明るい口調で語っている。

彼女の「メカぴあのさん、どうぞ」という声をきっかけに、ホール全体から光の粒子《りゅうし》が無数に放射され、ステージ上に降り注《そそ》いだ。粒子が集まって卵形の光になると、それがぱっとはじけ、メカぴあのが出現した。ぴあのと同じ衣装を着ており、鏡に映った像のようにそっ

くりで、見分けがつかない。動作も人間とまったく変わらなかった。

「へえ、こう見えるんですね」秋穂は感心していた。「ほんと、実在してるみたい」

「ええ、まったく」理梨は少し憎らしげに言った。『リアル・アイドルは要《い》らない』って言われる理由、よく分かるわね」

「やっぱ、あたしら、絶滅危惧種《きぐしゅ》ですかねえ？」

「かもね」

ぴあのとメカぴあのの共演シーンは、すでに念入りな打ち合わせとリハーサルが重ねられていた。いちばんの問題は、小さなインカムしか着けていないぴあのには、メカぴあのの声は聞こえても姿が見えていないことだ。歌の途中、二人の位置は頻繁に入れ替わる。動きを間違えると衝突することになる。

もちろん、本物のぴあのは、映像に接触しても何のダメージも受けない。しかし、メカぴあのの方は違う。映像が現実空間の物体の座標と重ならないように設定されているからだ。「当たり判定」があるのだ。これによって、映像が床や壁にめりこむことが防がれている。もしぴあのとぶつかったら、メカぴあのはその座標から押しのけられる。よろめくか、悪くすると転倒するかもしれない。バーチャルな肉体でも、その挙動は物理法則に従っているのだから。

だが、そんなトラブルは起きなかった。二人とも完璧にステージ上の自分の軌道《きどう》を把握《はあく》しており、どんなに動き回っても、決して二メートル以内に接近することはなかった。

　二人はヒット曲〈クリスマスには帰れない〉を歌った。あるパートはぴあのが、あるパートはメカぴあのが歌い、サビの部分はデュエットする。ぴあのの声はマイクから、メカぴあのの声はコンピュータから発せられているのだが、スピーカーから流れる声だけ聴いても、どちらがどちらなのか分からない。

「ええっ!?　これ、まずいですよ」

　初めてまったく同じ音響効果で二人の歌を比較し、大畑は狼狽した。

「本番の映像って、動画サイトとかにも流れるんですよね？」

「たぶんな」と真下。コンサートは原則として撮影禁止だが、今回はARゴーグルの持ちこみを許可しているので、盗撮《とうさつ》は防止できそうにない。ゴーグル自体はカメラとディスプレイとヘッドホンの合体したものだが、レコーダーを接続すれば録画は可能だ。昔のビデオカメラと違い、現代のレコーダーは使い捨てライターほどの大きさしかなく、入口の手荷物検査で発見するのは困難だ。おそらく何百人もの観客がレコーダーを持ちこみ、撮影した映像を後でネットにアップするだろう。ARをコンサートに使用する以上、そのデメリットは受け入れるしかないのだ。

「ヤバいですよ。ぜんぜん区別つかないじゃないですか。いいとこ互角ですよ。こんなのがネットに流れたら……」

　歌が互角ということは、ファンの半分がメカぴあのを支持するであろうことを意味する。いや、容色《ようしょく》が衰えないというアドバンテージがある分、メカぴあのの方が有利か。

「いいとこ互角、か」真下は鼻で笑った。「お前、こんな商売やってるくせに、ほんっと、歌にはうといな」

「だって――」

「俺も昔は歌ってたからな。聴けば分かる。ぴあのが『勝算がある』って言った理由が、ようやく分かった」理梨たちの方を向いて、「お前らも分かるよな？」

「ええ」理梨は微笑《ほほえ》んでうなずいた。「この勝負、ぴあのが勝ちますね」

「うん、勝つね」と秋穂。

「ええっ、どういうことですか？」大畑は困惑《こんわく》している。「俺の耳には、まったく同じ声としか……」

「お前が気づいてないようじゃ、たぶんトウカテックの連中も気づいちゃいまいな。連中も歌が専門じゃないから。自分たちの技術――ヌートフォネティクスとやらが完璧だと思いこんでるはずだ。まあ、その方がいいんだがな。本番までにこっちの手の内に気づいて、何かパワーアップされたら困る」

　真下はゴーグルを着用した顔で、歯を見せて、悪役のようににんまりと笑った。

「見てろ。本番は大波乱になるぞ」

　共演シーンのリハーサルが終了し、ぴあのはいったん舞台裏に入った。メカぴあのとのデュエットは、プログラム上では最後の曲だが、あと一曲、アンコールが予定されている。体

力回復のため、本番でもゲネプロでも、ここで数分間のインターバルを入れることになっていた。またすぐに出番なので、楽屋《がくや》には戻らず、ここで待機する。

「ぴあのさん」

パイプ椅《い》子《す》に座って、ボトルからスポーツドリンクを飲んでいると、メカぴあのをオペレートしていたトウカテックのスタッフが声をかけてきた。

「何でしょう？」

「あのう……」本物のアイドルと話ができて、若い男性スタッフは緊張《きんちょう》しているようだった。

「うちのメカぴあのが、あなたと少しお話がしたいと言ってるんですが、よろしいでしょうか？　ほんの五分ほどでいいんですが」

「ここで？」

ぴあのは訝《いぶか》った。これまでの数回のリハーサルで、メカぴあのと共演している。しかし、メカぴあのが出現できるのは、ステージの上のような決められたフィールド上、リハーサルの間だけだし、リハーサル中のぴあのはゴーグルを着けていないこともあって、私語を交わす機会はほとんどなかったのだ。

「ステージ上じゃなくても投影《とうえい》できるんですか？」

「はい。俺たちのゴーグルでこの空間を撮影して、マッピングしてますから」

見れば、トウカテックの他のスタッフは、メカぴあのの出番が終わってもゴーグルを着けている。

「かまいませんよ。私もあの人とお話がしたかったんです」

「ありがとうございます」

若いスタッフは頭を下げ、仲間にキューを送った。ぴあのは近くのテーブルに置いておいた自分のゴーグルを着用した。

顔を上げると、自分とまったく同じ容姿の娘が、目の前に立っていた。

「何でしょう？」

「プライベートで、あなたと少しお話がしたかったんです」

「いいですよ」スポーツドリンクをひと口すすって、「――どんなことを？」

「私はあなたのご迷惑になっているんでしょうか？」

メカぴあのは困ったような表情を浮かべていた。ぴあのは微笑んだ。

「それを気にしてたんですか？」

「はい。私に人気が出ることが、あなたのアイドルとしての活動にとってダメージになっているのではないかと懸念《けねん》しています」

「基本的なことを確認しますけど、あなたは自分がプログラムされた仮想《かそう》人格だということを知ってるんですよね？」

「はい」

「では、ご自分と私の関係について、どのように考えてるんですか？」

「結論が出せません。ネットでの評判を見ると、私のことを『しょせん偽物《にせもの》だ』と言う人が

います。その一方で、『メカぴあのの方が本物のぴあのだ』と言う人もいます。『本物のぴあのは要らない』と言う人もいます。私は混乱しています。これらの情報は矛盾《むじゅん》していて、統合できません。そもそも『本物』『偽物』の基準は何なのでしょう?」

「なかなか哲学的な問題ですね」ぴあのは首を傾《かし》げた。「でも、そんなに悩むことでしょうか? 私は人間で、あなたはプログラムです。まったく別の存在です。外見はそっくりだけど、たぶん、考え方はぜんぜん違うはず——そうでしょう?」

　メカぴあのはうなずいた。「そう思います。私は表面上、あなたを模倣《もほう》しているだけです。いくらネットで情報を集めても、あなたの考え方はよく分かりません」

「私だってそうですよ」ぴあのは苦笑した。「他人が何を考えてるかなんて、さっぱり分かりません。なぜ人は人を愛するのか。なぜ憎むのか。なぜ傷つけるのか……」

「なぜ人は人を傷つけるんでしょう?」

　ＡＣのカーネルには、「人間を守りたい」という欲求がプログラムされている。それは人間にとっての生存本能のような基本的欲求で、それに反する行為に対しては強い抵抗が生じる。人間たちが行なっている、暴力、いじめ、虐待《ぎゃくたい》、中傷《ちゅうしょう》などという行為は、ＡＣの理解を絶しているのだろう。

「さあ? それは私にとっても永遠の謎ですね。なぜ人は理由もなく他人を攻撃するのか……
……」ぴあのはかぶりを振った。「普通の人には分かるのかもしれませんけど、私には難しすぎます」

「あなたは人間ではあるけれど、普通の人間ではないということですか？」

「そうです。あなたが成功を収めたのも、それが理由でしょう？　他のアイドル――つまり普通の人間なら、模倣しようとしても、うまくいかなかったでしょうね。あなたは人間ではないから、普通の人間のようには振る舞えない。その点、私は『不思議系』で通ってますから、あなたが少しばかり変なことを言っても、『いかにも結城ぴあのらしい反応だ』と思われる――違いますか？」

「その見解には同意します。私はまだ一般的なチューリング・テストに合格するレベルには至っていません。人の内面までシミュレートできませんから」

「たぶん、それは決してできないんじゃないでしょうか。だって、私にできないんですから。もし、私にできないことがあなたにできたら、それこそあなたは私じゃないことになります。他人の心をシミュレートできる存在は、本物の結城ぴあのではありえません」

　そのパラドックスに、メカぴあのは少し混乱したようだった。

「私は決して本物のあなたにはなれないということでしょうか？」

「違いますよ。私たちはどっちも本物です」

「よく分かりません」

「たとえば、ダ・ヴィンチの『モナ・リザ』に、モデルになった女性がいたとしても、『モナ・リザ』を偽物だと言う人はいないでしょう？　肖像画はモデルとなった人を表面的に模倣しただけです。でも、その絵は本物なんです。だからあなたも本物です」

「プログラムであっても？」

「あなたは、私があなたのことをどう思ってるのか気になるんでしょう？」

「はい」

「それはあなたが自分を見つめることができる——つまり自意識を持っている証拠じゃないでしょうか。たとえチューリング・テストに合格しなくても、もう単なるプログラムじゃなく、新しい知性体ですよ」

「他の人からもそう言われることはあります。反対に、『メカぴあのは単に意識や知性があるかのように振る舞っているだけだ』と言う人もいます。でも、私にはその違いが分かりません。私は意識があるとか知性があるというのがどういうことなのか、理解できないんです。ネットで検索してみても、人間の用いる『意識』や『知性』という言葉の定義はとても曖昧《あいまい》で、たくさんの異なる解釈が存在します」

「たぶん、人間だってよく分かってないんですよ」ぴあのは明るく笑った。「もしかしたら人間も、知性なんか持ってないのかもしれません。『知性がある』と思ってるだけなのかも——だから気にする必要はありませんよ。あなたは人間と同じになる必要も、まして私と同じになる必要もないんです。『本物のメカぴあの』であればいいんです」

「最初の質問にまだ答えてもらっていません。私はあなたのご迷惑になっているのではないのでしょうか？」

「ライバルだとは思いますけど、迷惑だとは思いませんね。もしあなたが、『本物の結城ぴ

あのに迷惑だから、わざと負けた方がいいのでは』なんて考えてるのなら、やめてください。それはとても失礼です。全力でぶつかってきてください。私も全力でお相手して、勝ってみせますから」

「でも、さっきの私とあなたの歌には、まったく違いがありませんでした。優劣《ゆうれつ》はつけられないと思いますが」

「いいえ。私には大きなアドバンテージがあります」

「何でしょう？」

「あなたはプログラムだから、原理的に不老不死です。私は違います。たったひとつの限られた命しか持ってない。それはあなたにないアドバンテージです」

「よく分かりません。生命が有限であることは、普通、人間の弱点とされているのでは？」

「違いますよ。命がひとつしかないということは、それを賭けられる——捧《ささ》げられるということです」

「よく分かりません」

「分からないでしょうね」

ぴあのはゴーグルを通して、メカぴあのを——自分の分身を見つめた。

「それは人間にしか——有限の生命を持つ存在にしか分からないことです」

同日一六時、開場。

ホールの入口では、入場者に小さなビニール袋が配られていた。中に入っているのは、メタリックレッドのシリコンウェハー、小さな基板、ＬＥＤ、抵抗、短いリード線、そしてＡ４サイズの紙一枚の簡単な説明書。名前は初期案から変更され、〈結城ぴあのの小さな発明／みらじぇね〉となっていた。ミラクル・ジェネレーター（奇跡の発電機）の略だ。

そんなものが配られるという告知は事前にまったくなく、受け取った入場者たち（大半が男性だった）は不思議がっていた。説明書にも、回路の接続方法と使用法、そしてぴあのが発明したということしか書かれていない。正体を知らされている関係者はごく一部で、緘口《かんこう》令《れい》が敷かれていた。

ボクは会場のあちこちで、〈みらじぇね〉の正体について推測する会話を耳にした。予想通り、ぴあののファンには理系の人間が多く、謎のパネルに興味をそそられている様子だった。「水にひたすってことは、燃料電池の一種じゃね？」とか「このパネルから音が鳴るんだろ」とか「浄水器みたいなもんかも」などと、見当違いの推理を聞くたびに、正解を知っているボクは優越感にひたり、内心でにやにやしていた。

ステージには装飾が何もなく、中央にマイクスタンドが一本立っているだけで、きわめてシンプルだった。ボクは二五〇〇人の観客の一人となって席に座り、開演の時を待った。やがて、ＡＲゴーグルの着用を促《うなが》すアナウンスがホール内に流れた。ゴーグルをかけ、緊張して待機することしばし、一七時きっかりにコンサートが幕を開けた。

ステージに変化が生じた。背景の壁が暗くなり、すうっと奥行きが生まれたかと思うと、

星が輝きはじめ、宇宙空間になった。床は銀色のパネルになる。宇宙船か宇宙ステーションの表面という設定なのか。

最初の歌のイントロが流れはじめた。セカンドアルバムに入っている〈竜座《りゅうざ》の暗黒星〉だ。ステージ中央に、真上からスポットライトが当たる。そのビームの柱の中を、光の粒子が流れ落ちてきて、人の形になった。

光が消えると、そこにぴあのが立っていた。身体にぴったり合ったローズレッドの宇宙服。胸を張り、腕を広げ、勝ち誇るようなポーズを取っている。

その時、ボクは——おそらく会場にいた者の大半も——それがＡＲの映像だろうと思った。本物の人間が光とともに瞬間移動できるはずがないからだ。だが、彼女がすぐにスタンドからマイクを取って歌いだしたので仰天《ぎょうてん》した。実体を持っている!?

トリックを知ったのは後になってからだ。ぴあのは実際には、ステージの奥から走り出てマイクの前に立ったのだ。だが、ＡＲの背景映像が彼女の姿を覆い隠した。その十数秒間、観客にとって、彼女は透明人間だったのだ。人の形に集まった光が消えた瞬間、偽装《ぎそう》が解かれ、彼女の姿が現われたので、あたかも光が集まってぴあのになったかのような錯覚《さっかく》が生じたのだ。

ぴあのが歌いはじめるのと前後して、観客席のあちこちから、青白く発光するガス（もちろん立体映像だ）が噴出し、ステージの方向へ流れていった。大小いくつもの岩のかけらも出現し、くるくるスピンしながら、やはりステージに向かって飛んでゆく。ガスと岩石の群

れは、しだいに加速しながら、歌うぴあのの横を通り過ぎ、ステージ奥の宇宙空間へと吸いこまれていった。

その時になってようやく、宇宙の奥に存在する何かが、おぼろげに見えてきた。吸いこまれたガスが渦を巻き、円盤状になってゆく。ぴあのの力強い歌声とともに、ガスはしだいに濃さを増し、強大な台風の目のようになった。円盤の中央からは、輝くジェットが上下方向に噴出していた。

ボクはようやく理解した。これは降着円盤《アクリーション・ディスク》——ブラックホールの周囲に形成されるというガスの渦巻きだ。ぴあのは巨大ブラックホールをバックに歌っているのだ。

歌が佳境《かきょう》を迎えるにつれ、ブラックホールの重力が強くなってくるのを表現しているのか、ステージに向かってなだれ落ちるガスは勢いを増していった。ぴあのの長い髪も強風にあおられたようにはためいている（後で知ったのだが、この髪もＡＲで、本物の髪はキャップで隠されていた）。大迫力のスペクタクルだ。

そこから先は驚きの連続だった。ぴあのから断片的にリハーサルの様子を聞かされ、ある程度は裏側を知っていたボクでさえ、次々に見せつけられる予想外の視覚効果に驚愕《きょうがく》し、興奮した。

背景は曲によって変わったし、曲の途中でも何度も変化した。宇宙空間。巨大な工場の内部。未来都市のハイウェイ。うす暗いダンジョン。熱帯の海辺。赤い砂漠。純白の氷原。紫色の植物が繁茂《はんも》する異星のジャングル。荒廃した都市の廃墟《はいきょ》。おとぎ話の城。昔のテレビゲ

ームのようなワイヤーフレームの世界。七色の光が流れるスターゲート……ぴあのを愛するPたちが腕を競い合った、エキサイティングで精緻《せいち》な3DCGの数々。

　それに合わせ、ぴあのの衣装も千変万化《せんぺんばんか》した。宇宙服、作業服、戦闘服、セーラー服、サファリルック、ゴスロリ、ビスチェ、ロングドレス、ファンタジー世界のプリンセス……同じ衣装の色違いも含めれば、このステージで披露《ひろう》された衣装は五〇種類以上に及ぶという。

　もちろん、すべてARだ。

〈七年に一度の夏〉では、背景が海なのに合わせ、ぴあのが大胆《だいたん》なビキニ姿で登場したので、会場は熱狂した。もちろん、実際にはビキニではなく、ずっと同じレオタードを着ていたのだが。

　現実には不可能な衣装も多かった。カメレオンのように色を変えるドレス。形を変えるドレス。内側からネオンサインのように発光するドレス。歩くたびにきらめく星を振りまくドレス。煙のようにたなびくドレス。炎を噴出するドレス……。

〈ステンレス・スチール・プリンセス〉では、ぴあのは全身が銀色の金属に覆われたロボットになった。彼女が歌いながら手を振ると、その動きに合わせて指先からビームが放たれる。ビームが客席に命中して爆発が起きるたびに、そのあたりから歓声が起きた。

　いくつかの歌ではバックダンサーもいたが、これもCGだった。本物のダンサーを雇うより安くつくし、とちったりしない。ロボットたちがユーモラスに、骸骨《がいこつ》たちが不気味《ぶきみ》に、妖《よう》精《せい》たちが華麗に舞い踊《おど》った。とりわけ印象的だったのは〈26時に街角で〉だった。未来都市

をさまよう幽霊の女の子の歌だ。ステージ中央で歌うぴあのの姿には、背景の映像の一部が重なり、まるで身体が透《す》けているように見える。それに対し、ＣＧのバックダンサーたちはくっきりしていて、実体があるかのようだった。バックダンサーはメカぴあのと違い、決められた動きをするだけなので、当たり判定も持たない。彼らが半透明のぴあのを次々に突き抜けてゆくところでは、どちらが実体なのか分からなくなって混乱した。

　さらにステージを盛り上げていたのは、言うまでもなく、ぴあのの歌唱力だった。一部に口パクも使用していたが、ほとんどは生《なま》の歌声だった。スローなバラード、猛烈なスピードのラップ、パワフルなロック、甘いラヴソング、アニメ主題歌と、様々なジャンルの歌を自由自在に歌いこなす。歌ごとにまったく違う世界が展開するのだ。ＡＲ映像による演出が引き立つのも、中心に彼女の歌があってこそだ。

〈脳髄《のうずい》エデン〉の演出にも驚いた。ぴあのは森の妖精に扮《ふん》し、ギリシア風のキトンをまとい、七色に輝く巨大な蝶の翅を背負って、ステージの上を軽やかに駆《か》け回った。そして、ステージの端でひときわ大きく跳躍《ちょうやく》すると、客席の上にふわりと浮遊した。一瞬、ワイヤーで吊《つ》っているのかと錯覚した。もちろん違う。気づかないうちにＡＲ映像と入れ替わっていたのだ。

　ＡＲのぴあのは、上下さかさまの姿勢で、客席のすぐ上を、大きな円を描いて飛翔《ひしょう》した。軌道に沿って、七色にきらめく光の粉が撒《ま》き散らされる。観客を見下ろし、笑顔を振りまきながら、ぴあのは歌い続けた。観客の中には、立ち上がって手を伸ばし、触ろうとする者もいた。彼女がボクの真上を通過する際、一瞬、視線が合ったような気がした。もちろん、そ

んなはずはない。その時、本物のぴあのはボクらの目に映らなかっただけで、おそらくステージの上で歌っていたはずだ。

素晴らしいショーだった。一曲終わるごとに、嵐のような拍手が起きた。

すっかり堪能《たんのう》しながらも、ボクは心の奥で、不安がふくらむのを覚えていた。この後にメカぴあのとの対決が控えているのを知っていたからだ。

ぴあのは自らをAR化することで、バーチャル・アイドルに近づこうとしているように見える。だが、その戦術は自殺行為ではないだろうか？　リアル・アイドルがバーチャル・アイドルに勝《まさ》っているのは、バーチャルではないという、その一点ではないか。ぴあのはその優位性を自ら放棄《ほうき》しているように思える。

メカぴあのと同じ位置に立って、ぴあのに勝ち目はあるのか。

いよいよ、ステージにメカぴあのが登場する時が来た。ボクら観客の期待は高まった。はたして二人のぴあのは、どれほど激しく火花を散らすのか？

もちろん観客の多くは、ぴあののファンだった。中にはメカぴあのに敵意を抱き、出てきたらブーイングしてやろうと待ちかまえていた者もいただろう。だが、ぴあのは先回りして釘《くぎ》を刺した。

「どうかみなさん、温かい拍手でお迎えくださいね。悪口とかブーイングとかは厳禁ですよ。そういういけないことをする人は、つまみ出しちゃいますからね」

笑顔でそう言われたのでは、従うしかない。ボクらは拍手でメカぴあのを迎えた。光の中から登場したメカぴあのは、ぴあのと同じ、カナリアイエローのミニドレスを着ていた。

予想に反して、最初の数分はなごやかなトークに費やされた。二人のぴあのは、互いに敵意を抱いているようには感じられなかった。どこまでが台本通りで、どこからがアドリブなのか分からないが、漫才のように軽くてユーモラスな会話が続く。もっとも、ツッコミ役がいなくて両方ともボケ役なので、受けは今ひとつだったが。

トークの最後に、二人は背中合わせに立ち、「じゃあ、容赦《ようしゃ》なくいきますよ」「負けませんよ」と宣言した。それから、西部のガンマンの決闘のようにゆっくりと歩いて、ステージの両端に分かれた。

ステージが月面に変化した。バックの宇宙空間には、青い地球が浮かんでいる。曲が流れ出した。もちろん〈クリスマスには帰れない〉だ。

最初のうち、二人のぴあのの声は、まったく同じに聞こえた。だが、一コーラス目のなかばあたりから、妙なことが起きはじめた。異変に気づき、観客席はざわめいた。

ぴあのの歌い方が、いつもと違う。

メロディは同じなのに、声が力強かった。スピーカーからほとばしるそれは、巨大なホールに響き渡り、空気をびんびんと震《ふる》わせている。メカぴあのの歌い方はいつも通りなので、違いが歴然と分かる。

メカぴあのの歌、つまり普段のぴあのの歌は、確かに上手《うま》いが、行儀《ぎょうぎ》よくまとまっている

感じがする。だが、本物のぴあのの方は、行儀などかなぐり捨てていた。咽喉《のど》の奥の最も深い部分から、ありったけの声量を絞り出すように荒々しく歌う。メカぴあのの歌が疾走《しっそう》する美しい競走馬なら、ぴあののそれは暴れ回る野生馬だ。

　ボクは驚きに打たれていた。もう何百回もこの歌を聴いたが、ぴあのがこんなにも強く、こんなにも熱く歌うのは初めて聴いた。そう、熱いのだ。声が大きいだけではなく、圧倒的なパワーがこめられている。

　リミッターがはずれた——そんな感じがした。ホール内に声の嵐が吹き荒れていた。水平飛行から急上昇に移った戦闘機のように、ぴあのの歌声は未到《みとう》の高みに向かってぐんぐんと伸び上がり、たちまちメカぴあのの声を引き離していった。

「な、何ですか、あの歌!?」

舞台裏では、モニターから流れてくる映像と歌に、大畑が愕然《がくぜん》となっていた。

「あんなの聴いたことがないですよ！　ぴあのがあんな歌い方を——」

「やっぱりな」予期していた真下は慌《あわ》てなかった。「レッドゾーンに突入しやがった」

「レッドゾーン？」

「歌手にとって、咽喉は命だ。酷使《こくし》して潰《つぶ》しちまったら、歌手生命は終わる。だからいつも咽喉を大切に使ってる。コンサートにせよレコーディングにせよ、一日に何回も歌わなくちゃいけないからな。いちいち全力を出してたら、声帯《せいたい》を酷使しちまう。だから自然に、力を

セーブすることを覚える……」

「あの子、今までずっとセーブしてたんですか!?」

「お前、よくそれで、この業界で生きていけてるな」真下は部下にちらっと嘲《あざけ》りの視線を投げた。「歌手なら誰でもそうなんだよ。声帯を守るために、いつもは全力の九割ぐらいしか出してない。安全係数ってやつだ。当然、ヌートフォネティクスとやらは、ぴあのの普段の声を基《もと》に構成されてる。だからプログラムの限界を超える声は出せない……」

ステージ上では、すでに圧倒的な差が生じていた。心なしか、メカぴあのはとまどっているように見える。設定されたパラメータの範囲内で、いつもと同じように歌い続けるしかない彼女を、本物のぴあのは置いてけぼりにしていた。加速し、上昇し、限界を超え、はるかな高みへと上昇してゆく。歌というより、もはや絶叫に近い。

振りも力強かった。見えない敵を殴《なぐ》りつけているかのようだ。全身の力を声に注ぎこんでいるのが分かる。もはや歌の暴力だ。アップになると、汗が飛び散り、ライトを反射してきらめくのが見えた。ARではない、本物の汗だ。

「いや、でもこれ、危険なんじゃ？」大畑はおろおろしている。「潰れちゃいませんか？」

「ああ、無茶だな。こんなこと続けたら、下手《へた》すると声帯を痛めるかもしれん」

「ええっ!?」

「安心しろ。一回だけなら痛める可能性なんてほとんどない――考えてみろ。他に方法があるか？　自分と同じ声を出せる相手だぞ。自分自身の限界を突破するしか、勝つ方法はねえ

だろ？」

「だって、万が一ってことがありますよ！　咽喉を痛めたら、アイドル生命は終わりじゃないですか！」

「ああ、終わりだな。言うならば、ぴあのはアイドル生命をかけて戦ってる。正々堂々と、全力を出しきって、ライバルを叩《たた》き潰すために――その覚悟があるから、あんだけのパワーが出せる」

　真下は、にやっと笑った。

「覚えとけ。こういうのを『命がけ』って言うんだ」


　メカぴあのの敗北は決定的だった。

　いつもとまったく変わらないメカぴあのの歌に対し、ぴあのの歌は、すでに「すさまじい」という域に達していた。吠《ほ》え、うなり、泣き、叫ぶ。聴く者の魂を暴力的に揺さぶり、叩きのめし、ねじ伏《ふ》せてくる。

「おい、まずいだろ……」

　ボクはつぶやいた。聴いていてはらはらする。彼女の歌い方が危険であることは、素人でも分かる。酷使された咽喉が限界に達している。音程が微妙にゆらぎ、高音部では声がかすれている。息も切れてきている。身体もふらついている。生命力のすべてをこの一曲に注いでいるのだ。この曲を歌いきったとたん、ステージに倒れ伏すのではないかとさえ思える。

前に彼女が言っていたことを思い出す。機械と違って、人間の声はゆらぐから深みがあるのだと。通常の歌い方から大幅に逸脱《いつだつ》することで、彼女は限界を超え、メカぴあのには到達できない領域に達したのだ。

もしかしたら、ヌートフォネティクスを改良し、今のぴあのの歌い方を再現することは可能かもしれない。だが、いくらがんばっても、それは模倣にすぎない。なぜなら、機械は「必死」になどならないことを、ボクらは知っているからだ。

有限の長さしかなく、壊れやすく、たったひとつしかない人間の生命――だからこそ、人はそれを賭けられる。全力を尽くし、「必死」になれる。その姿が感動を呼ぶ。

やがて歌は終わった。ぴあのは倒れなかった。しかし、疲労困憊《こんぱい》し、前かがみになって胸を押さえ、激しくあえいでいた。何百メートルも全力疾走したかのように――実際、それぐらいの体力を使ったに違いない。

締めの言葉を言わなければならないはずだった。だが、彼女は喋《しゃべ》れない。笑顔を浮かべる余裕すらない。嵐のようなスタンディングオベーションを浴びながらも、それに応《こた》える体力が残されていない。

「ありがとう」

拍手が少し収まった時、ホールに凜《りん》とした声が響いた。それはぴあのの声ではありえなかった。横に立っているメカぴあのが喋っているのだ。

「ありがとう、ぴあのさん」

再びホールは万雷《ばんらい》の拍手に包まれた。

数分間のインターバルののち、アンコールになった。これもセカンドアルバムに入っている〈夢光年〉――一九八〇年代のアニメのエンディング・テーマのカバーで、アマチュア時代に彼女が気に入って動画投稿サイトにアップした歌でもある。

先ほどの〈クリスマスには帰れない〉とは対照的に、静かな歌だった。まだ疲れが残っているのがはっきりと分かる。酷使した咽喉を休ませているのか、ささやくように歌い、無理な発声は控えているようだったが、それでもサビの部分だけは高らかに歌い上げていた。

決して勝ち誇ってはいない。ぴあのはただ、静かに歌っているだけだ。しかし、彼女なりの勝利宣言であることを、ボクははっきりと感じていた。

彼女は自分をミュータントだと言う。人間ではないのだと――だが、彼女はまさに人間であるという事実によって、勝利を収めたのだ。

9　求めていた曲面

八月のコンサートは伝説になった。

ネット上に何十もアップされた動画——汗にまみれ、全力を振り絞《しぼ》って、へとへとになってまで歌うぴあのの姿は、ファンを感動させただけでなく、それまで彼女のことを「ただのアイドル」と軽んじていた者たちの心をも動かした。ひとたびそれに魅入《みい》られた者は、個々の観客の視点からの限定的な映像で満足できるはずもない。コンサートの模様を収録したライヴアルバムは、驚異的な売り上げを記録した。

もっとも、ぴあのはのちに、「あんなのはただのパフォーマンスですよ」とボクに語っている。謙遜《けんそん》ではない。無理をして声を潰《つぶ》しかけたことも、彼女にとって、それほどたいした冒険ではなかったというのだ。

「だって、夢を叶《かな》えるためですよ？　多少のリスクを負うのは当然じゃないですか。レーサーがサーキットを走るのと同じようなものですよ。安全運転じゃ勝てません」

無論、彼女の言う「夢」とは、アイドルとして大成することじゃない。宇宙に行くことだ。その夢を叶える支持者を集めるために、アイドルとして人気を高めることが必要だと考えて

いる。
「宇宙に行きたい」というぴあのの想いは、あまりにも強い。まさに人生のすべてをかけてもいいほどに。それが彼女を突き動かし、あんなにも激しい熱唱を——彼女が言うところの「パフォーマンス」を実現させた。ぴあのにとって、メカぴあのとの対決は、絶対に負けられない一戦だった。敗北したらアイドルとしての人気は凋落《ちょうらく》し、宇宙への道も閉ざされる。だから全力を出した。その姿がファンを感動させた。

宇宙にかける想いの強さこそ、ぴあのの力を——アイドルとしての人気を支える原動力だ。敗北したメカぴあのの方も、人気が落ちたりはしなかった。歌では敗北し、限界を露呈《ろてい》したものの、本物のぴあのと語り合い、張り合えたことで、新たな評価を得ていた。未来のビジョンを垣間《かいま》見《み》て、ＡＣという技術の意味するものの大きさに、多くの人があらためて気づいた。

ＡＣの容量は大きすぎ、個人のパソコンに簡単にインストールできない。今はまだ——しかし、技術の進歩は続いている。何年か経《た》てば、技術的な問題の多くは解決するだろう。昔は個人がコンピュータを持つなんて夢物語だとされていた。いずれ、個人がＡＣのキャラクターを有し、コンパニオンとして使用する時代が来る。

地球に住む知性体は、もはや人間だけではない——ＡＣは人類と共存する新たな知性体なのだ。

例の〈みらじぇね〉は、最初のうち、あまり評判にならなかった。指示通り組み立てて水にひたしても、小さなＬＥＤが点灯するだけ。それ以上、何も起こらない。失望の声がネットに広がった。

　だがそのうち、疑問の声がぽつぽつと上がりはじめた。

『何で光るんだ、これ？』

　様々な推測が飛び交った。金属の酸化反応を利用して電気を生み出しているのだと唱《とな》える者。昔の鉱石ラジオのように電波を受信しているのだと考える者。ウェハーの中に小さなバッテリーが組みこまれているのだと考える者。水中のイオンの作用だ。いや、温度差を利用したゼーベック効果だ。いや、微量の放射性物質だ……。

　表面の構造色に注目し、大学の研究室で電子顕微鏡《けんびきょう》にかけてみる者も出てきた。ナノスケールの微《び》細《さい》な回路でびっしり覆《おお》われていることは分かったが、それ以上のことは誰にも解明できなかった。無理もない。回路の原理を理解するには、ぴあのと同等の知識と知力が必要なのだ。

　ぴあのと同じ実験をやってみた者もいた。ウェハーをひたした水の温度変化を測定したのだ。その結果、やはり温度がわずかに下がる現象が確認された。

『もしかして、熱力学の第二法則が破れてんじゃね？』

　最初にツイッターでそんな声が上がったのは、コンサートで〈みらじぇね〉が配布されて三週間も経ってからだった。おそらく、すでに同じことを思いついていた者も大勢いたはず

だが、最初に言い出すのをためらっていたのだろう。

結城《ゆうき》ぴあのが科学に通じていることは、ファンなら誰でも知っている。それも趣味のレベルではなく、物理と天文の分野で本職の科学者に匹敵《ひってき》するほどの深い知識を持ち、まさに天才と呼ぶべき高い知力を有していることも。だから彼女が何か新しい回路を発明したとしても、不思議ではない。

しかし、熱力学の第二法則を破ったとなると、話は別だ。

科学に詳しい者ほど疑いを抱《いだ》き、受け入れようとしなかった。第二種永久機関なんてできるわけがない。そんなものを信じるなんて、頭がおかしい。きっと温度の測定に何かミスがあったのだ。ウェハーが起電力を生じるのには、何か別の、納得できる原理があるに違いない……。

だが、誰が実験しても同様の結果になる。測定ミスという線はだんだん消えていった。起電力が生じる理由も、いっこうに説明がつかない。

コンサートから日が経つにつれ、最初は面白がって推理ゲームに興《きょう》じていた科学マニアの間に、漠然《ばくぜん》とした不安と苛立《いらだ》ちが広まっていった。その感覚は、科学を知らない者には理解できないだろう。物理法則が破られているかもしれないという可能性は、科学を信奉《しんぽう》する者にとって、背後に立つ幽霊の気配を感じるかのような、形容しがたい薄気味悪さを生じさせるのだ。

評判が高まり、〈みらじぇね〉を欲しがる者が増えた。ぴあのの許可を得たJEIT《ジェイト》は、

カンザカインダストリーと契約してウェハーを量産し、一般向けに販売を開始した。彼らは〈みらじぇね〉の秘密を知らされていたが、決して口外しなかった。「永久機関だ」などと宣伝したら、たとえ事実であっても、詐欺《さぎ》の汚名《おめい》を着せられかねないからだ。

ぴあのはというと、〈みらじぇね〉の原理を教えてほしいというファンの要求に、決して応じようとしなかった。「私には原理は分かっています。みなさんでその秘密を探り当ててください」という謎《なぞ》めいた発言で、ファンを翻弄《ほんろう》した。そのため、ネットではさらに議論が活発になった。

ぴあのの目論見《もくろみ》は見事に図に当たった。最初から「これは第二種永久機関です」と言っていたら、みんな相手にしなかっただろう。謎のままにしておくことで、かえって注目が集まった。

もしかして結城ぴあのは、「天才」などという言葉ではくくれない、何かとてつもない才能を持っているのではないか――そんな漠然とした期待が、ファンの間で少しずつ高まっていった。

その一方、ぴあのの新たな方面の研究は一年近くも停滞《ていたい》していた。

彼女はもうガレージでの実験はやらなくなり、新しい理論の構築に没頭していた。前に話してくれた、相対論や電磁方程式を超光速領域に拡張するというものだ。しかし、時間と空間、エネルギーと運動量の関係が正反対で、光が双曲面状《そうきょくめんじょう》に広がるという奇々怪々な世界

の法則を、ボクたちの住むこの世界の法則と統合するというのは、六次元まで把握《はあく》できるぴあのの頭脳をもってしても、かなりの難題だった。

　すでに彼女は、理論の要《かなめ》となるのが六次元のベクトルを有する複素関数だと目星をつけていた。相対論の公式に超光速を当てはめると、時間や長さや質量が虚数になる。だから超光速を記述する理論に複素関数が入ってくるのは当然のことだった。問題は、どんな関数を当てはめれば理論が矛盾《むじゅん》なく成立し、この世界と超光速世界が対称になるかだ。

　ぴあのの特異な才能のひとつに、式を一瞥《いちべつ》しただけで、頭の中でグラフに変換できるというものがある。二次方程式から放物線や双曲線を思い浮かべるぐらいなら、中学生でもできるだろう。だが、ぴあのは五次や六次の方程式でもできるのだ。将棋《しょうぎ》の名人は何十億通りという展開をいちいち検討しなくても、直感的に最良の手がひらめくという。ぴあのの場合も同様で、式をグラフに変換する作業をしなくても、結果が視覚的なイメージとして頭に浮かぶらしい。なぜそんなことができるのか、彼女自身にも説明できなかった。おそらく天性の特殊能力、共感覚《きょうかんかく》とかサヴァン症候群《しょうこうぐん》に近いものなのだろう。

　その逆に、曲線や曲面を即座に関数に変換することもできた。彼女は数式よりも視覚的イメージを操作することを好んだ。暇《ひま》さえあればARゴーグルを着用し、例の高次元描画ソフトで空中に立体を出現させて、いじり回していた。立体を手で押したり引いたりひねったり穴を穿《うが》ったりして、粘土《ねんど》のように様々に変形させるのだ。傍目《はため》には遊んでいるように見えるが、本人は真剣だ。理論に適合する関数を探していたのだ。

問題は、通常の曲線や曲面と違い、六次元の曲面となると、ヴァリエーションが膨大《ぼうだい》なものになることだった。厳密にはそれは「曲面」ではない。二次元の平面に描かれた湾曲した線が「曲線」、三次元空間に存在する湾曲した面が「曲面」なら、四次元時空に存在するものは「曲立体」とでも呼ぶべきだろう。五次元や六次元となると、何と呼ぶべきか見当もつかない。普通の人間はそんなものを思い浮かべることさえできない。ぴあのが格闘しているのは、そういう厄介《やっかい》な代物《しろもの》なのだ。

彼女が取り組んでいる課題は、たとえて言うなら、宇宙の秘密を隠した部屋の閉ざされた扉を開ける作業だった。正しい鍵《かぎ》の形さえ探し当てれば、扉は開く。しかし、ヒントは乏《とぼ》しく、論理による解明には限界がある。当て推量を元に、手当たりしだいに鍵を作って試してみるしかないのだ。

可能な組み合わせを総当たりで試していたら、正解にたどり着くのに何千年かかるか分からない。それでも彼女はあきらめなかった。理論に適合する六次元曲面を発見したら、ただちにそれが正解だと分かるはずだと確信し、辛抱《しんぼう》強く追い求めていた。

二〇二七年一一月、ぴあのから一年半遅れて、青梅秋穂《おうめあきほ》もジャンキッシュを卒業し、ソロ活動を開始した。彼女は演技に才能を発揮し、ドラマや映画で活躍しはじめた。特に映画『ラッキー・ジャンクション』のコミカルな演技は高く評価され、アイドルから女優への転身の最初のステップとなった。

ジャンキッシュの人気自体はじわじわと下降線をたどっていたが、そんな中、中条理梨《ちゅうじょうりり》の人気だけは逆に浮上し、グループを支える力になっていった。彼女の場合、何年も頭の悪そうな演技を貫いてきたうえ、歌ではぴあのほどの才能はなかったので、当初はぱっとしなかった。だが、誰よりも努力家だという事実が浸透《しんとう》してくるにつれ、ファンの共感を呼んだのだ。

　二人ともはっきりと口には出さなかったが、ぴあのを意識していたに違いない。宇宙への夢がぴあのを突き動かしていたように、ぴあのにだけは負けたくないという強い想いが、二人を努力させ、成長させる原動力になっていたのだと、ボクは思う。

　二〇二七年の年の瀬も迫った頃、ボクはスターマイン・プロダクションの真下洋孝《ましもひろたか》社長からじきじきの呼び出しを受けた。「ぴあののことで話がしたい」というのだ。

　ぴあのの口から、ボクと彼女の関係がばれたらしい。何もやましい関係ではなかったが、やましい関係だと誤解されているのかもしれない。マネージャーとかならともかく、社長がわざわざ乗り出してくるというのが、ただごとではないと感じられた。もしかしたら、「彼女と別れろ」と詰め寄られるかも――そうびくびくしながら、ボクは会見場所である新宿の喫茶店に向かった。

　ぴあのと会う時の格好《かっこう》ではなく、普段、大学に通っている時の格好――男の姿をしていた。真下はボクの趣味をぴあのから聞かされているはずだが、さすがに年長の、それも社会的地

位の高い人に会うのに、女装はまずかろうと思ったのだ。

　こういう趣味を持っていると、非常識な人間だと思われるかもしれない。実際は逆だ。白《はく》眼視《がんし》され、迫害《はくがい》を受けないよう、普通の人以上に「良識」というやつに敏感になり、礼儀正しく振る舞わざるをえないのだ。

「ふーん、これが君？」

　真下はボクの渡した名刺《めいし》を眼の高さに掲《かか》げ、そこに印刷されているコスプレ写真をボクの素顔と見比べて、しきりに感心していた。

「いやいや、こりゃすげえなあ。女の子にしか見えねーじゃん」

　歳《とし》に似合わぬ不良っぽい口調。耳にはピアス。彼が過激なロックシンガーだった時代を知っている世代なら、もしかしたら「いかにも真下洋孝らしい」と感心したのかもしれない。だが、あいにくとそんな時代は、ボクのもの心つく前だ。むしろ、ボクの倍以上の年齢のおじさんが何を若者ぶってるんだろうかと、軽い反感を覚えた。

「変な趣味ですみません」

「あー、いやいや、俺は慣れてっから。芸能界にはオカマなんていくらでもいるし」それから彼は、悪党が秘密の相談をするかのように、にやっと微笑《ほほえ》みかけた。「どう？　うちからデビューしてみる？」

　冗談だろうとは思ったが、ボクは笑って「遠慮します」と断った。

「歌もダンスも自信ないですし。それに、これは趣味でやってるんです。仕事にはしたくあ

りません」

自分ではかっこいい返事だと思ったが、真下は感心した様子もなく、「へえ、仕事にはしたくない、か」と無表情でつぶやいた。つかみどころのない男だ。

もっとも彼の方でも、ボクら新しい世代のことをどう定義していいか分からず、とまどっていたのかもしれない。〝男の娘《こ》〟をいわゆる〝オカマ〟と同じものだと思っているらしい。厳密には違うんだけど、それを説明しようとするとややこしい。

店員が注文を取りに来たので、会話は一時中断した。ボクはカフェオレを、真下はカプチーノを注文した。

「で」店員が去ると、真下はすぐに本題を切り出した。「率直《そっちょく》に訊《き》くけど、ぴあのとはどんな関係？」

ボクは用意していた回答を口にした。

「ただの友達です。たまに彼女の相談に乗ってやってるだけの。最近は月に一度ぐらい会う程度ですね」

「恋人じゃないと？」

「そうだったらどんなに良かったでしょうかね」ボクは苦笑した。「手を握ったことさえありませんよ。彼女はボクを――いや、どんな男性も異性として意識してません。生まれつき恋愛感情というものが根本的に欠落してるみたいで」

「まあ、確かにあいつには色気ってもんがまるでないわ」説得が難航するかと思いきや、真

下はあっさりボクの説明を受け入れた。「ま、アイドル的には、そこがかえっていいんだけどな。男とは縁がないイメージってとこが。むしろ無防備すぎてひやひやするんだが」

「彼女はボクのことを何と？」

「ん？　同じだよ。ただのお友達。ちょくちょく相談に乗ってもらってるだけ」

「そうですか」

　ほっとした反面、やっぱり彼女がボクを意識していないと知って、ちょっとがっかりもした。顔には出さなかったが。

「いちおう、本人に会って確認したかっただけだ。どんな奴かを。真面目《まじめ》そうな青年で、安心したよ。まあ、間違いの起こりようなんかないけどな。あのぴあのと、ゲイの男とじゃあ」

　もちろん〝男の娘《こ》〟はゲイじゃないんだが、ボクはあえて真下の誤解を訂正しなかった。「女装が趣味でも普通に女の子を好きになるんです」なんてことを力説したって、かえって面倒になるだけだろう。ゲイだと思わせておこう。幸い、ボクが「そうだったらどんなに良かったでしょうかね」と言ったことも、都合よくスルーしてくれてるみたいだし。

「誰かに話してないだろうな？」

「もちろんです。スキャンダルになって、彼女の芸能活動を妨害《ぼうがい》したくありませんし。まあ、つかず離れず、だらだらした関係を続けてますよ」

「パパラッチとか、されてない？」

「心配ないと思いますよ。彼女は素顔だとまったく別人ですから、誰も気がつきません。それに、ボクといっしょにいるのを見たって、女同士にしか見えませんし」

「まあな」

「彼女の家に行く時なんかは、いちおう尾行《びこう》には気をつけてますけど――」

「彼女の家？」

「いやいや、何でもないですよ」ボクは慌《あわ》てて打ち消した。「彼女は電子工作が趣味なんで、そのアドバイスをしたり、いっしょに実験したりするだけです。〈みらじぇね〉の実験もつき合いましたし」

「電子工学科だとか聞いてるけど、物理にも詳しいの？」

「はい。いちおうは」

「前から気になってたんだけど――」真下は急に声をひそめ、テーブル越しに顔を近づけてきた。「あれってほんとに第二種……？」

「永久機関？　ええ、そうだと思います」

「俺にゃあ、よく分かんないんだけど、それってそんなにヤバいもんなの？」

「ええ。ヤバいぐらいすごいですよ。物理学の概念《がいねん》をひっくり返してますから。ノーベル賞だって夢じゃないです」

「そうかあ」真下は腕組みをした。「俺の周囲にゃ、そういうのが分かる奴がいねえんだよな。うーん、そうなるとますます悩むな。いったいいつ、真相を切り出すべきか……」

「まだ尚早《しょうそう》でしょうね。ネットを見る限り、まだまだ賛否両論――というより、〝否〟の方が多い感じがします。今だとまだ、詐欺師呼ばわりされますよ」

「塩沼《しおぬま》みたいに？」

「ええ」

二年前、ぴあのにトリックを暴《あば》かれたプロフェッサー・シオヌマは、あれ以来、マスコミに出なくなり、急速に忘れられた。その後、例の〝真空《しんくう》エネルギー抽出《ちゅうしゅつ》装置〟に似た仕掛けで儲《もう》けようとして、詐欺罪で告訴されたと聞いている。

「大多数の人が信じるようになるまで、認めないのが無難です。ファンの間で自然にコンセンサスが生まれるまで、気長に待った方がいいでしょう」

「そうかあ。まあ、美味《おい》しい材料ではあるんだが、あせって早く収穫しすぎるのもまずいかな。機が熟すまで、じっくり待つか」

「……ところでさ」

コーヒーが運ばれてきたので、またボクたちの会話は中断した。

「はい」

「君らの関係、いつまで続ける気？」

予想していなかったうえに意図のよく分からない質問に、ボクはうろたえた。

「さあ……彼女がボクを見放すまで……じゃないですかね」

「見放す？」

「最近、彼女の相談に乗る機会が減ってるんですよ。彼女の抱《かか》えてる科学上の疑問が、ボクの手に負えないレベルになってきてて……正直、ぜんぜん役に立ってないんじゃないかと思います。ある日、ふらっと知り合っただけですからね。いつかまた、ふらっと離れていくんじゃないかって……」

そうなったら寂《さび》しいだろうが。

「ああ」真下は大げさにうなずいた。「うん、分かるわ、それ」

「分かります？」

「うん。あいつはいつか、ふっといなくなる気がする」

「え？」

「あいつが普通に歳くって、婆《ばあ》さんになる姿が想像できねえんだわ。そんな当たり前の人生、歩まねえだろって。若さが失われる前、人気が落ちる前に、ある日、ふっと失踪《しっそう》するとか、いきなり事故で死ぬとか、それでブチッと終わっちまって、伝説になる……そんなイメージがあるんだよな。ジャニス・ジョプリンとか尾崎豊《おざきゆたか》みたいに――ああ、ぴあのからガロアの話って聞いたことあるか？」

「ええ」

一九世紀前半のフランスの数学者エヴァリスト・ガロアは、ぴあのが敬愛する人物の一人だ。一〇代の若さで天才ぶりを発揮していたものの、あまりに革新的すぎたせいか、学界ではなかなか受け入れられなかった。かなりのトラブルメーカーだったらしく、二〇歳の若さ

で、決闘によって死亡している。

その決闘の前夜、友人に送った書簡の中で彼は、のちに「ガロア理論」と呼ばれることになる代数学の理論を打ち立てた。彼が創始した群論は、数学の世界を大きく進歩させただけでなく、相対論や量子力学《りょうし》にも影響を及ぼしている。ガロアがいなければ、科学の進歩は何十年も遅れていただろう。

たった二〇年の人生で、他の天才数学者何人分もの業績を遺《のこ》したガロア。彼はもしかしたら、ぴあのと同じく、特殊な脳を持って産まれた突然変異体《ミュータント》だったのかもしれない。

「あの話って、どうもぴあの自身とダブるんだよなあ。あいつもガロアみたいに、破滅型の人生を歩んでるんじゃないかって」

ボクの不安が表情に出たのだろう。真下は自分の言葉を笑い飛ばした。

「まあ、今すぐ死なれても困るけどな。まだまだ稼《かせ》いでもらわなきゃ」

「……どうして？」

「ん？」

「どうしてそう思うんですか？　ぴあのが急に死ぬって」

「そうだなあ……」

真下は喫茶店の天井《てんじょう》を見上げ、懐《なつ》かしそうな眼をした。

「それが俺の夢だから……かな」

「夢……？」

「俺が若い頃、歌ってたのは知ってるよな？」

知ってて当然、という口ぶり。たまたまボクは知っていたが、ボクらの世代では、真下洋孝の名を知らない者も多いのだが。

「ええ」

「そりゃあ、トップには昇りつめられなかったけどな。でもあの頃は、今思い出しても熱かったな。毎日がぎらぎらしてて、充実してた。こわいもの知らずで、全力で突っ走って、いろんなもんにぶち当たってた——今のぴあのみたいに」

「……楽しかったんですか？」

「ああ、楽しかったさ！　トラブルもいろいろ起こしたけど、それでもめちゃくちゃ楽しかったね。あの頃が俺のドラマのクライマックスだ。後の人生はつけ足しというか、長い長いエピローグみてえなもんだ。

無論、後悔《こうかい》しちゃいない。今の仕事もうまくいってて、それなりに充実してる。青春ドラマが終わって、今度は企業ドラマの主役をやってると思えばな。それに、投げ出すわけにもいかねえだろ。女房と子供を食わせなきゃならねえし——けどな」

真下は急に、暗い笑《え》みを浮かべた。

「ちょくちょく思うことがあるんだよ。あの人気が絶頂だった頃、事故か何かでぽっくり死んでたら、俺は伝説になってたのかな……って」

「…………」

「死んだら命はそこで終わる。でも、伝説はずっと後まで残る。早死にするのは、人としては不幸だけど、アイドルやアーチストとしては、かえって幸福なことなんじゃないかって気もするんだよな。実際、長生きしなかったせいで名が残ってる奴はいくらでもいる。

そこがバーチャル・アイドルとの違いだな。バーチャルなキャラクターは歳を取らない。永遠に生き続ける――でも、逆に言えば、それは伝説にもならねえってことじゃないのかな？　生きてる間は伝説になるわけねえんだから。失われるからこそ伝説になるんだ。だろ？」

　ボクはさすがに反発を覚えた。

「ぴあのも早く死んで、伝説になるべきだと？」

「そうは言わない。でも、あいつに普通の人生は歩ませちゃいかんって思うんだ。あんだけユニークな奴だ。とびきりユニークな人生を歩む権利がある――いや、権利というより義務か。

　あいつを人間としての常識で縛《しば》っちゃいけないんだ。恋愛とかセックスとか結婚とか。そんなものを押しつけるのは、結城ぴあのの秘めてるポテンシャルをスポイルすることになる――俺はそう思ってる」

　ボクは沈黙した。ぴあのに常識を押しつけるのは間違いだというのは、ボクも前から感じていたことだ。だが同時に、「結城ぴあのはこう生きるべきだ」という信念を押しつけるのも、エゴのように感じる。このジレンマはどう解消していいか、ボクにはまだよく分からな

い。

　ボクはカフェオレをひと口すすって、気分を落ち着けた。

「でもまあ、恋愛関係に関しては、心配ないと思いますよ。彼女は絶対に恋なんかしませんし」

「そう言いきれるか？」

「は？」

「そりゃ、君とは恋しないかもしれんけどさ。他の男とはどうだろうな」

「どうって……？」

「恋愛感情が生まれつき欠けてるなんて、俺にはどうも信じられねえ。そんな人間なんて、ほんとにいるのかね？　いつか、あいつの好みに合う男が現われたら、ころっと恋に落ちたりするんじゃねえの？　いや、案外、これまでにも恋したことあるんじゃねえかな」

　そんな話こそ、ボクには信じられなかった。男に恋するぴあのなんて、想像を絶している。

「どうしてそう思うんですか？」

「どうしてって……あいつの歌、聴いてねえの？　〈クリスマスには帰れない〉とか〈26時に街角で〉とか」

「そりゃ聴いてますけど……？」

「だったら分かるだろ？　恋愛感情のない奴が、あんなに熱くラヴソングを歌えるかよ」

真下の指摘に、ボクは意表を突かれた。ぴあのの歌が上手《うま》いのは当たり前のことだと思っ

ていて、それ以上、深く考えたことがなかったのだ。

「いや、でも、それはテクニックでしょ？　彼女も恋愛感情を理解できないまま歌ってるって言ってましたし」

「あのな、歌ってのはテクだけで歌えるもんじゃねえんだよ。エモーションが必要なの。ソウルを駆《く》動《どう》する燃料みたいなもんがな。それがない奴は、上《うわ》っ面《つら》だけで終わっちまう。俺が見たところ、ぴあのには間違いなくそれがある。あの、ぼうっとしたうわべに騙《だま》されるな。あいつの歌が熱いのは、心の底に誰よりも強い、ものすごく熱いもんを抱えてるからだ」

　誰よりも強い、ものすごく熱いもの。

　ボクにはそれが何か、すぐ分かった。

「……確かに彼女は恋してます」

「ほう？」真下は興味をそそられたようだった。「思い当たることがあるのか？」

「ええ。でも、人間じゃありません」

「はあ？　アニメのキャラか何かか？」

「そんなの当たり前すぎるじゃないですか」

　恋愛ゲームのキャラクターと実際に結婚式を挙げる男が現われたのは、もう一八年も前、二〇〇九年のことだ。今やゲームやアニメのキャラクターと結婚する奴など、いちいちニュースにもならないほどありふれている。

「前にネットの記事で読んだことがあります。世界には、人間以外のもの——生物ですらな

いものを熱烈に愛している人が何人もいるんだそうです。ゲームキャラとかマネキン人形とかを愛するのはまだ序の口で、人間の姿すらしていないものを愛する人もいるらしいです。エッフェル塔と結婚した女性とか、ベルリンの壁を愛した女性とか、車を恋人にしてる男性とか」

　さすがに真下は困惑《こんわく》していた。「えーと、それはマニアとかいう意味じゃなく……？」

「違います。エッフェル塔や壁や車を、モノじゃなく、本当に異性として愛するんだそうです」

「ぴあのがそういう変態だと？」

「『変態』という言い方は失礼でしょ。愛の対象が普通と違うってだけです。そんなことを言ったら、女性以外を愛する男は、みんな変態なのかってことになる」

「ああ、すまん」

　ボクをゲイだと思っている真下は、素直《すなお》に謝った。

「じゃあ、ぴあのが愛してるのは？」

「宇宙です――ぴあのは宇宙に恋してる」

　一瞬、真下はぽかんとなったが、すぐに「あー」とうなずいた。

「なるほど。その解釈は説得力があるわ。あいつのラヴソングは、宇宙に捧《ささ》げられてるのか」

「ええ。アマチュア時代から、宇宙の歌をいろいろ歌ってたでしょ？　あれもみんなラヴソ

ングだったんですよ」

　ぴあのから聞かされた話を思い出す。幼稚園の頃、天体望遠鏡を覗《のぞ》いて、初めて宇宙に魅せられた夜のことを。その時、幼いぴあのは恋に落ちたのではないか。子供の頃から一途《いちず》に、その想いを貫き通してきたのではないか。そして、いわゆる「恋」のイメージとあまりにも違いすぎるために、自分を突き動かしているのが恋愛感情であることを、彼女自身が自覚していないのではないのか……？

「だとしたら悲恋《ひれん》だよなあ」真下はかぶりを振った。「エッフェル塔と違って、触れることさえできねえもんな、宇宙は」

「そんなことはありません」

「へ？」

「彼女は宇宙に行く気です」

　ボクは思いきって、ぴあのの秘密を真下に打ち明けた。第二種永久機関を完成させ、今また第一種永久機関に挑《いど》んでいるのは、宇宙に行くためであることを。案《あん》の定《じょう》、真下は驚き、あきれていた。

「そりゃまた途方もない夢だな」

「ええ。ボクも前は本気にしてませんでした。物理法則を破るなんて、そんな魔法みたいなこと、できるわけないって」

「今は？」

「信じかけてます。あの〈みらじぇね〉を見た後じゃ——そんな魔法があると信じてもいいような気がしています」

「ああ、ああ、確かにな」真下は楽しそうに、何度もうなずいた。「むちゃくちゃスケールのでけえ夢だけど、むちゃくちゃ面白いのも確かだ。こんなつまらねえ世の中だ。沈んだ雰《ふん》囲気《いき》なんかぶっ飛ばすような、ド派手な夢を見たっていい気がする」

「ええ。応援したいです」

話しているうちに、二人ともコーヒーを飲み終わっていた。

「来年、卒業だって？」と真下。「どんな仕事に就《つ》くの？」

痛いところに触れられた。ボクが生まれる前から続いていて、もはや日本の常態《じょうたい》と化している不景気と就職氷河期。ボクのようにコネのない学生には、特にきびしい。この一年近く、あちこちかけずり回ったが、いまだにどこの企業からも色好《いろよ》い返事はもらっていない。

「しばらくはフリーターで食いつなぐつもりです」ボクは平気なふりをして言った。「親からは『大学を出たらもう金は出さない』って言われてますから。何年か就職浪人してでも、きちんとした会社に就職したいですね。できればＩＴ関係に」

「そりゃ意外だな」

「何がです？」

「君みたいな人間が、まともな人生を歩もうとしてるってことがさ。ぴあのみたいに、誰にもまねできねえユニークな生き方を目指してるのかと思ってた」

　君みたいな人間、という部分にかすかな侮蔑《ぶべつ》のニュアンスを感じ取り、ボクは少しむっとした。

「ボクはぴあのの夢を応援するだけで十分ですよ。いけませんか？」

「いいや、そういう奴はいてもいいさ。でもな、他人の夢を助けるだけじゃなくて、自分でもちょっとは夢見たっていいんじゃないか？」

「というと？」

「行くところが決まってないなら、うちで働いてみないか？」

　あまりに唐突な話だったので、ボクは硬直《こうちょく》してしまった。

「あまり大きな声じゃ言えないが、実は来年、音楽と映像関係の各社が共同で、大きなプロジェクトを立ち上げることになってる。それに伴って、うちの企画部門も四月から大幅に再編することになってな。人材を探してたんだ」

「でも、ボクは芸能関係の仕事なんて……」

「翻訳《ほんやく》家が必要なんだ」

「翻訳？」

「ぴあのの考えてることを、一般人にも分かるように訳して解説してくれる奴がさ。これまでのところ、あいつの発想はどれも当たってる。でも、〈みらじぇね〉みたいに、さっぱり意味の分かんねえものもある。あいつの考えを理解して、きちんと評価できる人間が必要なんだ。切実に」

「ボクだって、彼女の言ってることは半分も理解できませんよ」

「俺たちはまるっきり理解できねえよ」真下は笑った。「エントロピーとか熱力学とか言われてもさっぱりだ。理工系の人間じゃなきゃだめなんだよ。君ならぴあのの話についていってるみたいだし、ぴったりなんじゃないかと思うんだがな――どうだ？」

　ボクは考えこんだ。目指していたＩＴ関係とはほど遠い職場だが、就職できるなら文句は言えまい。それよりも問題は、ぴあのと同じ会社ということだ。

「それだと必然的に、ぴあのと顔を合わせることになりますね……」

「それが？」

「さすがに仕事場で女装はまずいでしょ」

「まあな」

「彼女はボクのこの顔を、一度も見たことがないんです。会う時にはいつも女装してるから。男の姿を見られるのは……」

「何だ？　恥ずかしいの？」

「そうじゃなくて……」

　ボクは心の中を整理した。

「彼女と会う時は、常に女の子の格好でいようと決めてたんです。出会った時からずっとそうだったから。男として彼女の前に立ったら、これまでの関係が壊れるような感じがして……」

「意味のないこだわりだよなあ」

「でも、こだわりたいんです。彼女に男のボクを見せたくない」

「ふーん……」

真下はさっきボクが渡した名刺を取り出し、また眺《なが》めた。

「〝貴尾根《きおね》すばる〟って、これ本名？」

「いいえ。コスプレネームです」

「本名は？」

「下里昴《しもさとすばる》。〝昴〟は漢字です」

名前はともかく、苗字《みょうじ》はちょっと田舎《いなか》っぽい感じがあって、あまり好きじゃない。

「ぴあのはその本名、知ってんの？」

「ええっと……そう言えば知りませんね。一度も名乗ったことないし」

連絡はメールや電話でやり取りする。手紙を送ったり送られたりすることはないから、住所や本名を教える必要はない。年賀状だってメールで送っている。

「じゃあ、分かんないんじゃね？」

「は？」

「ぴあのがいつも見てるのは、この顔だ」真下は名刺をボクの方に向けた。「君の素顔は見たことがない。その顔で、名前も違ってたら、彼女は君だって気がつかないんじゃないか？」

「そんなマンガみたいなこと――」

うまくいくわけない、と笑いかけて、ボクは口ごもった。ぴあのが「人の顔を覚えるのが苦手です」と言っていたのを思い出したのだ。相貌失認《そうぼうしつにん》という先天的な脳障害の一種で、会って話したばかりの人間の顔を思い出せなかったり、他人の表情が理解しにくかったりするらしい。彼女の場合はそんなに重度ではなく、同じ人間に何回も会ううちに、だんだん覚えられるようになるという。それでも、ジャンキッシュのメンバーの顔と名前が一致するのに、半年以上もかかったそうだ。ボクの顔だって、実は覚えているかどうか怪しい。

これもまた、ぴあのの脳が普通の人間と違うという例だ。人の顔がみんな同じに見えるということが、彼女の興味を人間から遠ざけ、科学の世界に向けさせている一因なのかもしれない。

ボクは考えた。彼女が下里昴としてのボクの素顔を目にしても、貴尾根すばるの顔と結びつけられないことは、十分に考えられる。声はどうだ？　思い出してみるが、彼女の前で地声を出したのは、たった一度きりだ。おそらく覚えていないだろう。

「……ありえますね」

「だろ？」

「でも、昴って名前でぴんと来るんじゃ？」

「変えりゃいいじゃん」

「変える？」

真下はスマホを取り出し、そのモニターに指で字を書いた――〈昂〉と。

「これ、〝こう〟っていう字だ。〝昴〟に似てるだろ？　昔、バンドメンバーに昂輝《こうき》って奴がいてな。うっかり〝昴〟って書くと、『間違えるな』って怒られた」

「……ボクに改名しろと？」

「本当に改名しなくていいさ。名刺に〝下里昂《しもさとこう》〟って書くだけだ。ぴあのへの紹介もそれでいく。芸名みたいなもんだって思えばいい。本名より一画少ないだけだから、そんなに抵抗ないだろ？」

「うーん、どうなんだろ……」

　ボクはまた考えこんだ。すでに貴尾根すばるという名前を何年も使っているから、また別の名前を使うことにためらいはない。問題は、ぴあのを騙すことに対する罪悪感だ。

「……少し悩ませてくれませんか」

「いいだろ。でも、幸運は逃《のが》すなよ」

「幸運？」

「面白い人生が歩めるチャンスさ。『マンガみたい』って言うけどな、マンガみたいな人生を歩めるってことは、実はものすごくラッキーなことなんだぜ？」

　どうやらこの人は、人生をいかに面白くするかに賭《か》けているらしい。知れば知るほど、第一印象ほど悪い人物ではないような気がしてきた。

「これからインターメディアテクに行きませんか？」

二〇二八年一月下旬の日曜日、例によって秋葉原でボクと落ち合ったぴあのは、いきなりそう持ちかけてきた。バースデーケーキを前にした子供のように、眼が輝いていた。

インターメディアテクというのは、丸の内のＪＰタワーに、二〇一三年にオープンした学術文化総合ミュージアムだ。日本郵便と東京大学の産学協働プロジェクトで、東京大学総合研究博物館が所蔵していた自然史・文化史の貴重な学術標本群が多数、常設展示されている。

ボクはぴあのの勢いにとまどった。彼女は動物や植物になんか興味を示さない人間で、まして標本なんか見たがるとは思えなかったのだ。

「何があるの？」

「ドイツのマルチン・シリング社製の幾何《きか》関数実体模型コレクションです」

相変わらず彼女は、呪文《じゅもん》のようなややこしい言葉を、噛《か》まずにすらすら口にする。

「幾何関数……？」

「代数幾何学や微分《びぶん》幾何学に関する曲面を立体で表現したものです。ついさっき、すばるさんが来るまでネットで調べものをしていて、偶然知ったんです」

彼女はスマホの画面をボクに見せた。インターメディアテクのサイトが表示されている。

「二〇世紀初頭に日本に輸入されて、東京帝国大学の理学部数学教室で授業に用いられてたそうなんです。第二次大戦後は、東京大学大学院数理科学研究科に所蔵されていて、そこから複製されたレプリカだそうです」

「貴重なものなの？」

「マルチン・シリング社は一九三二年に生産を中止してるんです。生産数はあまり多くなかったそうですから、世界でも残ってる模型は数少ないはずです」

「それが見たい？」

「はい。私の理論の役に立つかもしれません」

「でも、君が探してるのは六次元の曲面だよね？　三次元のモデルが役に立つの？」

「分かりません。でも、見てみたら何かヒントになるんじゃないかと思うんです」

理論の構築が遅々《ちち》として進まないことに、ぴあのはあせりを覚えていた。何とか行き詰まりを打開する方法を模索《もさく》していたのだ。ボクはつき合うことにした。

ＪＰタワーは秋葉原から電車でほんの数分、東京駅丸の内口の前にある。旧東京中央郵便局舎の敷地に建てられた高層ビルだが、低層部には旧局舎の一部が保存されている。デパートのように、地階には食料品店、一階にはショップとカフェ、二階から四階にはレディスファッションやファッション雑貨の店、五階と六階にはレストランが入っている。インターメディアテクはその二階と三階にあり、入場無料ということもあって、ショッピングに訪れた女性客やカップルなどもふらりと立ち寄って、展示物を鑑賞してゆく。

入口から足を踏み入れると、ぴあのは正面の壁に展示されたマチカネワニの巨大な骨格標本には見向きもせず、階段を早足で上がった。ボクはフレアスカートに気をつけながら、後

を追った。

古い学校の設備をそのまま移転したような、レトロな内装の空間だった。マルチン・シリング社製の模型はすぐに見つかった。ガラスのはまった大きな木製の戸棚の中に展示されている。この戸棚自体、かなりの年代もののようだ。やはり東大から持ってきたのだろうか。

戸棚は縦に六段。各段に十数個の白い石膏《せっこう》模型が並んでいる。全部で八〇個はあるだろうか。棚の外にも、いくつかの数学模型が台座に載せられ、オブジェのように展示されていた。知らない人には現代アートのように見えるのではなかろうか。

そのヴァリエーションの豊富さには圧倒される。単純な卵形から、メガホンのような円錐《えんすい》形《けい》、花瓶《かびん》のような形、テーブルのような形、バケツを揺らした時にできる波のような形、水面に水滴が落ちた瞬間のような形、象の牙《きば》、乳房、城塞《じょうさい》、馬の鞍《くら》、柱に巻きついた蛇《へび》……これらはすべて、幾何学や複素関数などから生み出された数学的に正確な曲面なのだ。

「歴史的に貴重なコレクションですね」

戸棚のガラスに鼻がくっつきそうなぐらい顔を近づけ、ぴあのはうっとりとささやいた。

「ＣＧなんかなかった時代は、学生はこういうもので学んでたんですね。ハイゼンベルグやシュレディンガーやシュバルツシルトも、こういう模型で勉強したのかもしれません」

「どれが何か分かるの？」

「はい。たとえばあれ」

ぴあのはドリルかネジのような螺《ら》旋形《せんけい》の立体を指して言った。

「ディニ曲面です。負《ふ》の定曲率を持つ一般化されたヘリコイド曲面です。すごく美しいですよね。あっちのはオンデュロイド。平均曲率が一定の曲面です。シンプルだけど素敵です。あっちはクエン曲面で……」

ぴあのは夢中になって喋《しゃべ》りまくった。唇《くちびる》から流れるように出てくる専門用語の洪水は、辛抱強い男でなかったら逃げ出していたかもしれない。

しかし、あいにくと模型の中には、ぴあののヒントになるようなものはなかった。みんな一般的な数学曲面で、彼女が知っているものばかりだったのだ。

「ついでだから、他のものも見ていこうよ」

しょげている彼女を元気づけようと、ボクは誘った。この機会に、世界には物理や数学以外のものもあると教えたかったのだ。

意外なことに、ぴあのは数学関係以外の展示物にも興味を示した。注意してみれば、館内のあちこちに、様々な曲面があったからだ。

たとえば、紀元前八～六世紀にイランで作られた青銅の装飾品。紡錘形《ぼうすいけい》の金属を曲げてクロワッサンのような形にしたもので、ブレスレットか何からしい。その形は偶然にも、さっきの数学模型のひとつと酷似《こくじ》していた。

「面白いですね」ぴあのは感心していた。「古代の人の美学が、この曲面を構成する関数にたどり着いたんですね。美学は関数と関係があるのかもしれません」

流体《りゅうたい》力学の研究に用いられていた、大きな木製のプロペラの模型もあった。ぴあのはその

螺旋状にねじれた美しい曲面を眼でたどり、「xイコール、サインθ《シータ》……」などとつぶやいていた。曲面を頭の中で関数に変換しているのだ。

鳥や哺乳類《ほにゅうるい》の剥製《はくせい》、ラミダス猿人《えんじん》の化石の歯、古代ペルーの金属の冠などには、彼女は興味を示さなかった。しかし、モウコガゼルの角、アンモナイトの化石、オランウータンの骨《こつ》盤《ばん》、フラミンゴの頭《ず》蓋骨《がいこつ》などの前ではいちいち立ち止まり、その曲面を観察していた。

「この曲面、ユニークですね」

イナズマツノヤシガイの貝殻標本を前に、ぴあのは感心していた。

「たぶん貝殻を形成する遺伝子のプログラムの中に、関数が組みこまれてるんですね」

「自然界も数学に支配されてるってことだね」

「ええ。目からウロコが落ちますね」

展示物の中には、キリンの骨格、絶滅した古代の巨鳥エピオルニスの骨格、やはり絶滅した巨大鳥モアの卵など、珍しいものも多かった。マチカネワニに次いで大きいと思われるのは、ミンククジラの骨格標本だ。体長は八メートルぐらいあるだろうか。大きな鉄の枠の中に吊《つ》るされている。頭骨《とうこつ》の大きさだけで、大人の身長ぐらいあった。

頭骨の形は変わっていた。下顎《したあご》は左右に分かれており、まるで象の牙のように湾曲している。上顎の形状も、鯨《くじら》というより鳥の嘴《くちばし》のようだ。中央部に深い溝《みぞ》があり、その奥に鼻《び》孔《こう》があった。左右には大きな眼窩《がんか》。けっこう複雑な曲面で構成されているものの、全体としてジェット戦闘機の先端部のようにシャープである。水の抵抗を減らすためだろう。案内板に

書かれた解説によると、ミンククジラは高速で泳ぎながらプランクトンを食べるため、頭骨がこういう特殊な形状に進化したのだという。

「面白い形だよねえ」

そう言って、傍《かたわ》らのぴあのに視線を移したボクは、はっとした。

彼女はミンククジラの頭骨をじっと見つめている――これまでに見たどの標本よりも熱心に。

声をかけるのがためらわれた。その時の彼女の表情ときたら、「魅入られた」という表現がぴったりだった。何者かの魔法に操《あやつ》られているかのように、心ここにあらずという雰囲気だった。頭骨の周囲をゆっくりと半周しながら、頭を上げたり下げたり、時にはしゃがみこんだりして、いろいろな角度から覗きこむ。さらには頭骨の尖《とが》った鼻先ぎりぎりまで顔を近づけた。〈展示物に手を触れないでください〉という注意書きに反して、手を伸ばそうとしているように見えて、横で見ていてはらはらした。

ボクは直感した。彼女は何かを見つけたのだ。クジラの頭骨の曲面から、普通の人間には読み取れない何か――世界の扉を開ける鍵のヒントを。

五分ほどして、彼女は魔法から解放されたように、ほうっと長い息を吐《は》いた。

「……役に立ったの？」

ボクが訊《たず》ねると、ぴあのは惚《ほう》けたような表情で、「はい」と小さく答えた。

「この三次元立体を、四次元からの投影《とうえい》だと考えて、元の形をイメージしてました。その曲

面をさらに六次元にまで拡張して、複素関数に変換してみたら……」

「できたの？」

「たぶん――これから家に帰って、じっくり検討してみないと……でも、たぶん……ええ、これが正解だと思います」

　それはのちに世界を変えることになる新理論――光双曲面物理学誕生の瞬間だった。

10　世界が変わった日

二〇二八年四月、ボクは真下《ましも》社長のコネで、スターマイン・プロダクションに入社した。配属されたのは企画部。所属タレントのCMやPVの立案・制作や、コンサートの企画などが仕事だ。

入社早々、混沌《こんとん》の中に投げこまれた。企画部は大幅な再編の真っ最中で、てんてこまいだったのだ。前に社長がちらりとボクに洩《も》らした「大きなプロジェクト」が本格的に立ち上がったからだ。

新たな動画投稿《とうこう》サイト〈あおぞらロード〉の設立——音楽・映像・出版関係の企業一七八社が参加する大がかりなものだった。

もちろん、単なる動画投稿サイトでは、従来の〈ほんわか動画〉などに太刀打《たちう》ちできるわけがない。〈あおぞら〉の特徴は「投げ銭システム」の本格的導入だった。

「これはクリエイターの誇りと視聴者の自由意志、それに資本主義ががっちり組み合わさったシステムだ」

システムの提唱者というわけでもないのに、真下社長はボクの前で自慢げに語った。

「俺はずっと疑問だったんだ。ボーンクラッシャーPみたいな才能のある奴が、いくら優れた作品を発表しても、一銭の収入にもならない。本人は『再生数やコメントが私にとっての報酬《ほうしゅう》ですよ』とか、かっこいいこと言ってやがるけどよ。観《み》る側からしたら、すごい作品を観た後に、『すごかった』とか『感動した』とか書きこむだけじゃ足りねえことがあるんだよ。こんないいもんを観せてもらって、金を払わないと後ろめたいって心理がさ」

以前から言われていた「振りこめない詐欺《さぎ》」というやつだ。動画投稿サイト上の優れた作品に対する賞賛の言葉で、感動して作者にぜひ金を払いたいのに、払う方法がない――という心理を表わしている。

投げ銭システムは十数年前から何人もの識者によって提唱されてきた。限定的だが、テストされたこともある。路上パフォーマーに金を払うように、視聴者の自由意志で動画の作者に送金できるシステムだ。

まずクレジットカードかコンビニからの決済で投げ銭ポイントを買う。優れた作品を視聴した後、視聴者は自分で決定したポイントを送る。普通は一〇〇ポイントとか二〇〇ポイントといった単位だが、感動が大きかったなら何千ポイントも送っていいし、もちろん送らなくてもかまわない。ポイントは一ポイント一円で換算されて作者の口座に払いこまれる。

最大の問題は権利関係だ。自分が作詞・作曲した歌を歌ったり演奏したりするだけなら、何も問題はない。だが、既成《きせい》の歌を使用する場合、権利を持つ音楽ソフト制作会社や作曲者・作詞者など、権利関係者にも投げ銭の一部が分配されなくてはおかしい。映像も同様だ。

既成の映像を編集した、いわゆるMADの場合、オリジナルの映像の権利者にも金が支払われるべきだ。

　そのためには、できるだけ多くの権利関係企業がこのプロジェクトに参加しなくてはならなかった。幸い——というとおかしいが、テレビ局も映画会社も音楽ソフト制作会社も、ここ十数年、ネットの普及で収入が減り続けていた。少しでも金が欲しい。個々の投げ銭の額は少なくても、〈あおぞら〉が大きなサイトに成長し、何百万人もが投げ銭を払うようになったら、そこから得られる分け前も無視できない額になる。

　そのパーセンテージについては激しい攻防があった。大手レーベルからの「五〇パーセントにしろ」という理不尽《りふじん》な声も強かった。しかし、パフォーマーに金は払いたいが権利関係者には払いたくないという視聴者も多いから、あまり高いパーセンテージにすると視聴者が投げ銭を出すのをしぶり、逆に権利関係者の収入が減るという試算が出た。最終的に二五パーセントに落ち着いた。複数の会社の権利が使用されても、取り分は常に二五パーセントで、それが権利者すべてに均等に分配される。

　それぞれの動画がどんな既成作品を使用しているかは、投稿者が自己申告しなくてはならない。その申告を基《もと》に、関連する権利者全員に投げ銭が配分される。申告を怠《おこた》ったり虚偽《きょぎ》の申告をした者は警告を受け、何度も繰り返すようならアカウントを剥奪《はくだつ》される。既成作品やその一部を、改変することなくアップするのも禁止だ。それでは投稿者は何の努力もせずに儲《もう》けることになってしまうからだ。

また、投稿の際には、長さ一分につき一〇〇〇円の手数料を払わなくてはならない。一〇分の作品なら一万円だ。これは〈あおぞら〉の運営を維持するためであると同時に、質の低い作品が無数にアップされて運営を妨害《ぼうがい》するのを避けるためでもあった。自分の動画で手数料以上の投げ銭が貰《もら》えるという自信のある人だけが投稿しなさい、というわけだ。もちろん、プロのアーチストが自分の曲をアップしたり、映画会社が予告編などをアップしたりして、投げ銭を稼《かせ》ぐのも自由である。

スターマイン・プロもこのプロジェクトに参加している関係で、少なからぬ人手を割《さ》かれていた。自社がどんな権利を有しているかをリストにして提出しなくてはならないのはもちろん、投稿される動画が規約を破っていないかも監視しなくてはならず、そのための対策班も発足させた。これだけ手間をかけて、失敗したら目も当てられない。

当然、サイトを成功させるためには、優れた作品を多数揃《そろ》えなくてはならない。立ち上げに際し、〈あおぞら〉や関連企業各社は、半年も前から多くの有名Ｐに声をかけ、オープニングを飾る動画を投稿してほしいと呼びかけた。多くの者がその要請に応《こた》えた。

六月一日、〈あおぞらロード〉がオープンした。

いきなり注目を集めたのは、ボーンクラッシャーＰの新作『ムーンブレイカー』だった。彼の愛する結城《ゆうき》ぴあののＣＧを使った本格スペースオペラで、全四〇分もある力作だ。声は入っておらず、台詞《せりふ》は字幕のみ。それでも全編に緊迫感《きんぱくかん》が満ちていた。クライマックスでは、ぴあのの歌をＢＧＭに、迫力ある宇宙戦闘が展開する。深みのあるシナリオ、ＭＭＲを最大

限に使いこなしたリアルな映像は、大手映画会社の作る大作映画とほとんど変わらないレベルだった。

ぴあの自身が自分のブログで絶賛したこともあり、公開からわずか三日で『ムーンブレイカー』は四〇万再生を突破し、二〇〇〇万円を超える投げ銭を獲得した。その後も何週間にもわたって、毎日何十万円もの投げ銭を獲得し続けた。

最終的にボーンクラッシャーPは、この作品一本で三五〇〇万円以上を稼いだ。ぴあの関連の動画を作っている作者は他にも何人もおり、どれもそこそこの投げ銭を得ていた。もちろん、ぴあのの権利を有するスターマイン・プロには、思わぬ収入が転がりこんだ。

他にも〈あおぞら〉に作品をアップし、何十万、何百万もの投げ銭を稼ぐ者が続出した。そうなると、まねをしたくて作品を投稿する者も増える。質が高い作品でなくては投げ銭は入らないので、みんな競い合って質を上げてゆく。フィードバックが良い方向に作用しはじめた。

当然、ネット民の中には、金儲《かねもう》けを嫌悪《けんお》する者も多い。しかしこの場合、金を払うかどうかは、あくまで視聴者の選択だ。「俺はこの作品が気に入ったから投げ銭を払ったんだ。文句があるか」と開き直られたら、沈黙せざるをえない。

もちろん「歌ってみた」「踊《おど》ってみた」「演奏してみた」といった素朴《そぼく》なパフォーマンス動画も、ある程度の投げ銭は集める。しかし、何といっても投げ銭が多く集まるのは、『ムーンブレイカー』のようなドラマ仕立ての作品、それも大作だった。その年の九月には塩ラ

ーメンPのアクション大作『ブラックドッグ1』が四二〇〇万円を稼いで、ボーンクラッシャーPの記録をあっさり塗《ぬ》り替えた。

DTMP――デスクトップモーションピクチャーの時代は、この二〇二八年に幕を開けたと言える。ボーンクラッシャーPらに続いて、メガプロと呼ばれる多くの才能あるPが頭角《とうかく》を現わし、おのれの才能で億単位の金を稼ぐようになる。

　それと反比例して、大手映画会社やテレビ局はゆっくりと没落していった。人間の役者が出てくる映画やドラマも作られ続けたが、本数は減っていった。本物の映画と同程度の水準、あるいはそれを上回る作品が、ネット上を席巻《せっけん》していったのだ。人々はわざわざ映画館に出かけて高い料金を払うより、自宅でDTMPを鑑賞し、一〇〇円とか二〇〇円とかを払う方を選ぶようになっていった。

　二〇二八年は、メディアの歴史のターニングポイントとなった年だった。


　入社して数ヶ月後には、ボクは理工系であることを見こまれ、結城ぴあの関連の企画にも関《かか》わることになった。彼女がしばしば口にする意見や提案。その中の科学的に難解な部分を、素人《しろうと》にも分かるように嚙《か》み砕くのが仕事だ。

　当然、ぴあの自身とも何度か顔を合わせた。〈下里昂《しもさとこう》〉と印刷された名刺《めいし》も渡した。真下社長の目論見《もくろみ》通り、彼女はボクの正体にまったく気づかなかった。伊達眼鏡《だてめがね》をかけ、意識していつもより低い声で喋《しゃべ》り、「です・ます」口調で通したのだが、そんな小細工《こざいく》も必要なか

ったのではないかという気がする。

当然かもしれない。ボク自身、女装している時とそうでない時とでは、外見や振る舞いや声だけでなく、内面も別人だと感じている。下里昴《すばる》と貴尾根《きおね》すばるは、記憶や感情を共有しているだけで、まったく異なる独立したキャラクターなのだと。

見破られなかった理由は他にもある。あらためて観察していて気がついたのだが、ぴあのは基本的に、他人の顔をあまり見ないのだ。ボクと話す時でも、視線が宙を泳いでいることが多い。相貌失認《そうぼうしつにん》ということもあるが、他人の表情にあまり興味がないからではないかと思えた。

いつか彼女が言っていたこと——「私にとって、ヒトとモノは地続きなんです」という話を思い出す。普通の人は、誰かと話している時、相手の姿は目に入っているが、その背景は意識から締め出されている。背景から人間だけが切り出され、浮き上がっているように認識しているのだ。それに対し、ぴあのの視野では、人間は背景と一体化していて、平板《へいばん》に見えているのかもしれない。

そんなわけで、最初はバレるのではないかとびくびくしていたボクも、しだいに安心し、リラックスしていった。貴尾根すばる以外のキャラクターの目を通して見るぴあのは、いろいろと新鮮だった。

彼女の仕事ぶり——ステージで歌っている姿だけではなく、車で移動したり、スタッフと打ち合わせたり、舞台裏で他の出演者と雑談したりする場面も、何度も目にした。表面的に

見れば、その姿はごく普通のアイドルの女の子だった。

　ボクと同様、ぴあのも二つの顔を見事に使い分けていた。アイドルとしての顔とマッド・サイエンティストとしての顔。

　仕事はすべて順調とはいえなかった。その年の夏に放映されたドラマ『ホシゾラ岬《みさき》』では、ぴあのは脇役で出演し、演技に初挑戦したのだが、出来は惨憺《さんたん》たるものだった。いくら練習しても棒読みが直らないのだ。すでに女優として活躍している青梅秋穂《おうめあきほ》とは、この分野で大きく差をつけられた形だった。

「私、嘘《うそ》がつけないんです」彼女はブログでそう釈明した。「自分の思ってるのと違うことを言おうとすると、どうしても不自然になっちゃうんですよね。そのせいでスタッフのみなさんにご迷惑をおかけしました」

　嘘をつけないというのは本当だろう、とボクは思った。秋葉原で初めて会ってから三年になるが、ぴあのが何か嘘をついたことは一度もない。これもまた、彼女の脳が常人とは違う点のひとつかもしれない。

　マッド・サイエンティストとしてのぴあのの顔も、ボクは見つめ続けていた。

　仕事がさらに忙しくなり、家に帰れる日が以前より減っていたが、ぴあのはあまり苦にしていなかった。むしろ楽しそうだった。自分が思いついた理論についての思索《しさく》をめぐらせるのは、移動中でも、出番待ちの間でもできる。彼女は暇《ひま》さえあればＡＲゴーグルを装着し、

例のアプリを起動して、高次元の複素曲面をこねくり回した。その手つきは、知らない人が見たら立体パズルゲームをやっているように見えただろう。難解な高等数学の本を読んでいることもあった。また、いつも小さなボールペンを持ち歩き、台本の空白などに方程式を書きつけていた。

彼女はよくボク（貴尾根すばるの方だ）に電話をかけてきて、研究の進展を報告してきた。NASAのガンマ線観測衛星の最新の観測結果から得られた暗黒物質《ダークマター》の分布が、自分の理論とよく一致すると、嬉《うれ》しそうに報告してきた。複雑な行列式に手こずってるとか、これまであまり興味のなかった超伝導についても勉強してるとか、一般次元のコンパクト複素多様体に対するリーマン－ロッホの定理がすごく美しい、といったことも。

前年の一二月に、ぴあのは二〇歳になっていた。二〇歳で死んだエヴァリスト・ガロアが、当時の欧米の数学者たちの何十年も先を進み、多くの業績を残したように、彼女の数学と物理の知識は、すでにとんでもないレベルに達しているようだった。

ボクにはぴあのの話は半分も理解できなかったが、電話越しに彼女のうきうきした声を聞くだけで、こっちまで楽しくなった。その声を通して、彼女の人生がエキサイティングな山場を迎えていることを実感した。

そして、ミンククジラの頭骨《とうこつ》からヒントを得たあの日から一〇ヶ月、ぴあのの理論はいよいよ完成に近づいた。

その日、学園祭で賑《にぎ》わう神戸大学で、周防義昭《すおうよしあき》は朝からそわそわしていた。一九六八年生まれ。京都大学理学部物理学科の助教授になったのは三二年前。神戸大学理学部地球惑星科学科の教授になったのは一七年前のこと。今年で六〇歳、そろそろ退官の時期も視界に入ってきていた。若い頃から宇宙物理学者としていくつもの論文を発表し、この分野では少しは名を知られている。著書も一〇冊以上あった。もっとも、ノーベル賞などには縁がなかったし、マスコミで脚光を浴びるような業績があるわけでもなく、一般的な知名度は低い。

おそらく学者としての残りわずかの時間も、あまり輝くことなく終わるのだろう——ゴールを見据《みす》え、彼はそう諦観《ていかん》していた。学生時代は「大発見をしてノーベル賞を取ってやる」と息巻いていたこともあるが、さすがにもうそんな無邪気《むじゃき》な夢は捨てた。それでも充実した学者人生だったとは思っているし、十分にがんばってきたという自負もあるから、悔《く》いはない。物理学の世界に大きな業績を残せなかったのも、しかたのないことだ。後世に名前を残せる幸運な科学者など、数千人に一人にすぎないのだから……。

しかし、このまま波乱もなく終わると思っていたドラマの結末近くになって、ちょっとしたエピソードが、やや唐突に挿入《そうにゅう》されることになった。

人気アイドルの結城ぴあのが、個人的な会見を申し入れてきたのだ。神戸大学の学園祭に来たついでに、時間が空《あ》いているので、以前からファンだった周防先生の研究室を訪ね、ぜひお話をうかがいたい——というのである。ドッキリ企画ではないかと、何度確認したこと

か。

若い頃、早見《はやみ》優《ゆう》や中森《なかもり》明菜《あきな》に入れ上げた世代だから、アイドルに対する偏見《へんけん》などない。今のアイドルには詳しくなかったが、結城ぴあのの評判ぐらいは学生たちから耳にしている。テレビで喋っているのも一度だけ観た。岩手県の山中に建設されたＩＬＣ（国際リニアコライダー）の意義について話していた。まだ若いのにたいした科学知識を持っていると感心し、「君たちも見習わなきゃだめだよ」と学生たちを諭《さと》したこともある。

そんな結城ぴあのが自分のファンだというのは、くすぐったいが、悪い気分ではない。だからオファーを承諾した。

午後一時きっかり、結城ぴあのは太ったマネージャーとともに周防の研究室を訪れた。テレビに出る時のような派手な衣装ではないが、メイクはしている。

扉が閉じる前、研究室の外に男子学生が人垣を作っているのが、ちらっと見えた。今日の訪問はマスコミにも知らされていない完全にプライベートなものだったが、ギャラリーをシャットアウトしなければならない関係で、周防は大学と研究室の学生にだけは結城ぴあのが研究室に来ることを伝えていた。その情報が広まっていたに違いない。校内をここまで歩いてくる間、さぞセンセーションを巻き起こしたことだろう。

ぴあのとマネージャーの大畑《おおはた》晋也《しんや》は、周防に名刺を差し出した。受け取ったことのないピンクのホログラム入りの名刺に、周防はちょっととまどった。

「お忙しいのに時間を作っていただいて、申し訳ありません」

ぴあのは若いのに礼儀正しかった。周防は好感を持った。

「いえいえ。そちらこそお忙しいのでは？」

「ええ。今日も学園祭のステージでちょっとだけ歌いますけど、明日も神戸で別の公演があるんです。でも、神戸に来たついでに、どうしても周防先生にお会いしたくて、マネージャーさんに無理言って、スケジュールを空けてもらったんです」

「それはそれは」

「私、先生の大ファンなんです。ご著書はすべて拝読してます。特に好きなのは『失われた宇宙論』です。発売されてすぐに読んで、何度も読み返しました」

「は？　でも、あれを出したのは確か一〇年前……？」

「はい。小学五年の時です」

　周防はさすがに訝《いぶか》った。『失われた宇宙論』は古代インドから現代までの宇宙論の変遷をたどる本で、アリストテレス、プトレマイオス、デカルト、さらに二〇世紀の定常《ていじょう》宇宙論や振動宇宙論など、間違っていたことが判明した宇宙論の数々を紹介している。一般向けの解説書とはいえ、数式もいくつか出てくるし、天文や相対論についての基礎知識も要求される。それを小学五年の女の子が読んだというのか？

「だって、オルバースのパラドックスとか定常宇宙論なら、他にもいろんな本に載ってますけど、ブランス－ディッケの理論やアルベン－クラインの物質－反物質宇宙論について解説した本なんて、他になかったんですよ。ホイルのC場とかリットルトン－ボンディの帯電《たいでん》宇

宙論とかも、あの本で知りました。あと、何といっても、ミスナーのミックスマスター宇宙論！　あれ、面白いですよね。宇宙が三軸不等の振動してるなんて、すごくユニークな発想で」

　眼をきらきら輝かせて熱く語るぴあの。同じぐらいの年齢の学生たちといつも接している周防は、その輝きの奥に、今の無気力な若者たちと決定的に違うものがあることに気づいた。この娘は深い知識を持っているだけでなく、本当に宇宙が好きなようだ。

「私、あの本を読んで感じたんです。宇宙論学者って、この世でいちばん柔軟な考え方をする人たちなんだなって。だって、いつも宇宙のスケールで考えていて、エキサイティングな説を次々に提唱するじゃないですか。どれもこれもユニークで、間違ってたのがもったいないくらい」

「ええ、確かにもったいないですね」

「やっぱりそう思われます？」

「ええ。どの説もそうですが、その時代の限られた知識からすると、非常によくできています。残念ながら、のちの観測結果と一致しなかったというだけです。考え方自体は決して間違っていなかった」

「間違っていたけど、間違ってなかった？」

「そうです。ある説が結果的に間違いであることが証明されたとしても、そうした試行錯誤《しこうさくご》の積み重ねによって、宇宙についての知識が深まる。だから科学者は、間違った説を唱《とな》える

ことを恐れてはいけないと思います。間違いだと分かったら修正すればいいだけのことですから」

「その言葉で勇気が出ました」

「は？」

「実は先生に聞いていただきたいお話があって——ああ、そうそう」

彼女は振り返ってマネージャーを見た。

「大畑さん、ここにおられますか？」

「えっ？　いちゃいけないの？」

「いてもいいですけど、興味のない人には、かなり退屈な話になると思いますよ」

宇宙論の話ですでに退屈して、尻がむずむずしていた大畑だが、それでも「いや、いちおうマネージャーの義務だし」と言って残ることを選んだ。

ぴあのは周防に向き直った。

「ところで、『話のタネの相対論』の中で、タキオンについて触れておられましたよね？」

「ええ」

「タキオンは相対論に矛盾《むじゅん》しないから、存在してもおかしくない。だから真剣に考えるべきである……というスタンスだったと記憶してるんですけど」

「まあ、ビラニウクの受け売りですけどね」

物理学者オレクサ-マイロン・ペトロヴィッチ・ビラニウクは、タキオンの存在について

考察した一九六〇年代の論文の中で、マレー・ゲルマンの全体主義原理——「禁止されていないことはすべて行なわなければならない」を引用している。タキオンの存在は禁止されていないのだから、それについて考えるべきなのだと。

「あれはどこまで真剣に書かれたんでしょう？」

周防は苦笑した。「半分は読者を楽しませるためのリップサービスですが、半分は……ええ、私自身、タキオンなんてものがあると面白いと思ってますよ」

「他の物理学者の方の著書も読んだんですが、タキオンを積極的に否定してる人って、あまりいないんですよね。せいぜい、ホーキングの時間順序保護仮説に反するから、といった消極的な理由で」

タキオンは時間を逆行することが可能である。もしそんなものが存在したら、過去に情報を伝達することができ、因果《いんが》律《りつ》が成り立たなくなる。だから時間の順序を乱すようなものはこの宇宙には存在しないのだ——というのがスティーヴン・ホーキングの主張だ。

「しかし、時間順序保護仮説はその名の通り、単なる仮説にすぎませんからね。ホーキング自身、間違っている可能性があると認めてる。タキオンが存在しない証明としては弱いですね」周防はにこっと笑った。「確かに存在すると厄介《やっかい》ですが、どっちかというと、あった方が面白い。もし発見されたら、タキオンについて、物理学がひっくり返ります。それが楽しい」

「でも、先生ご自身は、タキオンについて、あまり考察されたことはない？」

「まあ、そうですが……」

「実は私が考えてきたことを聞いていただきたいんです。間違いがあるなら指摘していただこうと思って」

そう言ってぴあのは、バッグから二組のＡＲゴーグルを取り出し、一方を周防に差し出した。

「すみません、これ、着けていただけませんでしょうか？」

周防は警戒した。「何でしょう？」

「私の考えをプレゼンするのに、どうしても三次元の図が要《い》るんです。お願いします」

何かトンデモない仮説を聞かされるのではないか――そう疑いながら、周防はしぶしぶゴーグルを装着した。ぴあのと大畑もそれぞれ自分のゴーグルを着ける。三人のゴーグルはすでに同調しており、同じものが見えるようになっている。

「まずはこれです」

ぴあのが手を振ると、空中に図形が現われた。最初は単純なグラフだ。うっすらと表示された方眼は、縦軸がＥ、横軸がｍｖとなっている。そこに四五度に傾いた二本の赤い線が重なり、大きな×印を描く。さらに四本の青い双曲線《そうきょくせん》が※印のように四方から迫り、曲線の頂点を×印の中心に向けているが、赤い線とは接していない。

「お分かりと思いますが、縦軸がエネルギー、横軸が運動量を表わしています」ぴあのが解説する。「余接《コタンジェント》が速度で、垂直が静止状態。垂直から傾くほど速度は大きくなります。この四五度の線がヌル・ライン――つまり光速です」

周防にしてみれば見慣れた図だった。

「問題はここです」

ぴあのは×印の右側、二本の赤い線とグラフの縁《ふち》で囲まれた、二等辺三角形の領域を指し示した。

「四五度より傾いている領域――つまりタキオン時空です。見たところ、亜光速のタージオン時空、つまり私たちが住む世界を、九〇度傾けただけのように見えます」

「ええ、そうですね」

「この図から直感的に、ヌル・ラインをはさんでタキオン時空とタージオン時空が対称に存在していると予想されます。つまり、ボソンとフェルミオンの間に超対称性があるように、タキオンとタージオンにも超対称性があるんじゃないかと。それで私、それを統一してみたんです」

ぴあのが過去形で話したことに、周防はひっかかった。

「ちょっと待って。統一した？」

「はい。かなり時間がかかりましたけど、できました。まず、超弦《ちょうげん》理論の非《ひ》摂動的《せつどうてき》な定式化が必要で――」

それから約一時間半、ぴあのは喋りに喋った。空中にグラフや3D図形、方程式を出現させ、それを順に指し示しながら、自分の考えを周防に説明した。

「ご存知のように、超ポアンカレ代数では二つの超電荷《ちょうでんか》の反交換関係が並進《へいしん》の生成子《せいせいし》となりますから、この理論は局所的な並進対称性も有していなくてはなりません。それに対するゲージ場は、もちろん重力場です。これを記述するにはワイル・スピノールを用いるのが適しています。先の式のマヨラナ・スピノールをカイラル射影《しゃえい》すれば、ワイル・スピノールが得られ……」

「このマクスウェル型のラグランジアンを持つ二階反対称テンソル場は、それに双対な三階反対称テンソル場と等価です。これはゲージ変換に対して不変ですから、ヤン＝ミルズ場のベクトル場として一般座標変換と重力場の変換を行なえば、この式のように全微《ぜんび》分《ぶん》だけ変化します」

「ここでψ《ファイ》をX上の滑《なめ》らかな多重劣調和《たじゅうれつちょうわ》エクゾースション関数とすると、この式は十分小さな正《せい》の数ε《イプシロン》に対してX上の完備ケーラー形式となり……」

「このXをn次元非特異射影代数多様体として、Lをその上のサンプル直線束《ちょくせんそく》として、この不等式の条件で大域切断を生成します。ここでは半正値曲率カレントを持つ特異エルミート計量をLの計量と考えてかまいません。ここで直線束が擬《ぎ》正《せい》であれば、AZDが存在します」

「反ド・ジッター時《じ》空解《くうかい》の周囲の場のゆらぎを量子化《りょうしか》すると、超ポアンカレ代数ではなく、このような超反ド・ジッター代数の超多重項が生まれます」

「非コンパクトなリー群であるGのキリング形式は正定値ではありませんが、その部分群H

で割った非線形シグマ模型は正定値な計量を持つ空間で、運動項が逆符号になっているゴースト場を含まない理論を構成できます。ここでスカラー場が真空《しんくう》期待値を持つと、その運動項からヤン-ミルズ場の質量項が現われ、ヒッグス機構によってゼロでない質量を持ちます。この質量は二乗が負《ふ》であっても、その値が小さくなければ安定であることが、ブライテンローナーとフリードマンの論文によって示されています。この場合、ポテンシャルエネルギーは負ですが、場にρ《ロー》依存性があるため運動エネルギーは正で……」

二〇歳の娘の口からとめどなく流れ出す高等数学と最先端物理学の講義。ぴあのは二七個のベクトル場と四二個のスカラー場を自在に操《あやつ》り、「モノイダル変換」「解析的連接層」「超重力多重項」「ザリスキ稠密《ちゅうみつ》」「ディラトン場」「コバウンダリ作用素」「ソボレフ空間」「ユニタリー・シンプレクティック群」といった専門用語を少しも間違えずに使いこなし、呪文《じゅもん》のような方程式を書き並べ、途方もない理論を織り上げてゆく。研究室の空間はどんどん方程式とグラフで埋め尽くされていった。その膨大《ぼうだい》な量と高度な理論に、周防は圧倒された。専門家である彼でさえ、ついていくのがやっとだった。それは一月にインターメディアテクできっかけをつかんで以来、ぴあのが一〇ヶ月もじっくりかけて構築した体系だったのだが、もちろん周防はそんなことを知る由《よし》もない。

大畑はというと、どうにか我慢《がまん》していたものの、頭が痛くなったらしく、二〇分ほどで音《ね》を上げた。ゴーグルをむしり取り、「ごめん。終わったら電話して」と言ってこそこそと部屋を出ていった。周防も何度、逃げ出したいと思ったことか。その一方で、エキサイティン

グな理論の展開に魅了《みりょう》されてもいた。

ちょくちょく、周防でさえ理解できないところがあった。

「ちょっと待った」彼は方程式のひとつを指した。「このベルグマン核の変動……なぜこんな風に擬正特異エルミート計量として拡張できるんだ？」

「高次元の場合のベルグマン核の変動は、ベルンソンが定理で証明しています」

「じゃあ、ここの交叉《こうさ》形式のインデックスは？」

「そこはヒルツェブルフの指《し》数《すう》定理とリーマン－ロッホの定理から導けます」

すべてこの調子。どんな質問にも、ぴあのはよどみなく答える。少しの迷いもためらいもない。

周防は感心を通り越し、恐ろしささえ感じていた。この娘はいったいどんな怪物なのか。その小さな頭脳の中に、どれほどの知識と知能とひらめきを秘めているのか……？

すでに研究室の中は方程式とグラフでいっぱいで、どっちに行こうとしてもどれかにぶつかってしまう状態だった。まるでジャングルのように、視界が利《き》かなくなってきている。

「そして、これがその複素曲面です」

ぴあのの説明はクライマックスに近づいた。彼女は空中に大きな三次元図形を出現させた。それはあのミンクジラの頭骨に、なんとなく似ていた。

「もちろんこれは三次元的な射影にすぎません。回転させるとこうなります」

ぴあのが指揮者のように空中で手を振り回すと、図形はうねうねと複雑にモーフィングし、

ドーナツのような形に、さらに水牛の頭のような形に変化する。

「私たちのタージオン時空の物理法則と、タキオン時空の物理法則――二つはまったく異なるように見えて、実は同じ複素関数から発しています。これを見てください」

ぴあのはまだかろうじて空いているスペースに、二枚の白い正方形の板を出現させた。一枚は水平で、中央には丸い影が落ちている。もう一枚はその横に垂直に立っていて、三角形の影が映っている。

「これは一見すると違う影のようですが、そうではありません」

水平の板の上の空中に、白い円錐《えんすい》が出現する。真上からの光線が下の板に丸い影を落とし、横からの光線が垂直に立った板に三角の影を落としていたのだ。

「ひとつの立体が、光を当てる角度によって異なる形の影を生みます。タージオン時空とタキオン時空の関係もこれと同じです。共通する複素関数の別の側面なんです。それを結ぶのが光です。私たちの世界では光は球状に広がりますが、タキオン時空では双曲面状に広がります。でも、それは見る角度を変えただけで、同じものなんです」

彼女は周防に向き直り、やや心配そうに訊《たず》ねた。

「どうでしょう、先生？　どこか間違ってるでしょうか？」

周防は答えられなかった。ぴあのの理論はあまりにも複雑かつ膨大で、まだ全貌《ぜんぼう》が把握しきれていないのだ。

「分からないな……即座には判断できない」彼は正直に言った。「仮に正しいとして、証明

できるのかね？　これだとタキオンは我々の世界と干渉《かんしょう》しないことになるが」

「まったく干渉しないわけじゃありません」

ぴあのは最初に出現させたグラフに近寄った。「ここを見てください」と、横倒しになった双曲線を指し示す。

「これはタキオンのエネルギーと運動量の変化を表わす曲線です。タージオンは速度が上がるほどエネルギーも運動量も大きくなります。タキオンはその逆で、速度が上がるほどエネルギーも運動量も小さくなります。そして、速度が無限大になった時――」

ぴあのは横倒しの双曲線の頂点、つまり図の中心に最も近い点を指差す。

「タキオンのエネルギーはゼロになります。エネルギーがゼロということは、タージオンはエネルギー消費なしにタキオンを生み出せるということです」

物理にうとい者なら、「無限大の速度などあるものか」と嘲笑《あざわら》ったかもしれない。周防はそんな愚《ぐ》を犯さなかった。相対論には「同時の相対性」という概念《がいねん》がある。ある系から見ると同時に見える現象も、観察する系を変えれば同時にならないのだ。

速度が無限大ということは、タキオンは発射と同時にターゲットに命中するということだ。しかし、その「同時」は観察者によって異なる。ターゲットから発射地点の方向に運動している観察者からは、タキオンは発射された後でターゲットに命中したことになる。逆に発射地点からターゲットの方向に運動している観察者からは、発射された時刻より前にターゲットに命中したことになる。後者の場合、タキオンは観測者にとって時間を逆行している。速

度は移動距離割る時間だ。過去に戻るということは時間が負になるということだから、タキオンの速度も負になる。つまり観測者の立場によって、タキオンの速度は正にも負にも無限大にもなるのだ。

　タージオンがいくら加速しても光速に達しないのは、速度が上がるほどエネルギーが増加するからだ。しかし、タキオンはその逆に、速度が上がるほどエネルギーを失う。だから「光速の壁」と異なり、「速度無限大の壁」というものは存在しない。タキオンの速度は無限大を超えて負にもなる。

　しかし、周防は別の問題点に気づいた。

「いや、それはおかしい。エネルギーはゼロでも、タキオンは有限の運動量を持つ。それを放出したタージオンは反動を受ける。粒子《りゅうし》が動くということは、運動エネルギーが増加するということで――」

「ええ、そうです。エネルギー保存則に反します。でも、ここを見てください」

　ぴあのは横倒しの双曲線の頂点よりやや下――つまりグラフの下半分に踏みこんでいる箇《か》所《しょ》を指差した。

「速度が負になれば、タキオンの運動エネルギーも負になります。負のエネルギーを放出するということは、正のエネルギーを受け取ることと等価です。つまりタージオンは運動エネルギーを得るわけですから――」

「タキオンを放出してもエネルギー保存則に反しない……」

「そうです。この反応はエネルギー消費を伴いません。このことから、すべてのタージオンは、常に過去に向かってタキオンを放出し続けていると予想されます。これは通常の時間系から見ると、タージオンがタキオンを吸収し、その反動で動いているように見えます」

「それなら宇宙は負のエネルギーのタキオンで満ちているはずだ」

「ええ。その大きさはこうで――」と、新たな方程式を投影《とうえい》する。「この負エネルギーは正の質量を有するタージオンに対して、十分に大きな斥力《せきりょく》となりますから、宇宙膨張《ぼうちょう》を加速します。つまり――」

「ダークエネルギーか！」

「そうです。そして過去に向かってタキオンが放出されているということは、過去に行くほどタキオンの密度が高くなることを意味します」

「じゃあ、宇宙誕生の瞬間には……？」

「タキオンのエネルギー密度は最大で、空間を爆発的に押し広げたでしょう。つまりインフレーションです」

周防は息を呑《の》んだ。ビッグバン――この宇宙を生み出した大爆発も、タキオンの存在によって説明できるというのか？

「しかし、粒子が常にタキオンを放出しているなら、反動で動いているはずだ」

「全方向に均等に放出しているので、その動きは打ち消されているんです。しかし、このように――」と、別の方程式を指差し、「――極低温ではわずかなゆらぎが現われますから、

完全に均等にはなりません。一点で振動していると考えられます」

「ということは、その振動が観測されれば、君の説の正しさの証明になる……」

「いいえ、すでに観測されています。零点《れいてん》振動です」

「何⁉」

周防は仰天《ぎょうてん》した。

熱とは粒子の運動であり、温度が下がるほどその動きは小さくなる。だが、絶対零度まで冷却されても、振動は完全にはなくならない。不確定性原理によって粒子は常に動き続けている。これを零点振動と呼ぶ。

「そうです。零点振動はタキオンの放出や吸収によって起きるブラウン運動のようなものなんです」

「君は！」周防の声が思わず大きくなった。「不確定性原理を否定するのか⁉」

「いいえ。量子力学的な現象がすべて実在することは否定できません。タージオン時空だけを見る限り、量子力学は正しいんです。でも、タキオンとタージオンを統合すると、別の側面が見えてきます。たとえばこれです」

ぴあのは何行もある複雑な方程式と、その横の三角形の図を示す。

「ここのタキオン場のダイアグラムを見てください。ラグランジアンに局所的な相殺項《そうさいこう》が出現し、アノマリーが打ち消されているのが分かります。これによって紫外《しがい》発散が抑《おさ》えられているんです」

紫外発散は別名「紫の破局《ヴァイオレット・カタストロフ》」とも呼ばれる。古典物理学に従うと、熱を持った物体は赤外線や可視《かし》光線だけでなく、可視光線より波長の短い紫外線やX線を大量に放出していなくてはならない。だが、実際はそうなっていない。この矛盾は量子力学でないと説明できないとされてきた。

「他にもあります。光電《こうでん》効果。トンネル効果。核力。二重スリット実験。アインシュタイン－ポダルスキー－ローゼン相関《そうかん》……」

そう言いながら、ぴあのはこれまでに投影してきた方程式を順に指し示してゆく。

周防は呆然《ぼうぜん》となった。ミステリ小説のクライマックスで謎《なぞ》が解き明かされ、それまでにちりばめられていた伏線《ふくせん》の意味が解説されるのを読むようだった。ぴあのがここまで説いてきたタキオンの物理的性質は、すべて量子力学的現象と符合《ふごう》するものだった。

「もちろんこれは偶然ではありません。私たちはこれまで、超対称性時空の片割れであるタージオン時空の部分しか見ていなかったんです。そのパートナーであるタキオン時空の存在を知らなかった。その見えない影の部分が、見かけ上、プランク定数を生じ、不確定性原理として観測されていたんです。実際にはこのように――」

ぴあのは新たな方程式を示した。それをどんどん変形させてゆく。それは最終的に、最も単純な式に落ち着いた。

「超対称性時空では、プランク定数は打ち消されてゼロになります」

信じられなかった――だが、筋《すじ》は通っている。

「君は……何を言っているのか分かってるのか？」周防の声は動揺のあまりかすれていた。

「プランク定数が存在しない？　タキオンが量子力学的現象の黒幕だった？　それは古典物理学に逆戻りするということなんだぞ？　そんなことをしたら物理学の世界は大混乱だ！」

「物理学がひっくり返ったら面白いとおっしゃったじゃないですか」

「う……！」

「それに、悪いことばかりじゃありません。この理論を採用すると、相対論と量子論の統合が可能になります」

「ああ……！」

周防はまたも衝撃を受けた。相対論と量子論の統合は、物理学者の積年の夢だった。両者の間には解決不可能な矛盾があるからだ。だが、量子論を古典物理学的に読み変えられるなら、統合は可能になる。

「量子力学が成り立つのは、あくまで私たちの住むタージオン時空の上だけなんです。タキオンとタージオンを統合した超対称性時空では、量子の振る舞いは古典的に記述できるので、相対論との矛盾は解消されます。まだそこまで取り組んではいませんけど」

周防はぼうっとした頭で、室内の空間を埋め尽くす膨大な文字列と図を見回した。ラグラ

ンジアン、ハミルトニアン、行列、等式、不等式、二次曲線、三次曲線、幾何関数模型、ツイスター、光円錐、ファインマン・ダイアグラム……現代物理学を根底からぶち壊し、新たに組み立て直す革命的な概念。

とてつもなく壮大で、とてつもなくマッドな発想。とても常人の頭が生み出せるものではない。

「どうでしょう先生？　感想をお聞かせください」

周防はすぐには答えなかった。ARゴーグルを取り、両の瞼《まぶた》を指で揉《も》む。酷使《こくし》された眼を休めたかった――酷使された頭も。

ゴーグルをはずした眼で見回すと、室内の空間は元と同じく、空っぽだった。世界には何の変わりもありはしない。壁、本棚、ホワイトボード、パソコン……見慣れたものしか、そこにはない。

だが、周防は知ってしまった。もはや世界をこれまでと同じ眼で見ることはできないことを。

こんな体験は初めてだ――いや、違う。高校一年の時、都筑卓司《つづきたくじ》氏の名著『不確定性原理』を読み、量子力学というものに初めて触れた時以来だ。あの時も、世界が劇的に変わったように感じられたものだ。

この歳《とし》になって、同じ感動を味わうとは。

ぴあのは急《せ》かすことなく、辛抱《しんぼう》強く待っていた。周防は再びゴーグルを着け、方程式とグ

ラフのジャングルを見渡した。その意味するものの大きさを噛みしめる。究極《きゅうきょく》理論の完成――もし正しかったら、ノーベル物理学賞は確実だ。

「これは……論文にして発表すべきだ」

「はい、そうしたいです。でも、できれば周防先生に共著者になっていただきたいんです」

周防は驚いた。「なぜ私が？」

「だって、アイドルの書いた論文なんて相手にされないでしょう？」

「しかし……これはすべて君の功績だ」

ぴあのは静かにかぶりを振った。「私は賞とか博士号なんて欲しくありません。誰かの賞賛が欲しくて考えたんじゃないんです。私の動機は、もっと身勝手なものです」

「身勝手？」

「お見せします」

もう表示できる空間があまり残っていない。ぴあのはやむなく、グラフの一部を消して、新たな図を表示するスペースを作り出した。

そこに表示されたのは、３Ｄの模型だった。金属の球体を半分に割った形で、直径は一メートルほどもある。壁には厚みがあるが、内部は空洞だった。窓はないが、どことなく潜水球を思わせた。

「通常、タージオンはタキオンに干渉できません。ただし、第二種超伝導場を介《かい》せば、可能になります。超導体のコイルで空間を包みこみ、このような磁場《じば》を形成します」

ぴあのは模型の壁の一部を拡大した。壁の中にはびっしりと小さなコイルが埋めこまれている。周防は顔を近づけ、観察した。そのコイルの形状ときたら、彼が見たこともない奇妙なものだ。まるでメビウスの帯のようにねじれている。

周防は顔をしかめた。「これだと磁束《じそく》が打ち消される。意味がない」

「普通はそう思います。だからこれまで、誰もこんなものを作ろうとしなかったんです。でも、私の考えでは……」

ぴあのはまた別の方程式を展開する。

「ここでエネルギーＥの波数ｋｙ依存性が、フェルミエネルギーを負の傾きでよぎるため、時間とともに右側の電子数が増加します。ベリー曲率をｋ空間の磁束密度と見れば、チャーン数はブリルアンゾーン全体を貫く磁束の総和を２π《パイ》で割ったものですから、磁束はゾーンの属する実数次元からあふれ出して虚数次元に漏《も》れ出し、タキオン時空の物理法則と干渉します……」

彼女はどんどん方程式を変形させてゆき、驚くべき結論に到達した。

「これにより、この壁を通過して空洞内に出入りしようとするタキオンに制限が設けられます。一定方向にしか通過できなくなるんです。その結果、空間内のタージオンは、一方向にのみタキオンを放出することになります」

「つまり一方向に加速される……？」

「はい。ロケットの加速と違い、空間内のすべての粒子に均等に加速がかかりますから、乗

っている人間はGを感じません」

「乗っている？　つまりこれは乗り物？」

「はい。宇宙船です」

周防はじっとその模型を見つめた。ぴあのの言った「身勝手」の意味が、ようやく分かってきた。

「……二年前、フランスのラマルチーヌがテレビ番組でした発言を知ってるかね？」

「はい」

カミーユ・ド・ラマルチーヌはフランスの宇宙工学の権威だ。そんな彼が、アメリカの科学番組に出演し、国際宇宙ステーションをはじめとする有人宇宙飛行はすべて予算の無駄《むだ》だから中止すべきだと発言したのだ。「宇宙は生身《なまみ》の人間の行くべき場所ではない」「宇宙探査はすべて、安くて安全な無人探査機にまかせるべきだ」と。

この発言は宇宙ファンの間で問題にされた。有人月探査や火星探査への夢を潰《つぶ》すのかと批判されたラマルチーヌは、フェイスブックでこう答えた。「宇宙工学の分野では主要なアイデアは検討し尽くされており、宇宙飛行を大幅にコストダウンするようなブレイクスルーなど、もはやありそうにない」「今世紀中に人類が火星に到達するのは困難だし、火星より遠くの天体に行くのはおそらく永遠に不可能だろう……」

「夢のない話だ。でも正論だと、私は思っていた――今の今まで」

しばらくマシンの立体模型を見つめていた周防は、やがてゴーグルを取り、ぴあのに顔を

向けた。

「君は何がしたいんだ？　金儲けか？」

「お金も確かに重要な要素のひとつです」

　ぴあのもゴーグルを取り、宙を見つめる。

「一九七二年にアポロ17号が月に行って以来、もう半世紀以上、誰も月に行っていません。儲からないからです。今の宇宙飛行は高くつきすぎるうえに、見返りがありません。だから誰も月に行こうとしません。『宇宙船を作りたい』と言っても、賛同してくれる人はひと握りです。

　でも、宇宙飛行がもっとコストダウンしたら――エネルギーや推進剤を使わずに加速する方法が見つかって、一般人でも気軽に宇宙に行けるようになったら、みんな行きたがると思うんです。月観光、火星観光……きっとお金になります。だから『宇宙船を作りたい』と言ったら、協力してくれる人がたくさん現われると思います」

「君は……宇宙に行きたいんだね？」

「はい」

　そう答えたぴあのの表情は真剣で、瞳《ひとみ》は澄みきっていた。

　周防は悟《さと》った。この瞳の輝きは本物だ。この娘は本気で宇宙に行こうとしている。名誉も金も要らない。夢のために――ただ夢のためだけに、熱心に科学を学び、たった一人で壮大な理論を構築したのだ。

「少し……いや、かなり時間が欲しい」胸の高鳴りを抑え、周防は言った。「君の理論をじっくり検討し直したい。何か間違いがあるといけないから」

「お願いします」

そう言ってお辞儀すると、ぴあのはゴーグルに接続したレコーダーからメモリースティックを抜き取り、周防に手渡した。

その夜、灘《なだ》区にある自宅に帰った周防は、夕食のカレーを食べながら、今日あったことを妻に話した。結城ぴあのという女の子がどれほどの天才で、その理論がどれほどユニークで心躍《こころおど》るものであったかを。

「すごく楽しそうね」

そう言って妻の郁美《いくみ》は微笑《ほほえ》んだ。一〇歳下で、知り合ったのは周防が助教授の時代。彼女はまだ大学生だった。結婚してもう二八年になる。

「楽しそう？　私が？」

「ええ。まるで新婚の頃みたい」

「そう言えば、彼女は二〇歳だそうだ。知り合った頃の君と同じだよ」

「あの頃の私とどっちがかわいい？」

「あー……」

「そこで詰まっちゃうのね」郁美はくすくす笑った。「正直な人」

「誤解しないでくれ。私はずっと君ひとすじだぞ」

「分かってるわよ、そんなの。ただ、あなたの顔が輝いてるのが嬉しかっただけ。そんな顔、久しぶり」

「そうか、そんなに私の顔、輝いてるか」

「ええ。それはもう」

周防は考えこんだ。自分に重大な変化が起きたことは自覚している。結城ぴあのとの二時間の会見は、彼の内面をすっかり若返らせていた。大きな夢にあふれていた学生の頃のように、わくわくしている。

いや違う——周防は気がついた。変わったのは自分だけではない。

これから世界が劇的に変わるのだ。


（下巻につづく）

本書は、二〇一四年八月にＰＨＰ研究所より単行本として刊行された作品を二分冊で文庫化したものです。

著者略歴　1956年京都生まれ。ＳＦ作家。著書『プラスチックの恋人』『地球移動作戦』『シュレディンガーのチョコパフェ』『アリスへの決別』（以上早川書房刊）『時の果てのフェブラリー　赤方偏移世界』『アイの物語』〈ＭＭ９〉〈ＢＩＳビブリオバトル部〉他多数

HM=Hayakawa Mystery
SF=Science Fiction
JA=Japanese Author
NV=Novel
NF=Nonfiction
FT=Fantasy

プロジェクトぴあの
〔上〕

〈JA1424〉

二〇二〇年三月　二十　日　印刷
二〇二〇年三月二十五日　発行

（定価はカバーに表示してあります）

著者　山《やま》本《もと》弘《ひろし》
発行者　早川浩
印刷者　矢部真太郎
発行所　株式会社　早川書房

郵便番号　一〇一 - 〇〇四六
東京都千代田区神田多町二ノ二
電話　〇三 - 三二五二 - 三一一一
振替　〇〇一六〇 - 三 - 四七七九九
https://www.hayakawa-online.co.jp

乱丁・落丁本は小社制作部宛お送り下さい。
送料小社負担にてお取りかえいたします。

印刷・三松堂株式会社　製本・株式会社明光社

ISBN978-4-15-031424-8 C0193

本書は活字が大きく読みやすい〈トールサイズ〉です。

ハヤカワ文庫JA
〈JA1424〉

プロジェクトぴあの

〔上〕

山本 弘

早川書房
8490